清朝歷史掌故
庸閒齋筆記

陳其元 原著・蔡登山 主編

導讀：陳其元和《庸閒齋筆記》

蔡登山

「筆記」是文體的一種，指隨筆記錄的文章。其題材廣泛，舉凡政治、歷史、文化、經濟、自然科學、社會生活、讀書心得都可涉及。筆記體著作起源於唐代，至宋代最昌盛。在清代如紀昀的《閱微草堂筆記》、袁枚的《子不語》、顧公燮的《消夏閒記》、劉獻廷的《廣陽雜紀》、李調元的《南越雜紀》、陳其元的《庸閒齋筆記》、俞樾的《右台仙館筆記》、李斗的《揚州畫舫錄》、余懷的《板橋雜記》、王韜的《淞濱瑣話》等，都可以說是此類筆記體書籍中的佼佼者。

陳其元（一八一二—一八八一）字春澤，號子莊，晚號庸閒老人。浙江海寧人。「海寧陳家」，曾被金鏞（他也是浙江海寧人）寫入《書劍恩仇錄》書中，該武俠小說就是以乾隆皇帝的身世之謎為主線，為廣大讀者描繪了一個個精彩紛呈的故事。金庸根據傳說認為，乾隆是海寧陳家的兒子。陳其元在《庸閒齋筆記》的卷一就詳細地介紹了「海寧陳家」，海寧陳氏的先世為北方渤海高氏，後南遷到江南地區。陳家的真正發達在明朝萬歷年間，陳其元說：「回溯此三百年間，傳世已將二十，人才輩出，在浙江推為望族。……計自明正德以來，吾家登進士第者三十一人，榜眼及第者二人，舉人一百有三人，恩、拔、副、歲、優貢生七十四人，徵召者十一人，庠生及貢、監生幾及千人；宰相三人，尚書、侍郎、巡撫、藩臬十三人，京官卿寺、外官道府以下，名登仕版者，逾三百人。」然而到了《書劍恩仇錄》中，乾隆對陳家洛說起：「你海寧陳家世代簪纓，科名之盛，海內無比。三百年來，進士二百數十人，位居宰輔者三人。官尚書，侍郎、巡撫、布政使者十一人，真是異數。」原本「海寧陳家」中進士從三十一人，變成二百多人，金鏞也未免太誇大了。

其中，陳元成這一支，與傳聞中的「海寧陳家」關係最大。陳元成之孫陳詵官至禮部尚書。陳詵之子陳世倌在雍正當朝時已歷任巡撫，至乾隆六年以工部尚書授文淵閣大學士。乾隆在位六十年中曾六次南巡，其中四次到海寧，而且每次都住在陳世倌家的私園——隅園中，並將「隅園」改為「安瀾園」。金庸在《書劍恩仇錄》就將陳世倌說成是乾隆生父。

其實對乾隆本是海寧陳家之子這傳說，清史專家孟森先生在〈海寧陳家〉一文早就援引史實加以批駁。孟森明確指出，海寧陳家仕宦之盛，發端於明朝末年，到康熙和雍正時達到頂峰。乾隆即位之前，陳氏為相者多已謝世，僅陳世倌尚存，卻並未得到乾隆皇帝的格外關照。乾隆六年（一七四一）升任內閣大學士的陳世倌，不久因起草諭旨出錯被革職。不僅如此，乾隆皇帝還當面斥責他「無參贊之能，多卑瑣之節，綸扉重地，實不稱職」。如此不留情面的呵斥，就是很普通的前朝老臣也很少受到，更不用說是傳聞中皇帝的生父了。至於陳家的兩塊匾額「愛日堂」和「春暉堂」一事，孟森肯定確有其事，但這並不是乾隆所題寫，而是其祖父康熙皇帝書賜的。這兩方匾額與乾隆毫無關係，更談不上乾隆是陳家之子的證據了。

陳其元的祖父陳萬森，官安徽太平府知府；父親陳鰲，官福建同安縣知縣。陳其元早歲負有文名，為樸學大師俞樾之舅姚光晉的高足弟子。惜自道光八年（一八二八）至咸豐五年（一八五五）十五次為諸生考試，皆名落孫山。嗣捐貲為金華學訓導。不久升任富陽縣教諭。後議敘知縣。太平軍攻下浙江時，曾留江蘇李鴻章幕府中，又回浙江佐寧紹臺道治軍，深得左宗棠賞識。浙江平定後，經左宗棠密奏保薦於朝廷，任江蘇南匯知縣。在職期間，勤政愛民，成績斐然，一月判牘達三百八十餘件。巡撫丁日昌重其才，又調任青浦、新陽、上海等縣知縣。所到之處，深受百姓愛戴，在內政、外交上多所建樹，因而進階知府，加秩道員。後以年老乞歸，僑居桐鄉。七十歲卒。

陳其元治學務實，博覽多聞，尤其能注意時事，體察民間疾苦。他在任期間，正值多事之秋，國內遍地烽火，民不聊生；列強虎視眈眈，乘機作惡。陳其元不屈不撓，反對官場積弊，堅持民族大義，以愛民為己任，不計個人得失，可謂難得。

他所著的《庸閒齋筆記》一書，總共十二卷，前八卷完成於清同治十一年（一八七二），次年俞樾為其作序，同治十三年（一八七四）開雕。後來時時有人以新事來相告語，他隨手記錄，其子德濬、德嵩收錄成冊，陳其元「因略加排檢，又益以近事及偶記者補綴之。復得四卷，不更別為名目，仍續於前記之後。」於是十二卷於光緒元年（一八七五）全書完成。他在自序云：

「追念平生舊聞，及身所經歷目睹事，有所記憶，輒拉雜書之。而國典朝章、莊言至論、異聞軼事、軍情夷務及展卷所得者，間亦存焉。隱惡揚善，事徵諸實，不敢為荒唐謬悠之譚」。俞樾在〈序言〉也說：「《庸閒齋筆記》一書，首述家門盛跡，先世軼事，次及遊宦見聞，下逮詼諧遊戲之類，斐然可觀。」

其內容包涵豐富，例如清代才子紀昀（曉嵐）是出了名的嗜煙，有「紀大煙袋」的稱號，許多清代的筆記小說都有相關的記載。《庸閒齋筆記》所載，有次紀曉嵐在朝內值班時煙癮大發，拿出煙鍋吞雲吐霧時，突然被皇帝召見，慌亂之間只好將煙鍋插入靴筒中，就前往面聖了。誰知皇帝「奏對良久」，煙鍋的殘火燒著了襪子，紀曉嵐忍不了痛，嗚咽流涕。皇帝大驚問紀曉嵐怎麼了，紀曉嵐說：「臣靴筒內走水。」「走水」是北方人俗語，指失火。紀曉嵐說完，便馬上走出室外，脫了靴子，撲熄了火，但腳就這樣燒傷了。紀曉嵐腳傷休養，行動不便，還因此被相國取笑為「李鐵拐」。

而曾國藩傳說是神蟒轉世，因而生平最怕雞毛。《庸閒齋筆記》說：「曾文正公碩德重望，傳烈豐功，震於一時；顧性畏雞毛，遇有插羽之文，皆不敢手拆。辛未十月，到上海閱兵，余供張已備，從者先至，見座後有雞毛帚，囑去之，謂公惡見此物。不解其故。公姻家郭慕徐觀察階告余云：『公舊第中有古樹，樹神乃巨蟒。相傳公即此神蟒再世，遍體癬文，有若鱗甲。每日臥起，床中必有癬屑一堆，若蛇蛻然。然喜食雞肉，而乃畏其毛，為不解耳。』後閱《隨園隨筆》，言：『焚雞毛，修蛇巨虺聞氣即死，蛟蜃之類亦畏此氣。』乃悟公是神蟒轉世，故畏雞毛也。」

另外《庸閒齋筆記》就有一則，記載當時一個王爺很愛吃白煮肉，有一次他去勞軍，底下的人都小心伺候，在他到下一站之前，就安排把白肉早早煮上了。這天遇到一個漫不經心的廚師，忘帶皮硝。煮肉不放皮硝煮起來就慢啊，王爺馬上就到，怎麼辦？廚師急中生智，脫下褲子就往鍋中撒了泡尿。王爺到，白肉上桌，沒耽誤。突然，王爺傳話，叫廚師過來。底下人不明就裡，想準是王爺吃出臊味，要興師問罪。誰知王爺見到廚師後竟連聲誇獎，說一路上吃的煮白肉就沒有像這次味道鮮美的，煮得還爛，誇獎一番，還賞賜廚師綢緞袿料一副。用尿代替皮硝來燉肉的做法，雖然有用，確實不衛生。不過，據陳其元說，小便用於食物，例子很多：「淮甸蝦米貯久變色，浸以小便，即紅潤如新；河南魚鮓在河上斫造，盛以荊籠，入汴，道中為風沙所侵，有敗者乃以水濯，小便浸一過，控乾入物料，肉益緊而味回。」

另外還記載陳其元在當知縣時親身經歷的事件：那是清同治十一年，江蘇省揚州江都縣境內，江南三江營炮船上的哨官在抓捕強盜時，遭到強盜暴力抗拒，寡不敵眾，造成五人死亡，十人受傷。事情爆發後，知府震驚，命令地方官員與水師快速查處，緝拿案犯。駐守瓜州鎮的吳總兵以迅雷不及掩耳之勢，派出營兵帶著出事炮船上的勇丁作為證人到上海偵破案件。起因是勇丁們一口咬定，強盜是他們認識的浙江巡鹽紅單船上的兵勇。六月初，營兵們來到上海，只用了一天，就在茶館抓捕一人，確認就是紅單船上的兵勇。第二天，營兵又請觀察使和右營參將帶領大隊人馬，在紅單船上抓獲二人。三個案犯都交給江都縣衙門審訊。據證人陳述，這三個案犯，一人把火藥包扔到船上，一人持刀砍人，一個過船釘炮眼。證人們說得斬釘截鐵，毋庸置疑。知縣陳其元對三個案犯提審，整整審訊了一天也沒有人認罪。第二天，陳其元繼續審理，用了許多方法，三個案犯還是閉口不供，只是一個勁兒大呼冤枉。經眼線指認抓獲的三名強盜，是否就是作案真凶？官員受命審訊強盜案，是附和官方，運用刑具，快速取得罪證，還是提出異議，查明真相？《庸閒齋筆記》就記載了陳其元據理力爭而避免的一起冤案，最後為三名「案犯」保全了性命。陳其元感慨萬端說，如果動用嚴刑審訊，三個兵勇一定會屈打成招，並牽連出其他無辜人員。就算是證人的話也不能完全相信，也要多方證據印證才能最終斷案。

《庸閒齋筆記》多記有清一代歷史掌故，上自朝章國故、經濟民生、軍情夷務，次及海寧陳氏家世盛跡、各地風俗民情、軼事舊聞，下迄讀書心得等等，都有助於我們認識了解陳其元所處的那個時代。尤其是他在記述和評說個人遊宦見聞方面的吏治得失、功過、利弊，更是研究清代歷史的可貴資料。

該書有最早的清同治十三年刻本（八卷本），而後有清宣統三年的上海掃葉山房石印本，民國上海進步書局石印本。今重新打字排版，點校、分段重新整理，並將原書名改為：「清朝歷史掌故：《庸閒齋筆記》」，特此說明。

俞序

昔春秋於隱、桓間，書家父、凡伯、仍叔之子，蓋皆大雅舊人，見故家遺俗猶存也。孟子亦稱：故國不在喬木，而在世臣。三代以下，如晉之王、謝，唐之崔、盧，皆以衣冠舊族為時所重，求之我朝，若海寧陳氏，其亦所謂名宗望姓、鼎族高門者乎？余於陳氏識子莊太守，蓋吾舅氏姚平原先生之高足弟子也。出方雅之族，兼文學、政事之才。同治初，受知於左季高相國，疏薦於朝，筮仕吳中。曾文正公及李少荃相國皆器重之。歷宰大縣，所至有聲，論者至比之陸清獻。近年歸老於家，泉石優遊，居多暇日，乃娛情翰墨，著《庸閒齋筆記》一書，首述家門盛蹟、先世軼事，次及遊宦見聞，下迨詼諧遊戲之類，斐然可觀。昔宋范公偁為仲淹元孫，所撰《過庭錄》，多述祖德，間及詩文、雜事，此書殆其流亞乎？余勸付剞劂，以廣其傳。讀是書者，當歎王氏青箱具有家學，叢談瑣語亦見典型，固與寒門素族殊也。

同治十有三年，太歲在甲戌，陽月，德清俞樾。

自序

同治壬申之秋，解組歸來，僑寓武林。兵燹之後，休養生聚，又十年矣。老成凋謝，昔日知交存不十一；族中耆長尤為零落，即與子伯仲行者，亦復寥寥。歲月不居，無怪吾衰之甚也！端居多暇，嘗舉吾宗舊事與兒輩言之，恐其遺忘，筆之簡牘，俾免數典忘祖之誚。殘冬未盡，倏已成帙。今年因公事滯跡吳門半載，日長務閒，追念平生舊聞，及身所經歷目睹事，有所記憶，輒拉雜書之。紛綸叢脞，雖詼諧鄙事無所不登；而國典朝章、莊言至論、異聞軼事、軍情夷務及展卷所得者，間亦存焉。隱惡揚善，事徵諸實，不敢為荒唐謬悠之譚，如《碧雲騢瑣綴錄》之誣詆名賢。庶幾歐陽文忠《歸田錄》所言：以唐李肇為法，而少異者，不記人之過惡。君子之用心當如是也。合之前編，共為八卷，約十萬言，名之曰《庸閒齋筆記》。聊以自娛，亦可供友朋抵掌劇談之一助云爾。同治十有二年，歲在昭陽作噩，斗指酉，庸閒老人漫識於行葦堂，時年六十有二。

目次

卷三

卷四

卷七

卷八

卷九

卷十

卷十一

卷十二

卷一

海寧世家

余家系出渤海高氏，宋時以勳戚隨高宗南渡，籍臨安。始祖東園公諱諒者，明初居仁和之黃山，遊學至海寧，困甚，偶憩趙家橋上，忽墜於水。陳公明遇設豆腐肆於橋側，晝寢，夢青龍蟠橋下，驚起，見一男子方入水，急援之。詢知世族，乃留之家。公老無子，止一女，因以女女之，而以為子焉。東園公一傳為月軒公諱榮，承外祖姓為陳氏，而世其腐業。業腐者起必以戊夜，一日者，於門隙見雙燈野外來，潛出窺之，則一儒衣冠者，一道士也。道士指公室旁一地曰：「此穴最吉，葬之子孫位極人臣，有一石八斗芝麻官數。」儒冠者曰：「以何為驗？」曰：「以雞卵二枚坎其中，明日此時，雞子出矣。」乃於懷中取卵埋之而去。次日公起磨腐，忽憶前事，往探其處，則闖然二雞雛也。正駭異間，又見雙燈遙遙至，雛已出殼，不以埋，急於室中取卵易之，而屏息以伺。二人者至，搰之，則仍卵也。儒冠者咎其言不讎，道士遲疑良久，曰：「或氣運尚未至耶？」遂去不復返。居久之，公乃奉東園公骨甕葬其中。二世之後，遂有登科者，至今已三百年，舉、貢、進士至二百數十人，位宰相者三人，官尚書、侍郎、巡撫、布政使者十一人，科第已十三世矣。初葬時，植檀樹一株於墓上，堪輿家稱為海寧陳氏「檀樹墳」。聖祖仁皇帝南巡時，聞其異，曾駐蹕觀焉。

十世祖風山公諱中漸，月軒公曾孫也。為諸生，以《春秋》名其家。性落拓，喜周人之急，所貸予常折券不責償。市有持贋銀，行哭甚哀，公問知為里儈所欺，即自探懷中銀如數予之。有丁氏鬻產，既收價徙矣，復據之。公憐其貧，為更授價，及割他產予之。如此者三。歲旱，出穀三百斛賑饑者。帥一鄉之人禱雨，雨亦獨遍一鄉，鄉人語曰：「天道不偶，視陳叟。」其為德類如此。公歿後，邑人請祠之鄉賢，入祀之明日，而芝生於祠之左楹，明日又生，三日又生，其數七至九，其廣六七寸至三四寸，其色紫，其狀若牡丹，其香絪緼，若都梁、雞舌然。邑人觀之，無不歎為奇瑞。乃署其樓曰「紫芝」，吳人王穉登為之記。公二子，長與郊以進士官至太常寺少卿，次即余九世祖與相，以進士官至貴州布政使。孫祖苞官薊遼巡撫。曾孫之遴官少保、弘文院大學士。是紫芝之祥也。少保素庵相國未第時，以喪偶故，薄遊蘇臺，遇驟雨，入徐氏園中避之。憑欄觀魚，久而假寐。園主徐翁夜夢一龍臥欄上，見之，驚與夢合。詢知為中丞之子，且孝廉也，遂以女字之，所謂湘蘋夫人是也。夫人工詩詞，精繪事，嘗以從宦不獲供奉吳太夫人甘旨，手畫大士像五千四十有八幅，以祈姑壽。世爭寶貴，聖祖曾取入內廷，寵以御題，尤為閨閣中榮事。東園公暨公皆以外舅夢龍得偶，一則貴於子孫，一則貴於其身，龍亦靈怪矣哉！

六世從祖文簡公，生而岐嶷，三四歲時，每於睡夢中，一聞梵唄聲，必驚起合掌趺坐。母夫人知其有自來也，撫之曰：「兒既生我家，當從事聖賢之學，此佛氏之教，不足循也。」公聳聽已，即臥，從此聞經唄聲不復作矣。比長，博極群書，以貢入成均，旋中京兆試，文名藉甚，上達宸聰。己未科會試，適婦翁長洲宋文恪公充總裁官，公以嫌不與試。是日聖祖臨朝，閱禮部奏迴避事，指公名以詢廷臣，群臣以宋係陳婦翁對，上曰：「翁婿何迴避之有？可趣令入試。」時日已屆亭午，闈中將放飯矣，忽傳鼓啟門，奉旨特送舉人陳元龍一名進場。然公仍以嫌被屏。乙丑科會試中式，總裁以十卷進呈，公卷列第十，上拔置第二。殿試，上復親擢為一甲二人，賜進士及第，非常曠典，為從古所未有也。

文簡公既入翰林，聖眷優渥，屢從屬車豹尾，《卷阿》矢音之作，一時稱盛。會都御史郭琇劾高文恪公士奇，指公為交結，有叔侄之稱。得旨一並休致。公奏辨，謂：「臣宗本出自高，譜牒炳然。若果臣交結士奇，何以士奇反稱臣為叔？」事遂得白。再擢掌院學士、吏部侍郎、巡撫廣西，人皆賀之，宋夫人獨愀然不悅者累日，曰：「一門群從咸列清華，我夫子乃出為粗官，令我慚顏於娣姒矣。」事載全太史祖望文集中所撰《廣陵相公傷逝記》。時弟兄叔侄中，清恪公為春卿，文和公為冬卿，丙齋公為司寇，匏廬公亦貳宗伯。夫人之姊妹夫，太倉王相國掞，方掌鈞軸，海寧顧侍郎、合肥李宮詹、長洲繆宮讚，同在朝列，故夫人云然。然不數年，亦入總西臺。

世宗即位，授公宰輔之任矣。清恪公諱詵，精堪輿之術，撫貴州日，猺獞屢竊發為患，公周覽其城郭，曰：「陰陽向背，均失其宜，禍害所由來也。」遂奏請築而更之。既成，曰：「從此百年可無兵燹。」至道光末年，賊始蠢動，距築城時已百五十年矣。公嘗於海寧相得一地，以重值購之而不用。暮年官禮卿，在京邸，次子卒於籍，家人求葬地，查夫人以所購地與之。公聞之怒，遽請告歸。歸而諸宗戚迎之，公不還家，先詣宗祠。於祖父無為公神主下取一函示宗戚，啟之，則內書一行曰：「某月日時改葬無為公於某處。」即所葬次子之地也。公愀然曰：「予半生涉歷，乃得此地，地之吉與『檀樹墳』等。不敢自私，而留以葬吾祖，思與伯叔弟兄共之。今乃以葬吾子，負初意矣。然年月日時皆未至，恐不能善。」則又詣葬處視之，頓足曰：「葬師無識，偏左丈許，壞此佳城，可為惋惜！」因指其旁一大樹，令掘之，掘下三尺，得石匣，中有書曰：「某年月日時葬無為公於此。」公因歎家門祚薄，不能得此吉壤。眾曰：「何不再移葬之？」曰：「地氣已洩，不可用矣！」眾曰：「然則此地遂無用乎？」曰：「後六七十年，子孫當有武官至一品者。」至嘉慶初元，公曾孫體齋公用敷官安徽巡撫兼提督，授一品封為振威將軍。

公左足下有赤痣，每自詡為貴徵。黃夫人者，公配查夫人之侍婢也，嘗為公濯足，手捧足而視其痣，公笑曰：「婢子何知，我所以官極品者，此痣之相也。」夫人亦笑曰：「公欺我。公足祇一痣，已貴為公卿，何以我兩足心均有赤痣而為婢女？」公聞之驚，使跣而視之，信，遂納為箆室。生二子，長文勤公世倌官宰相，次誾齋公世侃官翰林。查夫人亦生三子，皆登科第膴仕。世目公門為「五子登科」云。

文勤公年少登科，揚歷中外垂六十年，年八十始得請予告。歷掌文衡，門生故吏遍天下。相高宗者十七年，福壽近世罕比。生平崇節儉，講理學。每敷奏及民間水旱疾苦，必反覆具陳，或繼以泣。上輒霽顏聽之，必笑曰：「汝又來為百姓哭矣！」事載洪太史亮吉《更生集》中。然秉賦甚薄，每日飯不過一甌，或啜蓮實少許，即可度一日，而年躋大耋，信壽算不在飲食之多寡也。都中嘗有一瞽者，善揣骨相，公與溧陽史文靖相國屏車騎往訪之，瞽者揣文靖未半，即跪而呼曰：「中堂！」洎揣公，則曰：「此乞丐也。」文靖呵之曰：「此陳中堂！」瞽者揣之良久，又抱其身搖之，愕曰：「真乞丐也，烏得欺我。」公笑曰：「大約以我無食祿之故耶？」乾隆第六次南巡，公已歿矣，時諭祭歷代名臣，自周公以下止三十餘處，特命以公及文簡公列入，尤異數也。

歷朝官制不同，然一朝之中亦復前後互異。我朝凡一甲一名及第者，均授職翰林院修撰，故有「殿撰」之稱。而六世後祖丙齋公司寇，則曾官翰林院修撰兼左春坊左諭德。司寇諱論，以三甲進士由庶吉士授檢討遷此職，故吾家雖無狀元而有修撰。

報施輪迴之說，豈盡無憑哉？先大父穀堂公嘗為子孫言，高祖夷南公諱鑣，官雲南首府時，總督某公貪暴無藝，稍忤意旨，即加以白簡，諸官奉令惟謹。一日者，飭雲南守購赤金二百兩，公承命向肆中買金，每金兩十六換，賚金開價投入。總督大怒，不受。自是指瘢索垢，呵責萬端，公擬即掛冠矣，會總督為言官列款糾劾，天子命諸城劉文正相國來按是獄。公上謁，相國以首府必總督私人，拒勿見，而使緹騎圍督署，搜索，得通賄簿，某若干，某若干，錙銖無漏。而於雲南守名下，則大書曰：「某日送赤金二百兩，索價十六換，發還。」等字。遂大重公。總督拘於請室，昔時趨附輩無一人過問者，公乃為之納槖饘，供衣履。比奉命鎖挐進京，又饋白金千資其行。總督大感愧，搶首於地曰：「某無眼不識君。此行若得生，必矢報；倘罪不赦，來世為子孫以報君！」比入都，則賜自盡。越十餘年，公以養親歸里，久忘前事矣。一日者，坐書室假寐，忽傳言某總督來。方起迎之，總督已至前，珊瑚冠蟒玉如故狀，向公跪曰：「來報恩。」欲掖之，已直走入內室。驚而醒，正疑訝間，則報生第四孫矣。即先大父也。彌月後，乳嫗抱之出，見公即莞然笑，公撫其首曰：「兒他日不患不作官，但不可再貪耳。」即噭然哭。先大父自言平生蒞官行法，膽極大；獨一見貨財，則此心惕惕然。懼其懲於前世之夙根耶？專南公晚居石門，是近鄰二童子，奇其貌，招之來家，俾與先大父共讀，即陳學士萬青、侍郎萬全也，故名大父曰萬森。

聖祖朝，有以諸生獻賦而得賜二品服者，世以為榮。後來久無此曠典矣。先大父於乾隆五十九年，在天津，以大臣子弟迎鑾，蒙賜御書、貂皮、朝珠等件。次日詣宮門謝恩，適上御樓望見，指先大父問曰：「此人何以獨不掛珠？」軍機大臣以諸生未曾授職對。上曰：「朕所賜也，趣命之服。」次日復掛珠赴宮門謝恩。先大父嘗言，未登仕版時，金頂、朝珠，詫為異數；比歷官牧守，反無此榮耀矣。其時先叔祖晴巖編修以諸生獻頌，賜大緞二端；越十二年，乃入翰林。

先大父嘗言，少時讀《論語》，每不服孔子「及其老也，戒之在得」二語，謂：「人老則一切皆淡，何須戒得？」比官滁州時，年逾六十矣，有獄事以萬金饋者，已峻拒之去。向者每睡，就枕即酣臥，是夜忽輾轉不寐，初亦不解，已乃自批其頰，罵曰：「陳某，何不長進若此！」遂熟睡如初。且語人曰：「我乃今始服聖人之言也。」

先大父居官清謹自持。道光元年攝泗州事，州地處下游，每年夏秋之間，城外半成澤國。例請賑恤，然當賑恤之地，民皆轉徙，無可稽核，悉以虛冊報銷，故皖省有「南漕北賑」之謠。公獨不肯辦，觸怒上官，幾致參劾，遂解州事。人皆以為愚，公但笑應之而已。嘗謂余兄弟曰：「我雖不得此錢，以『清白吏子孫』五字貽爾等，不亦厚與！」此事通州白小山尚書載入公墓志中。前年，余代理新陽縣事，吏胥有請少報熟田多徵米者，余曰：「祖不吃賑，孫顧吃荒，可乎？」一笑謝之。

不為良相即為良醫。醫，仁術也。《儒門事親》一書，且以能醫為人子事矣；然余家則有以醫致累者。曾祖恬齋公侍母查太恭人疾，日繙閱藥書，至抱書臥，中夜有省，遂工醫。官四川及長蘆時，兩次奉命馳驛入京暨熱河，視裘司空、福額駙疾，蓋以二公上奏云「臣疾非陳善繼不能生之」，故都中有「陳神仙」之名。洎補天津縣知縣，上謂方制府以官為酬醫之具，加責讓焉。曾叔祖宛青公諱渼，精繪事，亦善醫。官禮部時，和相國珅召之令視疾，公諮於座主韓城王文端相國，相國曰：「此奸臣，爾去必以藥殺之！否則，後不必見我！」公遂謝不往，和啣之。時已保送御史矣，乃出為鞏昌知府，繼又以失紅本事貶官知州。

君相能造命，然其間有幸有不幸者。文簡公際遇聖祖，可謂千載一時。至嘉慶年間，叔祖晴巖公以戊辰進士官翰林院編修，公本浙西耆宿，文章名海內。仁宗嘗問富陽董文恭相國曰：「東南世家子弟在朝列有文學者，朕欲拔一人用之。」文恭即以公名對，且備舉其行誼。會大考翰詹，仁宗閱其卷，諭文恭曰：「陳傳經寫作俱佳，已置一等第一矣。」文恭告公，私為慶幸，比榜出，公名在三等，大惑不解。越數日，仁宗又諭文恭曰：「曩本置陳傳經第一，不知何時將其卷夾入三等中。」惋惜久之。文恭又告公，以為此後必且大用，而公遽病卒。公生平最不佞佛，臨終乃自言前世是少室僧。卒後無子，有門生入室為庀置喪事，恍惚見公僧服危坐，亦奇矣哉。公與文簡公皆似高僧再世，而遇不遇則各不相同，此其中真有幸有不幸也。

太常公隅園在海寧城內，本朝聖祖、高宗六飛南幸，駐蹕於是園，賜名曰「安瀾」。於是海寧陳氏安瀾園名天下。今遭粵匪之亂，已成荒煙蔓草矣。嘉慶年，竹崖伯祖文駿以長蘆鹽運使，道光年，梅亭叔祖崇禮以四川建昌道召見，仁宗、宣宗垂詢家世，均問及是園。

宣宗最重科目，而梅亭公以佐貳起家，心頗自危。洎陳奏及清恪、文勤二公，上莞然曰：「汝固海寧陳家也。」遂擢都轉，旋即秉臬開藩。道光時，以佐貳蒙簡用者，止公一人，固緣公之才，亦由祖宗世德庇蔭也。

明王洪洲參政圻《家訓》曰：「子孫才分有限，無如之何；然不可不使讀書。貧則訓蒙以給衣食，但書種不絕可矣。若能布衣草履，足跡不至城市，大是佳事。關中村落有鄭魏公莊，諸孫皆為農，張浮邱過之，題詩曰：『兒童不識字，耕鑿魏公莊。』夫仕宦豈能常哉？不仕，則農業可安也，不可以迫於衣食，為市井衡門之事。」先大夫嘗言：「服官福建二十餘年，家居又二十餘年，歷數州縣同官之子孫，能卓然自立、功名逾前人者，百中僅一二人；能循謹自守、不墜家聲者，十中僅一二人。豈州縣官之子孫皆生而不肖哉？飲食、衣服、貨財，先有以汩其志氣，即不驕淫縱欲，此身已養成無用之身，一旦失勢歸田，無一技之能，無一事可做，坐致貧困，一也。況居於衙署之中，有淫朋以誘之，有狡僕以媚之，圈套萬端，不中不止，自非有定識定力者，鮮不為其所惑，二也。而為州縣之父兄，方且營心於刑名錢穀、事上接下之道，無暇約束子弟；子弟即不肖，亦無人肯聲言於父兄之前。故有身雖在宦途，而家計已敗壞不可收拾者。」歷舉數人數事，為之太息痛恨而已。余兄弟幼時即聞此論，幸稍長即歸家讀書，未沾染此等習氣，亦未遇此等牢籠。先皆以訓蒙為事，嗣名舉略起，亦不過就記室之席，刻苦甚於寒士，故能稍稍自奮。然不幸自身復作州縣，五六年來，時時以先大夫之言為戒，第不知己之子弟又何如矣！余家自高祖旉南公以內閣中書迴避，出為縣令，曾祖、祖、父及余身皆官州縣，已五世矣。綿延不絕，是由先人謹慎刻厲，有以維之，思之可幸，尤可懼也。

梁吉甫上書救父，古今豔稱之。吾宗於本朝得二人焉：一為六世從祖文和公敳永，父定庵公以兄少保公謫塞外，與於徙，公上書訟冤，格於吏議，遂瀝血草疏，願代父行，有「緹縈以一女子尚能救父，臣荷聖朝孝治，敢惜微軀」之語，雖不得請，然世祖憐其孝，次年即得釋歸國，人稱為至誠所感。聖祖御極，公以孝行蒙宸眷，累擢官至工部尚書。一為質庵叔祖容禮，以父英德令沁齋公謫戍伊犁，遂棄妻子隨侍以往，跬步不離者十餘載。嘗密請於將軍松文清公，願以身代，俾父得生入玉門。公憐其誠，據情入奏，雖亦未奉俞旨，而孝子名布於域外矣。父歿，徒跣萬里扶柩歸葬，廬墓三年。後官江蘇通守，松文清公入掌鈞軸，書聯贈之曰：「攬勝寰中九萬里，承歡塞外十三年」，蓋紀實也。

余家《玉煙堂》及《渤海藏真》等帖十餘種，皆九世從祖贈兵部增城公所刻。董文敏公其昌未遇時，館增城公家者頗久，故文敏公書吾家最多，所書《法華經》小楷帖尤精絕。文敏貴後，嘗以鍾紹京《靈飛經》真蹟質金八百，已而贖還；既復以質，則不再贖矣。帖後附文敏質帖、贖帖書二通。乾隆乙酉，六飛駐蹕安瀾園，曾以進呈。奉純廟御批，有「永為陳氏傳家之寶」等字。不知此帖何時落於嘉善謝氏，今聞又歸常熟翁氏矣。文敏當日見質時抽去十二行一頁，不審此頁今亦歸翁氏否？吾家所刻《渤海藏真》中少此一頁也。庚、辛之亂，碑石為賊取以築城，賊平後，搜討僅有存者，今合諸帖為一幀，更名《煙海餘珍》云。

余家以工書稱者頗多，香泉太守及匏廬宗伯最有名。太守少時夢登一樓，滿貯隃麋，有神人謂之曰：「供子一生揮灑。」自是書法日進，以歲貢生受聖祖特達知，入直內廷。雍正十一年，世宗敕以公書勒石，為《夢墨樓帖》十卷。高宗愛其書，與張氏《天瓶》、汪氏《時晴》鼎峙焉。事紀余翰林《秋室集》跋語中。乾、嘉以來，四海爭購公書，日本國王尤嗜之，海舶載往，輒得重值，致故鄉幾無遺墨。余所藏公草書庾子山《春賦》十二幅，一時無對。辛未冬，張子青制府來上海閱機器，余以制府為今代書家，懸之行館，用供賞鑒。有候補道某公見之，謂是惡札，何可溷制府？遽令撤去。人皆以公負書名百年，忽遭此厄為笑。壬申冬，余謁制府，談及公書，制府亦有珍藏者。余述某觀察語，制府亦大笑。公政事卓絕，山西、貴州、江西皆祀名宦，而循聲乃為書名所掩。公平時每夢至一處，園亭、山石，極幽雅之致，牆外有寺，有塔，心甚樂之。如是者有年。比守南安，衙齋正如夢境，遂卒於官。匏盧宗伯為香泉太守之侄，康熙癸未，與弟文勤相國同入翰林。聖祖臨朝舉手謂文簡公曰：「大喜，汝家又添二翰林矣！」公免冠謝，舉朝榮之。入直南書房，書法特荷溫旨褒嘉。純廟御極，命繕寫御制詩，內府書籍、秘殿珍藏，悉俾筦鑰。洊歷春卿數年之間，扈從凡二十七次，寵遇之隆一時無兩。居家撰著不下百數十種，奉勅所成者，有《歷朝題畫詩》、《全唐文》、《宋史補遺》、《謚法考》諸書。行草出入二王而得香光神髓，即顏、歐、虞、褚及宋四家，無不研究，遇真蹟必撥冗仿寫，無間寒暑。書名傾動寰宇，夷酋土司，金滿玉巑，咸欲邀公尺幅以為家寶。南中贋手不下數百輩，公聞之，略不計也。然公之文學亦竟為書法所掩。余在上海購得公所臨《靈飛經》一冊，張子青制府歎為精絕，為之題跋。擬以入石，尚未果也。

乾、嘉之際，天下書家推北孔南梁。梁即山舟學士，壽最高，故書最多。自經兵燹，亦漸零落矣。學士暮年，書尤嫵媚，此為壽徵。嘗言：「本朝人不以書名而其書必傳者，一為陳文簡公，一為陳句山太僕。」語載梁紹壬孝廉《秋雨庵筆記》中。太僕以文章著，公以經綸顯，皆掩其書名。

浙江之大患，莫若海塘。歷朝修築，糜帑金至千百萬，至今日而尤亟矣。六世從祖宋齋公生於海寧，居於海鹽，於海塘情形最為熟悉，嘗為兩邑之近海隅同，被海患同，而修法則各不同。寧邑海在南面，離山既遠，塘外沙時坍，漲潮自東而西，不慮其平滿而慮其方來，潮頭雖高而急水必從沙底滾刷，沙愈去則水愈近塘，而塘難保矣。古人修海寧塘，設立「排樁木櫃」之法，蓋用排樁以護沙，用木櫃以護排樁，皆於塘外著力，使沙日積而水漸遠，迨潮至平滿齊塘，強弩之末，不穿魯縞。所以寧邑海塘只用條石，不須過於長厚。惟審其捍禦之道，全在塘外也。鹽邑海在東面，離山甚近，塘外沙不坍，漲潮自下而高，不慮其排決而慮其衝吸。石縫稍疏，則內土必隨潮滾出，土愈去則石無所附，而塘亦危矣。古人築海鹽塘，設立「縱橫疊砌」之法，蓋石大則負重難撼，水曲則勢緩易當，要於塘身著力，使土日固而塘可久。倘石有欹斜墊垛，千金之堤潰於蟻穴。所以鹽邑海塘不用小石，必須極其長厚。惟審察悍禦之道，全在塘身也。寧邑海塘，莫患於潮頭逼塘，入手毫無阻攔，塘外日深，難於措手。鹽邑海塘，莫患於潮頭頂衝，修築務期堅固，餘外次衝便易著力。至於大風逕潮，名為海嘯，又有非人力所能捍禦。然古人慮之深矣，故寧邑海塘內有六十里塘河，鹽邑海塘內有白洋河，既以取土培塘，可使上塘常加堅厚，又以各路分消，不使海水灌入田畝。此則海塘善後之策也。公關心桑梓，於海塘一事，講究不遺餘力，當時治海塘諸公咸稱公之經濟，能得古人「因地制宜」之意，奉為圭臬。故雍、乾以來數十年，浙西無海患者，以此也。公諱訏，字言揚，別號宋齋。曾官溫州府學教授。年八十時，第三子存齋公世倕以河南按察使兼署布政使入覲，蒙世宗垂詢公年齒履歷，御書「松柏堂」匾額，並人參、貂裘、寧紬等物以賜公，並諭：「爾父有德有壽，給他老人家歡喜。」欽此。公因自號歡喜老人，以志恩遇云。

吾家得道學之傳者，為七世祖簡齋公及六世從祖乾初先生。簡齋公從學漳浦黃石齋、山陰劉念臺兩先生之門，稱高足弟子。嘗論：「學在天地，有宗有翼。宗之者一人，翼之者數十人，所謂疏附後先也。堯、舜去人，其間亦邇，禹、皋、伊、萊、望、散亦止，略舉以例其餘。顏、曾既往，董、韓未興，孟子以一身任仲尼之道之重，有宗無翼，所謂軻死而不得其傳者已，於篇末『無有』兩歎，寓之孟子之憂患深矣。有宋絕學既明，至考亭而集成，門徒甚盛，史不勝書。迄於元明之際，許、姚、趙、竇洛學行於北，金、吳、虞、許閩學彰於南，以逮柳、黃、吳、宋之徒，莫不推究精微，張皇六藝，卒開三百年文明之治，可不謂有宗有翼之極盛者與！前明學脈，莫盛姚江，翼之者為江右，為淮南，為東越，雖復功各叢生，末流雜遝，然而弊之所生，救之所始也。剝之寖微，復之寖昌也。吾學未嘗一日絕也。余攝齊蕺山、漳浦兩先生之門，原本考亭，追溯之濂溪、二程，以達於孔孟，而一時門徒未見有董裳、黃幹之儔者，何其寥寥與！」公為此言，意蓋自任也。至其深造自得，傾折前賢，絕不標奇樹幟，可以想見。論學非其人勿輕談，止談詩文，即詩文亦不輕作。或問之曰：「以先生之學而為詩文，必傳無疑。」公不之應。吳志伊作《十國春秋》，公曰：「古人著書以為法戒，《十國春秋》人物，乘時盜竊，皆出下中，何庸追述其行事乎？」嘗言：「侯朝宗、王於一二子，文之佳者，尚不出小說伎倆。」其評騭古今，不肯隨聲附和如此。與姚江黃徵君宗羲同出蕺山之門，徵君曾為公作傳，極推重之。公以拔貢入成均，終身不仕。歿祀鄉賢。乾初先生，明末舉茂才，廩於庠，遭喪亂，敝屣棄之，窮居海濱，不改其樂。早年論學，於諸儒中最喜姚江「知行合一」之說，謂可與孟子「道性善」同功。後與祝淵孝廉遊蕺山先生門，奉「慎獨」之教，躬行寔踐，重規疊矩。既而祝殉難以節顯，先生則巋然以德望重一鄉。國變後，杜門息影，足不及中庭者二十年，君子謂不異袁閎之土室也。其初所作詩文，清真大雅，寄託深遠，書法直逼鍾、王；撫琴、吹簫，時奏於山巔水涯；篆刻、博弈諸好無不工。自奉教蕺山後，一切陶寫性情之技，視為害道，而屏絕之。社集講會，以為無益身心，亦婉辭不赴。所著有《大學辨》、《禪障性解》、《學譜》、《葬論》、《喪俗家約》諸書，其餘雜著，不下數十萬言，皆藏於家。居母喪，手寫《孝經》百餘冊以志痛，戚友爭寶藏之。簡齋公諱之問，乾初先生諱確。

吾家以詩書為世澤，自有明中葉承陳姓之後，代有聞人，人各有集，見於秀水錢警石廣文所纂《海昌備志》，所採者不下萬卷焉。其尤以淹貫名者為曾叔祖會理州知州摩村公諱鎬，堂伯孝廉方正仲魚公諱鱣。摩村公弱冠即擅文名，乾隆中，楊大司馬薦舉博學宏詞。著作等身。晚年與金宗伯柱、錢方伯嶼沙、汪徵君槐塘、姚比部羽峰仿洛社之會，龐眉鳩杖，花晨月夕，載酒湖山，留題殆遍。觀者目為神仙中人。仲魚公賦性穎異，讀書過目成誦。嘉慶丙辰，詔天下督撫學臣舉孝廉方正，時學使者儀徵阮文達公以公名應舉，並手摹漢隸「孝廉」二字，以顏其居，復為書「士鄉堂」額以贈。旋登戊午賢書，六上春官，後遂不復作出山計。歸築講舍於紫微山麓，寢處其中，一以著書為事。生平一無所好，獨於古名人書畫不惜重價購之，所心賞者鈐以二章，一肖己像，上題「仲魚圖像」四字；一綴以十二字，曰「得此書費辛苦，後之人其鑒我」。其志趣如此。所藏書最富，惜兵燹之後，皆散佚矣。

香泉太守，以書名天下，初不知其能畫也，同治癸酉，在蘇州，妹丈唐蕉庵司馬以公所畫花卉草蟲手卷見示，驚歎精絕，乃知才人固無所不能。余嘗歎公政事為書法所掩，今又歎畫為字掩也。至吾家以畫著者，愚亭侍讀以文學與修國史而遊情繪畫，工設色花鳥，人爭寶貴。至宛青太守則兼以山水擅名，官禮部時，質郡王以文墨奔走天下士，嘗因疾延公於邸，出素箋曰：「聞先生山水名家，肯為我作小景以當枚乘《七發》乎？」評公畫，為在粗文細沈之間，都下卒無其偶，其欽重如此。公又為河間紀文達相國作《優缽曇花圖》於曲臺，至今藝林傳為佳話云。

余家自有明中葉，由高氏而承陳姓，迄今三百餘年。至嘉道之間，子姓日益繁衍，咸豐後，經粵匪之亂，溝壑之轉，四方才散，第宅焚毀，老成凋謝，宗族稍零替矣。回溯此三百年間，傳世已將二十，人才輩出，在浙江推為望族。道光年間，宣宗成皇帝猶有「海寧陳家」之諭，則族望固久著矣，然特衍高氏之一派耳。計自明正德以來，吾家登進士第者三十一人，榜眼及第者二人，舉人一百有三人，恩、拔、副、歲、優貢生七十四人，徵召者十一人，庠生及貢、監生幾及千人；宰相三人，尚書、侍郎、巡撫、藩臬十三人，京官卿寺、外官道府以下，名登仕版者，逾三百人，祀名宦者十一人，祀鄉賢者八人，祀昭忠者五人，國史有傳者十三人，其郡縣志之載名臣、循吏、文苑、義行者，未易屈指數。而寄籍廣東、河南、山東等省，三十年來聞多有登科第列仕版者，因譜牒未修，尚不能考。至由陳氏復出嗣他姓者，如仁和之張，河南之司馬，或科第累世，或官至督撫，皆因乾隆年間修譜時漏列，至道光時再修，則已無從考證。今張氏司馬氏子孫相遇，尚稱族誼，而輩行則未能考，亦為歉事。惟高氏則自有譜，自宋武烈王以下，世次炳然可序，故相值能舉輩數，聯伯叔兄弟之誼焉。夫吾宗渤海陳氏，祗臨安高氏一分支耳，而自明以至本朝，子孫繩繩振振若此，罔非天恩祖德所留貽；今雖遭亂而少衰，然為子孫者，生聚教訓，可不亟思自奮以迪前人光也哉！

文勤公自幼聞論性命之旨，輒形嚮往，潛心洛閩之書，旁及陸王，辨其同異得失，嘗輯《學古錄》以備考鑒，釐為六類，書高二尺；輯《建中尋》以資政治，凡三十二卷。他如《仁愛叢說》、《教習郛言》、《學辨質疑》、《讀書管見》，與友朋言學、及門問答之語，以及詩文雜著，凡已刻未刻共二百餘冊。兵燹之後，家鄉已自無存，不知曲阜一支尚有存焉者否？余在青浦，得公蒙恩予告紀恩及留別同朝詩十六首，茲附錄之，以見威鳳之一羽云。乾隆二十三年二月三十日奉上諭：「大學士陳世倌老成端謹，學行兼優，簡任綸扉，勤勞夙著。昨以年老懇請致仕，朕已允其所請，令於春融從容就道，並加太子太傅，以示褒嘉。茲當陛辭，倍深眷念，既賦詩一章以寵其行，著頒賞筵宴於賜第，令部院堂官往餞。賜帑金五千兩為路費，馳驛回籍，仍按原品在家食俸，俾資頤養。起程時，著在京官員祖送，歸途所過地方，其有司在二十里以內者，俱著送迎。旋里之後，巡撫兩司時加存問。俟家居一二年，自行酌量精力尚健，仍可來京供職。用昭優眷老臣至意。」欽此。跪讀之下，伏地慚惶，感泣啣恩，恭紀四首：

麗藻高懸列宿寒，宸章捧出五雲端。
九天韻入鐘鏞響，一字榮同華袞看。
夙夜祇慚臣職負，江湖難忘主恩寬。
淋漓聖制懸星日，渥澤常依墨海瀾。

特勅堯廚出尚方，九重祖帳拜恩光。
愧嘗金鼎鹽梅味，喜浥黃封雨露香。
玉膳瓊樽來賜第，鵷班仙侶話歸航。
東都門外分攜處，車騎還看溢道旁。

綸扉竊祿忝班聯，老去常慚疏傅賢。

歸橐更邀天府賜，投簪仍給大官錢。
素絲自守青氈舊，黃髮仍娛白社年。
聖主施恩皆格外，匪頒直許到林泉。

陛辭感激泣痕垂，春水抽帆去路遲。
乘傳共看飛彩鷁，呼嵩還願拜彤墀。
郊迎不計郵程遠，存問先邀天語慈。
贏得都人傳盛事，衡門歸老太平時。

乾隆丁丑嘉平月，蒙恩予告歸里。回憶歷朝受知之深，兼允微臣遂初之志，涓埃未報，慚感交並，敬賦長律六首：

早年占籍到蓬瀛，侍從三朝見太平。
彩筆漫誇鸞掖貴，冰銜愧列玉堂清。
春隨翠輦花飛岸，（康熙丁亥正月隨從聖祖仁皇帝南巡。）秋度榆關月照營。認得巢痕親切地，觚稜入夢涕縱橫。

秋高深院鎖簾櫳，文榜曾觀列國風。
鑒別每愁魚目混，搜羅敢信馬群空？
聖朝不棄葑菲體，臣節惟持清白衷。
天語品題誠竊忝，愧將凡質比宗工。

戟影衡門服乍除，忽膺節鉞走輶車。
河山十二雄東土，禮樂三千近聖居。
差喜壁經尋舊跡，未成府海著新書。
自知迂拙曾何補，削籍歸來好荷鋤。

天心寬大沛新綸，宥過何期及小臣。
乍許鳴騶趨相府，旋邀漕轉出楓宸。
百寮敢誦持綱紀，五禮寧堪重縉紳。
更領冬官邦土職，河渠三策讓前人。

宣麻黃紙禁中傳，政府俄登染御煙。
卿月驟遷聯兩部，江鄉歸住只三年。
賡颺竊附明良會，獻納難酬雨露邊。
聖主當陽全盛日，長同擊壤樂堯天。

君恩浩蕩邱山重，臣病侵尋歲月催。
拜表幾行含淚入，御批一道帶春來。
獨蒙溫詔憐烏鳥，更進崇階勵駑駘。
歸載寵光誇父老，桑榆晚景荷栽培。

戊寅仲春將出都門，留別同朝六首：

追陪紫殿愧齊肩，心佩儀型十七年。
燕國文章推巨手，鄴侯風度儼神仙。
東華並馬趨鈴閣，西苑連茵侍御筵。
齒序同朝慚最長，合先諸老賦歸田。

層霄斗極九天臨，履跡衣香在禁林。
時論共推霖雨望，諸公須極歲寒心。
每懷補職成虛願，愛聽嘉謨矢好音。
豈戀江湖辭魏闕，羞將白髮玷華簪。

著作聲華重帝廷，難忘風月是頭廳。
九重載筆題仙籍，幾輩乘槎識使星。
視草蓬池春爛漫，校書藜閣夜青熒。
儒生結習心猶在，欲藉餘年老一經。

上苑花開聽鳳鳴，南司車過避驄行。
漫持丹筆來先後，每伏青蒲憶父兄。
已看霜容同鐵冷，仍期笑口比河清。
竹埤梧掖縈歸夢，最愛臺垣有直聲。

鐵網頻張學海瀾，衹憑虔惕寸心丹。
由來科目人爭重，即語文章報亦難。
共勵松筠堅晚節，獨慚桃李屬春官。
昇平努力期公等，老眼還將拂拭看。

來往長安六十年，不辭青鬢換華顛。
衣冠會比枌榆社，輦轂花明玳瑁筵。
入耳纏綿鄉語熟，登堂几杖典型傳。
春明門外柴車路，梓里情牽倍黯然。

卷二

沒而為神三則

（一）

吳少村中丞昌壽，少負奇氣，踔厲風發，魁碩類武夫。與余居相距不里許，晨夕過從，相與角藝論文，間有不合，必反覆爭辯，時或攘臂大呼，驚動鄰里；遇契合相賞處，又復為之叫絕。當鴛湖書院課時，每與沈西卿筆山昆季及余醵錢數百文，至酒肆飲噉，杯盤狼藉，必罄盡以為樂。如是者有年。道光甲辰，余銓金華校官，少村亦成進士，以知縣分發廣東，自是不相見矣。有人自粵中來者，傳其政聲卓然，有「吳青天」之號。比擢撫河南時，百姓號哭罷市，製萬民傘相送，至千有餘柄，即乞丐亦為製傘。好官之名滿天下。然余懶於作書，二十餘年不甚通音問。同治丁卯，余以州牧提調松滬鳌局，適少村奉廣西巡撫之命，來上海附輪舟赴粵。是日，余在寓中，僮僕皆他出，忽聞庖人於門外若與人齗齗然，呼之問故，則曰：「有一類武官者，衣服弊陋，欲來求見。向索手本、名帖、又復無有，但言『與官是幾十年前好朋友』，而不肯道姓名。」余急令延入其人。出曰：「官喚汝。」遂引之從側門入，則少村也。相見大喜。少村謂余曰：「足有風沙，讓長揖不拜可乎？」余戲之曰：「豈有令中丞公叩首之禮！」少村笑曰：「呼之入、走角門，豈有不行叩首之禮者？」遂彼此大笑。曰：「本欲即行登舟，因知君在此，故特走訪，帶來三僕方打疊行李，不令隨行，而忘持拜帖，乃致此窘。」又笑曰：「即攜拜帖，而廣西巡撫手本亦未具也。」遂縱談良久。余問其在廣東何以得民如此，曰：「無他伎倆，惟寔心任事，不要錢耳。」別去之際，相訂年逾六十即歸里，同作洛社之會。乃抵粵未半載，遽爾騎箕。國家失此寶臣，朝野惜之。相傳少村沒後，其幕友紹興俞君方家居，正欲午餐，忽捨箸起立，若為接物者；繼又作拆信之狀，戚然曰：「吳中丞書也。中丞以任所公事殷煩，仍邀我前往襄理。然昔在南方，帆檣甚便，今北路非車馬不可，此非我所習，奈何！」其家人曰：「聞吳中丞歿矣，安得來請？」曰：「中丞今已為冥官。」家人曰：「何不辭之？」曰：「不能也。」曰：「盍禱於城隍神，請其代辭乎？」曰：「渠官甚尊，非城隍所能企及。然我往，須得某廚侍我耳。」是夕，俞君卒。次日，某廚亦無疾卒。嗚呼！如少村之為人，倘所謂「生為上柱國，死作閻羅王」者，非耶？越五年，復有余親家錢慎庵一事。

（二）

慎庵名德承，浙之山陰人。居心仁恕，律身廉謹，胸中肫然粹然，不設城府。以簿尉起家，歷官州縣，所至有惠政。同治二年，今相國李肅毅伯方撫吳中，以循良薦舉，特旨擢知府。數年間，署松江、常州、蘇州、江寧、鎮江府事，賢聲噪一時。辛未三月，由鎮江得代來蘇，臥病邸舍，時余自新陽調攝上海，以邑太繁劇，意不欲往，慎庵顧以大義相勸。蓋慎庵之季女乃余長子婦也。五月，余將赴上海任，慎庵以病劇歸里。六月，慎庵卒。七月，兒子至紹吊喪還，縷述其臨歿情形，余為之驚歎不已。初，慎庵以疾甚歸，歸後疾日以平，第精神疲乏，未能出戶耳。六月初旬，晨起，謂眷屬曰：「帝命我作總管神，有差官四人來迎赴任，可速具筵款之。」家人聞之，疑信者半，乃設饔飯祀之大門外。大門距內室遠，慎庵室中忽怒曰：「四人皆官，遠來接我，奈何待以野鬼之禮？」促向中堂設席以享乃可，眾懼，從之。祭訖，屈指計曰：「二十日太促，二十二日辰時可矣。」越一日又言，山、會二縣城隍神為之餞行，待以上官之禮，辭之不得，云云。自是十餘日，舉動如常，亦無病狀。至二十二日向辰，呼諸子令催合家眷口齊至榻前訣別。諸子惶遽，以為疾作，將呼醫，則搥床怒曰：「我且死，豈醫者所能活乎？」比家人齊集，舉目周視一過，泊然而逝。與半月前所尅之期絲毫不爽。於是蘇人曰：「錢公作我郡城隍矣。」常人亦曰：「錢公作我郡城隍矣。」今松江、常州二府思其舊德，皆呈請祠名宦焉。先大夫嘗言：閩中同官言可樵司馬朝鑣臨歿，自書一聯云：「始笑生前徒自苦耳，既知去處亦復陶然」，以為去來自如。嗚呼！若慎庵之自定死日，可不謂之「去來自如」耶？

（三）

太倉顧伊人撰《吳梅村先生行狀》云：「康熙辛亥正月旦，先生夢至一公府，主者王侯冠服，降階迎揖，出片紙，非世間文字，不可識。謂先生曰：『此位屬公矣。』十二月朔，復夢數人來迎先生，書期日示之，故豫知時日，竟不爽。」王文簡公《池北偶談》亦載其事，並記有浙僧水月者能前知，先生疾革，拿舟往詢，僧曰：「元旦夢告之矣，何必問老僧。」吳人相傳，先生作閻羅王云。余六世從祖諱容永字直方，先生之婿也，順治甲午舉人，考選知縣，卒年僅二十有九。幼時為冥官，每夜赴陰府治事，嘗思罪何以杖重於笞，斬重於絞？於是皆以身試之。忽奉上帝命曰：「陳某某心存愛人，特予晉秩。」於是金冠象簡，自稱「小聖」，與岳瀆大神無異。與閩汀黎愧曾甲午同年，嘗謂愧曾曰：「余知四世事：初為蜀通判子，苦嫡母嚴，商於外，母死乃得歸；再世為王孫；三世為京師竹林寺僧，一日放參，有婦女群過，偶一目之，遂墜落至此。八歲時，從家大人入寺，一見恍然，齋房徑路皆為記識。今雖為宰相子，後世愈下矣。」事載徐季方《見聞錄》。梅村集中《寄懷陳直方》有「百口風波大，三生夢寐真。膏粱虛早歲，辛苦得前身」之句，蓋指其事也。又伯祖惺齋公諱觀國，乾隆乙未科進士，歷知江蘇金山、蕭縣、婁縣、甘泉、高郵州，升海門同知。海門之設學額，自公詳請奏定。所蒞之處，均循聲卓著。在海門得疾，自言當作甘泉縣城隍。卒之夕，衙署前百姓均見「甘泉縣城隍」燈籠，大小數百，充塞街巷，而公奄逝矣。因記少村、慎庵為神事，故並書之。

縱大魚獲報

鐵嶺楊杲樓先生書績，先大夫嘉慶癸亥同年也。先大夫官福建，先生官浙江之青村場鹽大使，不通聞問者四十年。道光癸卯，先大夫里居，於書肆中遇先生，鬚髮皓然，各不相識，互詢姓名，乃相持大喜。時先生遷雲南恩安縣知縣，以年老乞休，欲於郡城覓屋暫住，先大夫遂留館之。先生忠厚慈祥，待人和靄，年雖七旬而意興如少年。余兄弟侍之每劇譚諧語，至丙夜不肯休。工書，善畫，以意創為箸畫。其法濡紙令稍濕，蘸墨於箸，任意渾灑，雲煙滅沒，有大小米之概，人爭寶之。未幾，先生之第三子簡侯宮贊能格來主浙江鄉試，事竣後，遂迎歸京師侍養。次年，宮贊遷甘肅鞏昌道，余亦選金華縣訓導，乃上書先生，為俳言，謂：「世弟年三十為巡道，某年三十一而為訓導，豈非寸有所長耶？」先生得之大笑，復書數百言，皆諧謔語。先大夫見之亦為絕倒。先生嘗為余言官大嵩時，衙署濱海，魚鮮之屬不絕於庖。一日忽聞門外人聲嘈嘈然，使往問之，乃漁戶網得一大魚，四足，有尾，獨無角耳，重數百斤。眾議市無可賣，欲殺之熬油。先生命扛之入署，聚眷屬觀之。時夫人方有娠，見魚乃謂之曰：「汝雖非龍，然亦當是神物，何不自慎而困於豫且，今則性命莫保，奈何？」語未已，此魚兩目汪然出涕，漬地斗許。先生心大不忍，亟出十金畀漁者，而縱此魚於海。魚入海，乍沈乍浮，至中流，震雷一聲，風浪大作，遂振鬣去。咸疑為真龍矣。未幾，而簡侯生，官至江蘇布政使。先生之孫名霽者，近又以第二人及第，今官廣西學政。子孫蒸蒸日上，盛德之報也。

狐知醫

先伯祖洛如公諱棨，曾祖恬齋公長子也。公幼而岐嶷，髫年能作擘窠書，直隸制府方公觀承延入署，令書「清慎勤」三大字，今節署堂上所懸「九齡童子書」之榜是也。顧屢試不第，以武英殿纂修《四庫全書》得直隸布政司經歷以終。公之長子為枝巖伯諱明遠，工詩著有《玉照山房集》。少時習扶鸞之術，時召古詩人相為唱和，其是否，莫能明也。最後來一仙與唱酬最久，自承為狐。會伯祖母張安人下堂而傷其足，疾甚劇，諸醫束手。狐自贊能醫，然需藥資銀若干。許之。乃先用敷藥，繼用煎劑，每日二次，以承筐繫於樑上，少頃藥即在中，而筐自下矣。煎劑熱可炙手，不知其藥從何處煮也。病癒後，取銀而去，又不知需銀將何所用也。枝巖伯每欲與之相見，輒不可，久之，乃約於某酒肆中晤面。屆期而往，無所遇而歸。歸後降壇書曰：「室內第幾座上長髯之老道士，即我也。君何不相諳耶？」思之信然。自是遂絕。此事先大夫在都中所目擊者。狐自言每月在宮中輪當差使數日，信乎聖天子百靈呵護也。

先大夫又言：福建省城內九仙山有乩壇，主之者亦一狐，作詩文楚楚有致，而大致在以醫術濟人，服其藥者有驗，有不驗，曰：「吾能治病不能治命也。」至總督署中之狐則據居一樓，稱為「仙樓」，可以問卜。李鄦齋方伯自盡一案，星使且至，人往叩之，則畫二紅頂於紙上，莫解其故。既總督汪公、巡撫王公皆褫職，乃悟。道光之季，制府劉公韻珂撤其樓，狐大肆擾，至劉公歸乃已。

前世事二則

（一）

海寧查映山先生瑩以吏科給事中督貴州學政，科試苗疆，取一土司之子入泮。撤棘後，土司率其子來謁謝，美如冠玉。公有一侍者，貌亦娟好，土司子歸後，此人遽辭公去，疑而訪之，則兩美必合也。公一笑置之。至次年鄉試揭曉，土司子竟得解元，公謂中丞曰：「此人在上年我甫取之入學，筆下甚平，何能作此等文？」試傳訊之，一到即款伏，係倩浙江湖州某舉人頂替入場所作。中丞大駭，然以罪名重大，頗思消弭之。察公顏色不懌，不敢遽言，擬越日再為周旋。公去後，適有他事須奏，升炮發摺，中丞聞之，疑公以此事上達，已若不陳，懼干譴責，遂連夜繕疏入告。次日詢公所奏之件，則並不因此也，二公俱大悔恨。疏上，得旨：「照例正法」，兩人遂駢首死。

事越二十餘年，公久歸道山，有湖州姚孝廉，年二十餘，文名籍甚，會試報罷後，留京與先大夫同客查小山比部有圻處。比部即公之嗣子也。孝廉為人恂恂篤謹，不妄交遊，獨與先大夫善。一日微疾，握先大夫手曰：「吾將以後事累君矣。」驚詢其故，則歷舉前事，蓋士司子控於地下，孝廉則某舉人之後身，將往對質。先大夫問：「何以不早為發覺？」則曰：「科場舞弊，例應處斬，本無可言；學政摘發弊竇，亦是其職。特以查公有疑其誘侍者一事，心近於私，當有挾嫌之罪。冥官以究竟事本因公，故待查公數盡之後始行提訊，若公誠無此心，則士司子亦不能再有異說。第某不幸，前世因之橫死，今世又因之夭死耳。」語訖痛哭，次日遂卒。此事比部本不知之，既詢公隨往貴州之老僕，則信有此事，而內中曲折不能如孝廉所述之詳。噫！孝廉既予之轉生矣，何必又令之再死乎？且前世以孝廉罹禍，今世何為又予以孝廉？徒使姚氏門中寡妻弱子煢煢無告。此則天理之不可解者也。孝廉名某，字某，先大夫曾舉之，則予忘之矣。

（二）

長洲徐少鶴侍郎頲，嘉慶乙丑榜眼。姑丈季雅先生之兄也。侍郎博學，工古文，為姚姬傳先生入室弟子，曾侍上書房。宣宗登極，以師傅恩，隆隆驟遷，方且大用，乃於督安徽學政任內，以痁疾遽卒。天子眷念舊學，飾終之典極為優渥。當公初病時，即若有所見，作《紀夢詩》十餘首，窈冥恍忽，多不可解。臨終自言：「前世為福建林公子客，茲以公子事牽累至此。」然所為何事，卒未明言也。季雅姑丈有文述病中見冥王事甚詳，余粗記其梗概如此。嗟乎！姚與徐皆以前生事夭其天年，然一則僅登賢書，一則官至通顯，乃各追其前事而死。天欲殺之則如勿生，何必多此一舉？然亦可令人警懼，今世勿作累來世之事可也。或曰：「世人第顧目前，後日之累且勿顧，況來世之累乎！」悲夫！

科場中鬼神

科場中，世每豔稱鬼神事，以彰果報。余自道光戊子科起，至咸豐乙卯科止，共鄉試十五次，前後居矮屋中計一百三十五日，可謂久矣，然鬼神之變幻，不特目未之見，即耳亦未之聞。惟外舅聞藍樵先生言：「嘉慶丁卯科鄉試，頭場三藝脫稿，已三鼓矣，內逼如廁，比還，見燭臥於卷面，已橫爇寸許，不特卷不焦灼，並油亦不溢出，驚為奇異。是科遂中式，容是鬼神之力。至咸豐辛亥科鄉試，同官陳星垞二子丙曾、誦曾，兄弟同掇高魁，其文皆取法尤、王，於是都中盛傳星垞於元旦夢文昌神，告以今年闈藝宜學西堂、農山，因此得雋。祁春圃相國以問貢荊山方伯，緣星垞次子右曾館於其家也，右曾馳書歸詢其父，星垞持以告余，並笑曰：「君今為文昌矣。」蓋上一年都門寄來擬題若干，內有「可使有勇」二句，丙曾謂余：「此文自王農山後，無人能繼作者。」余因取少時所作是題文示之，丙曾歎為驚才絕豔，傾倒萬狀，余謂是餖飣之學，壯夫不為。丙曾乞其文去，呈之星垞，星垞謂：「此調不彈已久，鄉試可以必薦，而不能保其必售。初學偶學之亦無不可。」於是丙曾弟兄皆學為之，而時時請業於余。余初尚為改削，久而益厭，不復過問。比入試，而題係「必也射乎」三句，適可用尤、王腔調，弟兄遂皆中式，並無所謂文昌示夢也。因知科場內所傳鬼神之事，大率類此。

科場中尤王體

丙曾兄弟既同捷，於是浙省人士競揣摩聲調之學，書肆遂取農山、西堂二公文稿重雕之，為尤、王合刻，風行一時。都中論文者以為敗壞風氣，龍編修元禧尤惡之。壬子會試，龍適與分校之役，搜得一文情濃豔之卷，示人曰：「此必陳氏兄弟也。」亟橫抹而黜之。丙曾顧為清微淡遠之作，又得中式。比填榜，龍見陳丙曾名，大駭，取其卷讀之，復大驚。丙曾字子雁，誦曾字子清，右曾字子銘；同母兄弟，皆少年高第，談者有「三珠樹」之目。

武夫不知文字

張璧田軍門玉良，起於行伍，目不識丁。余初於蘭溪軍次見之，適有急牒至，軍門折閱，點首攢眉者良久，乃舉付從兵，令送文案處。余詢牒中何事，笑而不答，以為秘不肯宣也。越日，又見持一札顛倒觀之，大惑不解，既乃知其本不知書，特為此以掩飾人之耳目。嘗與程印鵲太守換帖，三代中有名「蚤」者，頗以為怪；繼復見其一帖，則是「早」字矣。因詢其文案某君，答曰：「渠不能指定一字，第隨其口語而書之，是以如此。」同時有吳總戎再升者，眇一目，每戰必先登，賊畏之，呼為「吳瞎子」。嘗延僧追薦先人，僧請三代諱氏，張目不能答，急召文案委員，令撰一好名字與之。聞者捧腹。此與侯景之託王偉撰七廟諱者何異？善乎，國初之馬惟興也。惟興以孫可望將來降，官至福建總兵。順治之季，嘗賜諸將三代封典，惟興久之不上，撫臣問之，愀然曰：「某少時為寇虜，相從作賊，今幸際會風雲，實不知父何名、母何氏，若私撰之，不惟欺君，亦自誣其先人矣。願公以此語上聞，但恩榮及身而已。」一時皆是其言。惜無人以是說告之軍門及吳總戎也。

凌厚堂之怪誕

歸安凌厚堂堃，道光辛卯舉人，大挑選授金華教諭，與余同官。性怪僻，敢為大言。初到官，即於明倫堂自署一聯云：「金匱萬千，衷孔子曰，孟子曰；華衮百廿，作帝者師，王者師。」見者無不吐舌。論學直宗孔孟，於宋儒一概抹煞，而尤惡朱子，極口肆罵，至謂：「朱子之父名松，與秦檜之『檜』字同班輩，而朱子之名則與檜子秦熺無異。」語極狂悖。課人讀四子書，只誦白文，凡朱注盡刪之。嘗在金華府署中與其同鄉孫柳君孝廉談及考亭，孫稍右之，遂欲加以白刃。以是人莫敢在其前稱紫陽氏者。議論縱橫，自謂是奎宿降生，俯視一切。於天下人無不鄙薄，顧獨與先大夫善，執子姓禮惟謹。又有閩人林拔皋先生，年七十餘，亦與之往來。會有人延之小飲，座客互論金華人物，凌拍案曰：「郡城中祇有一個半人，其餘皆畜類耳！」一人為先大夫，半人指林君。座客驚，稍稍引去，凌傲然自得。工古文，善奇門，醫卜星相無所不能。著有《德輿子外集》數十萬言，儷於古作家。而於醫尤自負，先大夫年七十五，猝中風疾，以為不救矣，藥之，數劑而癒。縣署有幕友延之視疾，按其脈曰：「無妨。」顧指一友曰：「君顏色甚晦，當有病。」遂診之曰：「疾不可為也，百日內當疽發背死。」其人固康強無恙也，至期果以疽歿。於是人爭神之。然內子聞淑人疾，醫之竟死。凌自恨無效，亦發病者累月。其相人也，一望即能決其貴賤、壽夭。何宮保桂清，辛卯同年也，撫浙時，凌以教職考驗，一見歡然握手曰：「君昔相我當封疆，今封疆矣；請再視我異日何苦？」對曰：「昔觀公相甚善，今所留下部鬍，甚惡矣，於法當斬首。」何大怒，揮之出。越六年，何果以失守罪伏法。此外，相離間有不中者，然後來應驗者居多。

嘗謂先大夫曰：「大劫將臨，浙江無一片乾乾淨土，吾所相人多橫死者，獨公祖孫父子相皆善，不遭此劫，當是公厚德所致。」又嘗昌言：「年屆庚申，京城有急兵入，而杭州亦破，數俱前定，莫可挽回。」至己未歲，遂棄官歸。時余為富陽教諭，舟過城下不入，貽書先大夫訣別，語甚慘，而猶以「子孫無害」之說慰先大夫焉。次年庚申，夷人果入京師，而杭城於二月間為粵匪所陷，皆如其言。自是余奔走兵間，無從得其消息。至乙丑歲，在盛澤遇其鄉人，問之，乃知其歸後居晟舍鎮，杜門不出。湖州陷之月，自卜賊匪當於某日到鎮，若過巳時則無害。屆日開門延友，飲酒以待。至巳時，賊果至，執之以歸。偽王聞其名，將以為軍師，大罵不肯；命之跪，不肯。有賊帥為之緩頰曰：「一揖即縱汝出矣。」亦不肯。偽王怒，揮去殺之。延頸受刃，顏色不變而死。噫！厚堂亦可謂非常人矣！

厚堂最喜言區田法，謂成湯七年之旱，賴伊尹以此治田，故民不饑死。繪圖，著書，逢人必勸，顧無一人信之者，每深歎恨。又自詡奇門遁法，謂可以入水不濡，入炎不爇云云。一日方圍爐環坐，厚堂又掀髯譚火遁，余戲舉鐵箸夾炭火燒其鬚，厚堂驚起走，眾客大笑。然相蔡二風有水厄，當授以水遁法，而二風果以殉難投井死。

雅謔

蕭山蔡二風召南，道光戊戌年進士，雲南即用知縣，改就教職，銓杭州府教授。丁憂服闋，再選金華府教授。為人忠厚長者，言吶吶然，如不出諸其口。遇諧謔際，時出一語，令人解頤。

性縝密，意所不合，亦不宣於言。余嘗與商一事，不答；再問，再不答；余性卞，遂罵之，亦笑而不答也。與余交逾十年，情好甚摯。余時綜理局事，從未以一事相干，終年閉門課徒而已。凌厚堂毀朱子，二風與倪少尉時帆共非之，余謂：「此厚堂代二君報怨耳。」兩人驚問故，余曰：「君等不讀『居蔡及反其旄倪』之注乎？」眾為鬨堂。二風第曰：「君是陳人，故述陳言。」時府試責金華、湯溪兩縣備旗、鼓二，明府不允，謂無向例，余諧之曰：「此真所謂『金湯鞏固、旗鼓相當』矣。」眾方粲然，二風忽正色謂湯溪沈明府曰：「湯邑之應辦鼓，見於經書，何可推諉？」沈請其說，則徐曰：「君不讀《衛風》『擊鼓其鏜』耶？」眾亦鬨堂。辛酉正月，余以辦理糧臺，寄眷口於金華。二風來賀歲，譚次，忽戚然謂余曰：「內子最信佛，膜拜誦經者數十年矣，今年元夕忽夢觀音大士告之曰：『大劫已至，上帝以爾家世代良善，一人不在劫中。』內子醒而甚喜，我獨至今怏怏。」因長歎曰：「若祇我家不罹劫，則眾人之遭劫者多矣。即幸而生全，有何意味？」其居心忠厚如此。四月賊至城破，二風投井殉難，二子亦相繼死，獨遺一孫在。乃恍然大士所告以「一人不在劫」，謂祇剩此一人也。壬申之夏，其孫入泮矣，來上海署謁余。追念舊事，為之愴然。

李地山殉難

粵匪之難，浙江之官紳殉義者最多。余之所不相識者無從論定，相識中則當為李地山明府首屈一指。地山名福謙，湖北之監利人，咸豐戊午來攝金華縣事。會粵匪石達開由處州攻陷永康、武義，逕逼金華，一時佐貳諸君多託故引去，官舍一空，城中現任地方官只太守及明府二人耳。士民奔走，不可禁止。雖復力事城守，然風聲鶴唳，一夕數驚，賊苟乘銳來攻，實無抵禦之法。余見人心搖動有不終日之勢，慷慨謂明府曰：「以金郡之大，若無一二死節之官，不亦辱朝廷而羞當世之士哉！」明府持其衣帶間所齎藥示余曰：「子無慮，我必死之。」因與謀所以死之處。余曰：「聞古人有止水之說，今大橋下水清而深，當可為葬身之地。」明府曰：「不然，投水而或為人所援救，或為賊所鉤獲，求死不死，反受玷辱，不如仰藥自盡之有把握。」送指永福寺內之塔曰：「我死必於更上一層，所謂置身百尺也。」余笑曰：「君可謂得死所矣。」比賊退，明府調攝仁和縣事，余送其行曰：「腰間藥可棄之矣。」明府曰：「不然。今賊雖竄去，並非敗滅，安見其不再來？我仍當戒備耳。」庚申二月，賊破杭州，明府時在局中，聞賊已陷城，乃步出局門，謂同行某公曰：「子當何如？」曰：「有老母在。」明府曰：「然，各行其志可也。」遂登吳山之麓，坐城隍神位前，吞藥而死。所謂置身百尺之上，竟踐其言。廟中道士取民家所寄棺盛之。比城復改殮，已半月餘矣，面色尚如平生。嗚呼！慷慨赴死，從容就義，明府二者殆兼之矣。同時殉難為余所識者，有太倉葛小鐵主簿家逵，江漲分司無錫倪時帆景炘，皆曾宦金華者也。

入昭忠祠之濫

吾鄉中殉賊難者，秀水沈燭門、馬少坡二廣文，嘉興則江夢花明經，皆余之舊友也。族中則叔祖笠漁公希敬，道光癸未進士，官直隸深州知州，賊至，坐堂皇罵賊，死最烈；堂叔介卿公錫熙，道光元年三品蔭生，官湖北荊州府同知，護理糧道，殉於武昌城中，骸骨均無從收。堂弟文齋廣文其炳，合門死之；堂侄德宣官江西縣尉，則以戰死。皆得旨優卹。此外宗族男女輩抗節死者甚多，見於琴齋兄所著《文齋傳》中，要皆捨生取義者也。近有大力者，其父兄實病歿，乃揑為被戕，朦請賜卹，招搖市上，鄉人藉藉唾罵，朝廷褒忠之典為之不光。吁！使死者無知則已，若其有知，何面目入昭忠祠也！

迷信扶乩受禍

乩仙多係鬼狐假託，昔人論之詳矣，然世人仍多信之。以余所聞，則無錫唐雅亭明府受禍最酷。雅亭以縣尉起家，累擢至浙之慈谿令。為人有幹材，能飲酒、度曲，上官俱喜之。而顧極信扶鸞，每事必諮而後行。在慈谿任時，乩仙忽告以大禍且至，宜亟去官。雅亭遽引疾，上官留之不可。未半載，濱海鄉民入城滋事，後任官竟至罷斥，於是益神之。又詢以卜居之所，乩言天下且有事，惟金華府之武義縣最吉，遂徙往居之。置田營宅，極園亭之勝；飲酒按歌，望者疑為神仙中人。咸豐戊午二月，賊至處州，叩之，曰：「無礙。」既破永康，又叩之，曰：「必無礙。」且云「遷避則不免」，遂堅坐不出。比賊至，全家被擄，雅亭為賊拷掠，死甚慘。賊退後，余偕李太守赴縣城辦撫卹，至其家，斷壁頹垣，焦原荒土，屍骸狼藉，為之一歎。噫！此殆宿冤，又異乎鬼狐之假託矣。

難博學

矜淹雅者，喜旁搜博覽，而於目前所讀之書，每多忽略。如袁簡齋太史所記，與諸翰林論《孟子》有韻之文，自「師行糧食」至「飲食若流」以下皆不能記憶，或且杜撰二語以足之。眾疑其不類，翻孟子書觀之，乃大噱。乾隆時，博學鴻詞不知「增廣生員」四字出在《論語》注中，皆可笑之甚者。先大父在太平府時，嘗閱黃山谷尺牘中有「損惠薌萁」語，忘「薌萁」為何物。時江右汪巽泉尚書方督學政，大父舉以問之，尚書謝不知。適陳遠雯太守雲亦至，尚書告以先大父所問，太守譁曰：「陳君最好以僻典難人，《四庫書》汗牛充棟，安得盡能記憶？」遂不研究。歸以語余輩，時三弟昕年十二，方讀《禮記》，卒然應曰：「『黍曰薌合，粱曰薌萁』，《典禮》語也。」大父翌日謂太守曰：「《禮記》誠僻書也。」相對軒渠。尚書聞之，笑曰：「兩榜眼可謂眼大如箕矣。」蓋汪、陳皆以第二人及第者也。

同治癸亥，史士良觀察上左爵帥書論事，帥批其牘尾有曰：「該道喜用失事之人，良以使功不如使過耳，抑思古人棄婦萎韭之喻乎？」觀察不知四字出處，詢余及汪時甫太守，皆不知，遍翻類書，不能得。時章采南殿撰以憂歸，舉問之，亦不能答，以為真僻書矣。嗣余至上海偶言之，大兒德濬適閱裴松之《三國志注諸葛武侯與張藩書》曰：「棄婦不過門，萎韭不入園。」則此書亦未為僻也。惟鄉前輩言乾隆朝開大科徵書至學，學官遣門斗持文傳與薦者，門斗問諸君曰：「公等咸稱博洽，亦知我『門斗』二字於何時昉？取何義名？」皆瞠莫對。比至都，訪之同徵者，亦均無以對。迄今百有餘年矣，計必有博學者能知之。

徐少鶴侍郎少負博洽名，作文喜用僻書難字。嘉慶甲子舉於鄉，題為「謹權量」四句，文內所用之字，讀者多結舌不能下。相傳是科內監試張古餘太守於第二場夢神告之曰：「此卷所用者，乃《爾雅註疏》，君其記之！」既醒，自笑以為監試官向不閱卷，何有斯夢？次日方送薦捲入，忽聞二主考相語曰：「卷中出比所用乃是《山海經》，對比則杜撰矣，當黜之。」太守聞之，忽悟，乃前白曰：「恐是《爾雅註疏》。」因述夢中所聞。翻《爾雅》閱之，信，遂中式。

余曾以此事詢之其弟季雅姑丈而符。亦奇矣哉！

博雅宏通之彥，余六十年來僅見三人：一閩縣陳恭甫太史壽祺，於書無所不覽，著作等身。余在福建時尚幼，僅一拜見，不能有所叩發，第聞金匱孫文靖公、侯官林文忠公欽佩之不已。二公則余知其學問之淵懿也。一金溪戴簡恪公敦元。余道光壬辰應京兆試，公時為刑部尚書，以年家子上謁，公謙抑殊甚，有「有若無，實若虛」之氣象。余特搜僻典數則叩之，公則曰：「年老記憶不真，似在某書某卷第幾頁第幾行內，其前則某語，其後則某語。」試翻之，則百不爽一。蓋公固十行俱下，過目不忘者也。余嘗問公天下書應俱讀盡矣，公曰：「古今書籍浩如淵海，人生歲月幾何，安能讀得遍？惟天下總此義理，古人今人，說來說去，不過是此等話頭。當世以為獨得之奇者，大率俱前世人之唾餘耳。」公於刑部例案最熟，無一事可以欺之，老胥猾吏見之束手，故終身歷官不出刑部。一為會稽屠筱園先生湘之。先生與余同官者三年，內行敦篤，善氣迎人，廿四史、十三經、諸子百家，探口而出，問之不能窮。嘗為袁簡齋先生駢體文注釋，一典必窮其源，不肯舉眼前所有者以塞責。余嘗借其本觀之，所引之典，多出余所知之外者。余謂先生：「恐簡翁當日撰文時亦只就目前之典用之，未必若是之探天根、躡月窟，誠恐先生所引之典並簡翁當日亦未必知之。」先生曰：「固然。然注書之法不能不如此。」余曰：「若天下後世皆欲如先生之釋書，則所釋亦僅矣。」先生貧甚，此書未及刊刻而歿。庚、辛之亂，底本不知存亡矣。先大夫嘗言南昌彭文勤相國乾隆時最稱為博學。相國為考官，純皇帝以「燈右觀書」命題，相國愕然不知出處，大慚愧。比覆命陳奏，以學問淺薄，不審詩題之所出，敢昧死以請。上微哂曰：「朕是夜偶在燈右觀書，即事命題耳。」公叩首趨出。上顧侍臣大笑曰：「今日難倒彭元瑞矣！」

古樹中異物

同治丙寅十二月，上海縣漕河涇趙姓有古樹，數百年物也，析為薪。樹杈中生大菌，具人形者三：一破於斧；一為析薪人竊去；僅存一高尺許，眉目口鼻如寺中彌陀像。丁卯二月，莫家塘古墓有烏桕樹一株，大十餘圍，枯死久矣。里人伐之，穴中得紅芝，一枝三歧，上有佛像，皆趺坐。時余提調松滬釐局，曾親見之。

上海縣城隍神之靈應

秦景容先生諱裕伯，大名人，元至正進士，官至奉議大夫、行臺侍御史、延平府總管兼管內勸農事。會世亂，避居上海，題橋見志，世目為「裕伯題橋」。張士誠據姑蘇，招之，拒不往。明太祖即位，命中書省檄起之，先生對使者曰：「食元祿二十餘年，而背之，是不忠也；母喪未終，出而拜命，是不孝也；不忠不孝之人，又焉用之？」固辭不起。居邑之東鄉長壽寺里，歿，即葬於其地。太祖敕封為上海縣城隍神，丕著靈爽。順治十年秋，海寇犯縣治，總兵官王　督戰辱師，民聚而詬之，王怒，訴之周巡撫，誣民通賊。周惑其說，將俟雞鳴屠之。是夕，神降官廨，儼立階下，周心動而止。至夜半，仍欲屠之，又見神直視搖首者數四，懼而輟其事。事載邑人曹給諫一士所譔頌序。民感神再生之惠，二百年來香火極盛。同治丁卯，余攝令南匯，邑境閘港鎮為先生子姓聚族所居之處，曾以先生題橋事為賦題試諸生。辛未調攝上海，會先生裔孫彥華中翰暨其族中生監十餘人呈請為先生墓禁樵採。余以先生生為義士，歿作明神，而邱壟摧殘，侵佔不治，是有司之責也，因首捐俸錢二百緡為倡，囑諸紳士量鼓分操，共得錢三千餘緡，為贖回墓地十九畝，並建祠堂於墓側，俾其後人世守之。壬申之秋，余謝事時，工甫及半。至冬間，彥華中翰來告蕆事，並云於先生墓道前掘出石匣一具，鐵條錮之，不敢啟視，仍埋舊處。余謂此必當年所刻墓志也，惜不開之，俾銘幽之文一顯於世再埋之也。中翰云：「當獲石匣時，曾筮之以著，有文明之象。」其為墓志無疑矣。

畜鴨之利弊

南匯海濱廣斥，鄉民圍圩作田，收獲頻豐。以近海故，蟛蜞極多，時出齧稼，《國語》所謂

「稻蟹不遺」也。其居民每畜鴨以食螃蜞，鴨既肥，而稻不害，誠兩得其術也。此事余在南匯稔知之。比宰青浦，則去海較遠，湖中雖有螃蜞，漁人捕以入市，恆慮其少。而鴨畜於湖，千百成群，闌入稻田，往往肆食一空。於是各鄉農民來縣具呈，請禁畜鴨。時攝南匯令某君方以畜鴨食螃蜞為保稼善策，稟請通行各處，巡撫丁公抄稟行知下縣。余閱之，不禁失笑，因以青浦請禁之件申覆；公見之，亦一笑而止。蓋物土之宜，固不可一概論之。古人迎貓祭虎，今日虎詎可迎耶？

三千金不及一魚

「好名之人，能讓千乘之國；苟非其人，簞食豆羹見於色。」此真孟子通達世故語也。余嘗見慷慨之士揮斥千金，毫不吝惜，於一二金出納或不免齗齗者，事過之後，在己未嘗不失笑也。五茸葉桐山為河間通判，治餉宣府，當更代日，積資餘三千金，桐山悉置不問。主者遣一吏持至中途，以成例請，桐山曰：「不受羨，即吾例也。」命歸之。晚居春申故里，饘粥不繼。一日梅雨中，童子張網失一大魚，桐山為呀歎，其妻聞之曰：「三千金卻之，一魚能值幾何！」桐山亦撫掌大笑。雖然，居今之世，桐山可不謂賢乎？

科名熱中之笑柄

嘉興馬淡子明經汾，嗜學工詩，嘗謂余曰：「詩人境地，亦各就其造詣為之。才力大者如清廟明堂，有宗廟之美，百官之富；小者則如竹籬茅舍，布置幽雅，亦自可人。吾才不高，只可小以成小而已。萬不可貪多務得。譬之蘆簾竹屋中，忽陳黃鐘大呂一器，美則美矣，其如不稱何！」先生累躓鄉試，道光辛巳，會開恩榜，時室中窘甚，妻苦勸其不往，先生不可，典質簪珥而行。出闈，意得甚，日盼捷音。放榜日，佇立門首。會同里沈蓮溪觀察中式，報錄者誤入其家，鄰人咸從之入，眾口稱賀。先生大喜，登樓易衣冠，命其妻為著靴，顧而矜之曰：「何如？」語未畢，樓下忽呼曰：「誤矣！中舉者乃沈家也。」一鬨而散。先生靴猶未著竟，其妻仰而誚之曰：「如何？」聞者之捧腹。先生歿後數年，乃選景甯訓導。

論和議書

四川余紫松軍門步雲，嘉慶初年以鄉勇從軍，剿白蓮教匪，力敵百夫，所向無前，由偏裨擢至太師加太子少保銜，圖形紫光閣。征伐之事，無役不從，威名亞於楊侯。道光二十年，西夷事起，定海失陷，軍門由福建調督甯波，年已暮矣，兼之兵將不習，駐守招寶山者二年，和戰之議未決，而蛟門不守。軍門伏失律之誅，雖罪有應得，而其情則可原焉。軍門與家梅亭方伯在川楚軍營共事日久，其初來甯波也，致書方伯，道契闊並及議和事，方伯囑余代為作答。時余年少氣盛，一揮而就。書達，侯官林文忠公見之，矜賞甚至，因之頗得聲譽。迄今三十餘年，不幸所料之事多有中者。辛酉金華失守，余詩文稿均付劫灰，駢體文二卷亦歸烏有。此書乃門生姜梅生編修所錄存者，甲子年寄以還余，茲附存之。

執別三巴，歲星八易。鱗羽並曠，烏兔爭馳。瞻望旌麾，時形轤轆。近聞移北門之鑰。視東浙之師，望重寰中，威行海上。想聖人洪福，元老壯猷，揚烈武於簡青，擒蘇文於鴨綠，翹足可待，屈指以期。頃展芝椷，式慰蕭念，承示大軍雲集，小醜勢窮，夷目乞降，廷臣議撫；凱旋不日，師撤有期。既循覽之再三，輒有疑於萬一，不揣冒昧，敬獻芻蕘。夫用兵固仁人所不忍言，而禦侮亦王者有不容已。恩不深，不能懷遠人之志；威不立，不足懾狡寇之心，故六月行師，宣王薄伐，三苗逆命，虞帝徂征，沿及漢唐之朝，率有戎羌之役，古來令主，豈好窮兵？良以蠻夷之情性，感德少，而畏威多，是以中國之聲，靈武備脩，斯文教洽。今者逆夷事勢，居然猾虜機謀，明曰通商，陰圖襲邑，其遊奕四處，即肆楚之狡謀。其盤踞一隅，即以防之故智。失實怯於來戰，故純以炮火作虛聲，情究畏我久持，故疊致書函為疑陣。揆厥伎兩，已見端倪，倘復信其詭詞，必至墮其奸計。未堅心服，益長天驕，生四夷輕漢之心，恃中國和戎之議，損威失體，貽患將來，糜餉勞師，後憂方大。就此一節，慮有三端：從來大信不齊，況在夷德無厭，倘若陰圖深入，故為陽乞緩師，使臣方持玉節而臨，贊普已鑄金枷以待，我將釋甲，寇且張弧。事起蒼皇，禍成黑子，雖依漢與依天同誓，不少恭命之詞，而受降與受敵無殊，終恐劫盟之變。此其可慮者一也。人面獸心，非情可喻。蠅營狗苟，惟利是圖。縱令此日尚可羈縻，難保異時不生反覆。釁尋白馬，諾責黃龍。俺答貢明，朝市不妨夕掠，元昊通宋，賤貨可索貴酬。喜則連艘而為商，怒則分艅而入盜。此其可慮者二也。揆其入犯之由，實係禁煙而起。驟通貿易，難立章程。即嚴命之重申，恐難遵乎令甲。紛紜估舶，乘鯨浪而明來；雜還漁舠，駕鼉帆而暗引。截之則彼時仍慮興戎，縱之則前詔豈非反汗？始猶私漏，繼且公行，機失一朝，毒流四海。此其可慮者三也。

我國家金虎開圖，銀麞拓地，德威所被，寰宇胥臣。閣下專閫大員、中朝宿將，假狄天使平南之節，肅馬伏波下瀨之軍，草木亦識威名，婦孺皆知姓氏。掃清螟特，無待龜著；況以邇者情形，尤見勝謀在我，狐跳梁而尚短，鼠鬥穴以將疲。何必故作趑趄？重煩擬議。請上防邊之策，歷排築室之謀，追原定海之亡，實以重洋之限。鞭長莫及，湯沃無從。故遂鴟張得成鳩占。然敗之於崇明，挫之於廈門，殲之於姚江，卻之於乍浦，突豕失勢，鋌鹿已窮。迄今饋運時增，師徒日集，諒軍食則彼寡而我多，計兵力則彼薄而我厚，論氣勢則彼驕矜而我忿怒，度器械則彼損敝而我繕完。機若建瓴，事同沃雪，先咷奚慮，必克焉誣。擒且勝於渡瀘，功更逾於橫海。犬羊入笠，只用垂笞，魚鱉無橋，何須靴蹋？不疑何卜，惟斷乃成。固將卻四座以勿喧，決兩言而不再。

某受恩深重，衰病不支，際此倥傯，未能展效，莫上匡時之策，徒深憂國之心。所望閣下刻玉燕山，銘金麟海。蒽珩赤舄，賚方叔之元勳，秬鬯青圭，祝召公之萬壽。在公固多偉績，於某亦有榮施。事業千秋，起居萬福。謹承動靜，無任主臣。

揚州烈女

余署青浦縣時，江北委員來言揚州仙女廟鎮烈女事，心異之，而未悉其詳也。壬申冬，在蘇州晤前江都令甯波胡竹亭刺史璋，詢之。竹亭曰：「此吾後任事，故女之姓氏不能記憶，然其事固彰彰矣。先是鎮民某聘烈女未娶而卒，烈女聞信，即矢靡他。父母屢勸不從，遂如其意，俾過門守節。某家業染，固素封也，烈女入門後，恪守姆訓，家無閒言。某之侄年長未嫁，與染工王姓者通，頗為烈女覺，時時規之。女患之，與王謀並通之，以緘其口。而烈女冷面寒鐵，不可以游詞入，則意必強而後可也。一日者，乘間令王先匿於房，俟其就臥，犯之，大呼不從，王不能強，女入助之，拒益力，遂以被掩殺之，而以魘死訃其家，然血痕未滅也。父母控之官，官為杭州某君，初驗時心頗疑之，而未能決。比回署，輾轉間，其子受重賂，說某，竟以病死擬定案，人咸冤之。越數日，江甯省城隍廟卜者夢城隍神升座，有江都縣女鬼號訴聲冤，神大怒，簽差提人。俄頃囚至，則赫然江都令也，卜者驚醒。次日舉以告人，人莫之信。未幾，江都縣報病故之文至，於是喧傳省中，後任官復提全案研鞫，事遂白。女與王並擬斬決，而烈女請旌焉。某君與余有年誼，人亦恂恂長者，為惡子所誤，遂隕其生，惜哉。」竹亭又言，某卒未幾，其子亦暴疾死，想地下無漏網也。惟卜者云夢中詢神姓名，則曰是宋之丞相文天祥。

卷三

鬼神報應之靈兩則

（一）

鬼神報應之說，儒者所不道，然確有其事，足為世人鑒戒者。先大夫官福建時，有李某者，江蘇常州人也，以巡檢需次充督轅巡捕官。其人有幹才，白皙鬒鬚眉甚口。總督阿公林保深愛之。會有相士自都中來，曾識阿公於微時者也。阿公館之外，而令李某於同官處為之推轂。未兩月，獲千金，相士深感之。將別去，李餞之，謂曰：「君此行得多金，繄誰之力？」相士謝曰：「公之賜也」。曰：「僕有一事奉煩，可乎？」曰：「何不可之有！」曰：「君將行，總督必問君歷觀省中各官員何人最貴，君第曰：『無逾於李巡捕者。』則拜德多矣。」相士許諾。比行，阿公果如所問，對曰：「歷觀巡撫以下，狀貌應富貴固多，然無逾於李某，將來功名不下於公。」遂別去。阿公自是待之加厚，李亦深自匿。一日召入署，謂之曰：「我欲拔擢汝，而汝之官太卑，今方開事例，我資汝二千金，汝可捐通判，赴選後，我再為設法。」李從之，捐通判，入都候銓。阿公指名奏調，即奉旨發往福建委用。到省後，人皆知為總督所屬意者，其門如市，李亦呼吸風雷，頓改故態矣。未幾，以獲盜功保升同知。又未幾，阿公遷去，瀕行，密摺保薦，得旨以知府記名。旋署泉州府知府。時先大夫攝洒洲場鹽大使，正其所屬。新歲到府賀正，本相識也，一則飛上枝頭變鳳凰矣，然相待亦尚款洽。越日，省中有候補通判謙山俞君益者，以公事至，與先大夫亦舊識，遂同寓一店中。店固距府署不遠也。愈往謁李，李訂翌日晚筵，並云亦須延先大夫。次日聞升炮聲，以為太守且來答拜，俞亟衣寇以待，而久不至，遣人探之，則云太守出門遇鬼，回署不復出矣。明日仍不出。又明日，俞往視之，李延入臥內，曰：「正欲迎君，來甚善，當以後事相托。」俞詢其故，曰：「前日方出門，忽見數人攔輿擊我，我呼隸執之，不見，乃知為鬼，入夜即病。夢冥王提往質訊，緣有人控我十款，我俱不承。冥王甚怒，昨夜復訊，杖鐵棒百，痛甚，姑承一款。」因啟衾示俞，兩股皆作青黑色。遂令僕開箱取錦軸畫，展之，乃一美女，俞驚問何人，曰：「不肖事，何必言。」遽取火燒之，歎曰：「所承即此案也。」俞不忍留，再三安慰而出。出與先大夫言之，共相歎詫。越日，天甫明，李遣人邀俞及先大夫，一見即執手流涕曰：「死矣。昨夜冥王尤怒，拷訊極酷，最後竟炮烙我，我不任受，已盡承矣。今日不能日中，所以亟請二君至者，床下尚有三千金，奉懇持作扶柩及歸孥之用。他無所囑。」因歎曰：「我命本合作知府，因急於求進，機械變詐，造成惡業，致夭天年。君等不信，數日後當有簡放泉州府之部文矣。人之將死，其言也善。切勸諸君居易俟命，以我為前車之鑒也可。」言訖，遂瞑。李本魁梧潔白，比殮時，縮短如童子，通體顏色焦黑如桴炭，知炮烙之加，定非虛語。死之三日，部文到省，奉，旨以李某補授泉府知府。

（二）

福州薩虎山者，翰林薩龍光之兄也。薩氏為福州巨姓，世業鹾。虎山舉孝廉，大挑得知縣，因總鹾綱，遂不赴補。虎山人極平正，慷慨喜結納，各官多與之交好。一日，衙參將散之際，聞有人言其死者，先大失遂與同官數人往探其喪。至門，寂若無事，姑人焉，而虎山儼然出。眾愕然，虎山笑曰：「諸公以某為死耶？」眾不能答。乃曰：「死誠死矣，生暫生耳。」因言：「昨午坐而假寐，忽見一吏持票拘之，遂隨之行，至邑城隍廟，始悟非人間。見一吏似相識，而忘其姓名，詢之故，曰：『少待自知之。』俄頃神升座，隸引之入，神謂曰：『有一事，須君對質。某年月日送一私販到龍溪縣杖斃，尚憶之否？』言未既，則鹽販跪階下呼冤索命，我對曰：『彼時某在鹽公所，鹽快緝一私販至，某呈送到縣，事實有之，然並無囑令杖斃之事。夫鹽快緝私販，例也；公所呈送私販到官，亦例也。其是否應仗斃，當問彼時之官，不當問此時之某。』神曰：『固知君無罪，但冥間之律，必須兩造相質無異詞，乃能完案。前因君壽數未盡，故遲之到今；今君數已盡，是以傳來一質。案已結，君可休矣。』回視，私販者已不見，我乃知已死。遂前懇曰：『某有二事未完，一則友人託孤於某，已撫養長大，須為之畢姻；一某薄有資產，人欠某債者，券盈匣，然其中有能償者，有不能償者，惟某知之，若不為別白，將來子孫一概索之，則貧窮者受苦矣。願乞二日期，了此二事。』神鑒我心，准予給假，飭吏送還，至夜半而蘇。今日遣人追友人子來，為之完婚；並檢券之不能償者，召而還之。二事已了，明日復死矣。」眾問：「君死後當何如？」曰：「我已問之吏矣，為人若無罪業，則生為何等人，死即何等鬼，與陽世無異。」曰：「若不轉生乎？曰：「我亦問之吏矣。今世為何等人，則來世亦為何等人。若作善，則來世勝於今世矣；若作不善，則來世遜於今世矣。所謂『欲知前世因，今生受者是；欲知後世因，今生作者是。』此理絲毫不爽。敬告諸公，其各勉之。」握手鄭重而別。次日果卒。先大夫嘗謂少年氣盛，每持阮瞻論，不信鬼神報應之事，及目擊李、薩二君死時狀，乃知陰陽確有此理。從此歷典州縣，守分安命，不敢妄為一事，妄起一念。臨上質旁，在在若帝天昭格矣。此二事，余幼時隨侍衙齋，熟聞庭訓。既以自警，亦每舉以戒人。

居官奢儉之關係

先大父嘗訓余兄弟曰：「居家儉，則居官廉。吾歷官數十年，見奢者未嘗不以貪敗。」白小山尚書採此語入公《墓志》中。余歷官亦三十年矣，每見儉樸者，子弟類能自立；奢汰者，子孫無不貧窮。所謂『以身教者從，以言教者訟』也。明上海人喬純所先生懋敬官廣西布政使，居官廉儉，雖歷官藩臬，仍布衣蔬食，常曰：「士大夫不可一日無窮措大氣。」旨哉斯言！先生著有《廉鑒》四卷，余宰上海時訪之未得也。

用兵以氣為主

用兵以氣為主。咸豐庚、辛間，浙江賊氛甚熾，官軍屢挫，張璧田軍門嘗指其士卒告余曰：「子視其狀貌糾糾桓桓，殊不知迭經喪敗，心膽俱碎，見賊即走，不可用矣。」至同治壬戌，相距僅一年耳，左帥駐師衢州，李帥紮營滬上，一號令之，壁壘旌旗均各變色。余時在四時軍中，所用之兵勇將弁，率多杭州潰散之餘，然遇賊輒奮擊，所向有功。先時我軍望見賊之旗幟則走；後則賊望見我之旌麾即逃，豈非氣之為哉？壬戌夏五月二十一日，粵賊十餘萬，自蘇來，分十二枝，四面馳突，圍程軍門學啟新橋營數十匝。李帥聞之，親勒兵馳救，所部卒離皖數月，不得一當賊，至是勇氣百倍。軍門望見帥旗，亦突圍夾擊。我兵無不一當十，賊大敗，奔還。是役也。有一卒殺數十人，最後遇一悍賊，鏖戰良久，兵刃俱折，至以手相搏，互殕於地，賊取其斷刀刎其頸，卒亦以拳揕其胸。正危急間，忽見賊失其首，躍起驚視，則一卒手斬賊頭去矣。次日，余謁李帥，帥為余備言戰事。余因言：「公重臣，當持重。不可親冒鋒鏑，萬一飛炮偶集，羅忠節已事可鑒也。」帥言：「若不親自督陣，則士卒必不能如是效命。」因歎：從來文臣為大帥，類深居簡出，不肯親臨行陣，故不能成功。前數年，以編修從軍，每親出擊賊，軍中呼為「武翰林」，我戲應之曰：「僕乃『文蝦』耳。」蓋滿洲中稱侍衛曰「蝦」，新武進士入侍衛學習者，曰「拉蝦」也。先是，外國人輕中國兵，以為無用；至是戰，乃稱中國有人。

童子證明悍匪

同治癸亥正月，我軍攻紹興，諸將屢奏捷，每俘賊至，輒發善後局委員訊之，果屬老賊，即行正法；如實係被脅被擄者，多給照令回籍。殺者不知凡幾，釋者亦不知凡幾矣。一日者訊一賊，其人喋喋自陳確係被擄，涕泗交下，情景逼真。問官惻然，已欲生之矣。忽食肆中童子送湯圓入署，見之驟呼曰：「此賊是殺我一家者！」官驚問之，則童子之父向設肆於紹城中，亦賣湯圓。城破時，此賊殺其父兄，而係童子去，為之服役，賊中所謂「小把戲」者也。童子乘間逃出，乞食至甯，遇父之同業收留之。今則適遇之耳。相質之下，賊俯首無詞，當即驅出斬首。向使童子是日不入署，則此賊遂幸逃顯戮，而一家數命，沈冤莫雪矣。「天網恢恢，疏而不漏」，斯言信然！

福建宰白鴨之慘

福建漳、泉二府，頂兇之案極多，富戶殺人，出多金給貧者，代之抵死，雖有廉明之官，率受其蔽，所謂「宰白鴨」也。先大夫在讞局，嘗訊一鬥殺案，正兇年甫十六歲，檢屍格則傷有十餘處，非一人所能為，且年稚弱，似亦非力所能為。提取覆訊，則供口滔滔汩汩，與詳文無絲忽差。再令覆述，一字不誤，蓋讀之熟矣。加以駁詰，矢口不移。再四開導，始垂泣稱冤，即所謂「白鴨」者也。乃駁回縣更訊。未幾，縣又頂詳，仍照前議。再提犯問之，則斷斷不肯翻供矣。他委員嗤先大夫之迂，逕行提訊，遂如縣詳定案。比臬使過堂問之，仍執前供。因訊：「爾年紀甚輕，安能下此毒手？」則對曰：「恨極耳。」案定後發還縣，先大夫遇諸門，問曰：「爾何故如是執之堅？」則涕泗曰：「極感公解網恩，然發回之後，縣官更加酷刑，求死不得；父母又來罵曰：『賣爾之錢已用盡，爾乃翻供，以害父母乎？若出獄，必處爾死！』我思進退皆死，無甯順父母而死耳。」先大夫亦為之淚下。遂辭讞局差。噫！福建人命案，每年不下百數十起，如此類者良亦不少，為民牧者如何忍此心也！

捕盜專恃眼線之誤

壬申四月，江南三江營炮船哨官捕盜，盜拒捕，哨官溺水死，兵勇死者五人，傷者十人。其地在揚州江都縣境。事聞，制府震怒，飭地方官及水師營官嚴緝。於是瓜州鎮總兵吳君派營弁帶同失事炮船內之勇丁作為眼線，來上海緝捕，緣勇丁稱認係浙江巡鹽紅單船之廣勇也。六月初到滬，越一日，在茶館店獲一人，是紅單船之廣勇。次日，營弁請觀察及右營參將督率兵勇，於紅單船又指獲二人。皆發縣審訊。據來勇聲稱，一是拋火藥包入船者，一是隔船斫人者，一是過船釘炮眼者。言之鑿鑿。余即提犯反覆訊究，熬審一日不承，隔日再訊，擰耳跪練者竟日無一詞，呼冤而已。余心疑之，問來勇曰：「伊等既先以火藥包擲爾船中，則彼時煙焰迷漫，爾何從辨為斫人者，為釘炮眼者，如是之真也？」對曰：「巡鹽船與炮船同泊一鎮上，每日上岸時常相見，故能認識，故雖於煙焰之中亦能辨識。」而來弁則以余不應駁詰來勇，大有煩言。次日，余又研訊，自朝至三鼓，心力俱瘁，一無供詞。余恐其死也。稍寬之，來弁遂以余欲縱盜，不用嚴刑，訴之觀察。余亦以不能得確情，請添派委員會審。觀察謂南滙令葉君顧之有能名，且係廣人，札令來審。葉君覆訊一日，亦不能得其情。余與葉君皆謂此三人冤，而無奈弁、勇質之甚力。會制府又委前皖南鎮劉總戎啟發，帶為盜行船之舟人來，因派兵快與之會緝。當日即於玻璃肆中獲廣人陳來。

陳來者，前水營中藍翎千總也。先是，有販豬船泊江口，群盜登其舟，將豬客及舟人盡縛置艙底，駕其船以行劫。行數日，盜稍倦，陳來者勸盜首釋舟人，俾搖櫓。行二十餘日，劫客舟三次，最後遇炮船，拒捕後，駛至江陰口，群盜登岸逸。豬客到靖江縣報案，故總戎帶此舟人來，以其與盜共處久，能識盜也。陳來故勸盜首釋放舟人，是以舟人與之尤熟。余乃喜得真盜，復令舟人識此三人者，來弁與來勇共脅持之，舟人遂不敢斥言其非，而陳來顧狡賴不肯承。余與葉君及劉總戎翼日再會訊，反覆誘勸，許以如獲盜首，待以不死，總戎指天日以誓之。陳來乃言盜首亦係廣大，向日同在水營中，曾保花翎守備，現居六合縣城，開士棧並錢店，尚有羽黨在鎮江，共十二人，皆積慣行劫者。陳來在揚州開煙館，本不同夥，此行也，盜首邀之至。陳來言十二人者，皆百戰勁卒，無論一炮船，即十炮船亦無奈之何。令陳來視前獲之三人，來言非是，而三江營之弁勇則謂來庇其同黨，大不悅。於是劉總戎以陳來作眼線，往捕盜首；而瓜鎮則稟制府，謂此三人是真盜。制府飭令解至金陵再訊。時余已謝上海縣，乃將詳細情形白之應廉訪。會劉總戎率陳來捕首盜等七人，皆訊明正法，留陳來獄中，待獲餘犯。江甯府蔣君訊七犯，皆供與上海之三人不涉；而瓜鎮持之堅，制府亦惑之。至八月中，應廉訪至金陵，乃力言於制府，將此三人釋放。噫！是三人者，使余嚴刑鍛煉而成招，則又必令其供出黨羽，轉輾株連，冤死者不知凡幾矣。然此固眼線之確指者也，眼線其足恃乎？是役也，余之不妄殺人者幾矣，可畏哉！

折獄須慎

余攝南匯時，有棉花行主姚某控王某欠伊花價洋銀一百有六元，有券，有中證，有代筆，云索之不還，反被兇毆等情。余提訊，先問原告及中證、代筆者，所供地詞相符。繼提被告，跪堂下戰慄惶恐，似不能言，久之乃訴曰：「實不曾欠錢。」余曰：「不欠，何以控汝？」又不能對。余疑其情虛，復促令言，則曰：「我縱欠錢，何必請開煙館者作中？」余笑曰：「汝並非貴人，開煙館者何不作中？」則又曰：「我自能寫字，何用代筆？」余叱曰：「汝蓄意不良，是以不肯親書，為圖賴地步耳！」侍役遂群喝之。王即伏地供願還，而涕下如雨。余疑之，因令帶下。復呼原告至前，問曰：「爾之券，何以不令伊親書？」曰：「伊自託人代筆，某不與知。」曰：「此券是伊帶來乎？抑在爾家所寫乎？」姚躊躇對曰：「是在我家所寫。」曰：「代筆是伊同來乎？」曰：「否。某甲向在村口居住，是日因在茶店相勸，遂偕歸代為寫券。」余大聲曰：「是在茶店偕來乎？」曰：「然。」時某甲已在堂下矣。遂令帶原告至宅門外，而呼某甲前，訊曰：「爾代王某書，是王某邀爾耶？」曰：「是王某所邀。」余知某甲蓋已聞「茶店」二字，因曰：「書券何不在姚某家中，乃在茶店？」曰：「是日相勸在茶店，故就彼處書之。」曰：「爾本擬作代筆，故紙筆皆帶往乎？」曰：「否。是從茶店借來之筆，而紙則買之也。」余曰：「信乎？」曰：「信。」遂令將其帶入後堂，而傳作中之某乙入，則拍案曰：「王某並不欠錢，爾與姚某騙至爾家，逼令出券，爾乃硬行書中，此何理耶？」乙惶懼曰：「某不過為好相勸，實無逼勒事。」余曰：「先在茶店，已經言明；何以又至爾家？」乃曰：「某開煙館，家有餘地，是以王某隨姚某來，而某甲又欲吸煙，故就某家寫據，因將某書作中，並無逼勒事。」余大笑，令將原、被、代筆三人皆來前，諭被告曰「此案我已訊明，爾所欠不止一百六十元，乃三百十八元。」王大驚，哭曰：「天乎！冤哉！」姚亦從旁代白曰：「實止一百六十元。」余曰：「固也。票共有三：一在爾家寫者，一在茶店寫者，一在某乙煙館寫者，豈非三百十八元耶？今一票已呈，尚有二票，可速交出！」皆相顧愕眙。爰將三人重懲枷示，而釋王某去。

越日，有醫士陳君來署曰：「幸矣哉，公之折獄也！」余問故，曰：「先一日出門視疾，足乏，於廟中卜肆小坐，俄來一人，手持香燭，容色倉皇，卜者其素識也，呼之詢以何往，曰：『前村姚某欺我懦，與惡棍串通，揑造借券，控我於縣，明日將訊矣，有中證，有筆據，我口又吶，勢不能辨，毋寧死耳！將先往訴於神而死。』卜者止之曰：『姑往審，審而負，訴於神。請先為子卜之。』卜既，視其爻曰：『甚吉，有貴人解，當無礙。』我隨詢其名，即公昨斷之案也。今已得直，可無死矣。」余聞之駭然。未錢債，訟獄中細事耳，使爾日掉以輕心，不幾致死一命乎！袁簡齋先生有句云：「獄豈得情寧結早，判防多誤每刑輕。」余常服膺，以為仁人之言。由今思之，一誤且不可，況多誤再加之刑乎！甚矣，為地方官者之難也！

地方官微行之利弊

顧淡如先生菊生攝理紹興府事，有父母神明之譽。嘗聞某鎮有開場聚賭者，派員訪之，返命則云：「逃散久矣。蓋有一人狀貌與先生類者，泊舟市橋，至鎮上買少物，不計值而去。於是匪黨疑先生親訪，即刻奔走。」先生笑曰：「吾安得如是百十化身，使入縣鄉間，處處有一顧淡如哉！」余在南滙鞫一獄，訊問之詞偶中其隱，案中人疑數日前煙館內話是事，有一蒼髯者在彼吸煙，謂是余私訪得其情，遽吐實。實則余並未出門也。在青浦時，至金澤鎮勘案，微服步行，村落中遇一老嫗，嫗問余曰：「今日官來此，先生其隨官來者耶？」余佯為不知，詢其故，嫗以勘案告。余因問其官之賢否，嫗曰：「官甚好，但有一件惡處。」余驚問之，則曰：「我處每年春日演艱巨，自此官到來，禁不復作耳。」俄而騶從畢集，嫗驚，余慰之曰：「嫗勿怪，我之禁戲，乃以兵燹之後為若等惜物力也，與其看一日戲費錢數百文」，因指其身之敝衣曰：「何如到冬日製一新棉襖乎？」嫗笑，余亦笑而去。

又嘗至章練塘鎮比卯，眾尚未集，乃易服至鎮廟瞻眺，歸則繞鎮後田塍中行，綺交繡錯，迷不得路，無可問津。正猶豫間，忽田間來一人曰：「官其迷路耶？」余曰：「然。」遂引余出，意甚殷勤，且延至家獻茶。余謝之，睇其面，似曾相識者，因詢之曰：「記在何處見爾？」聳然曰：「小人徐德全也。」徐德全者，曾因奪蕩田，聚眾鬥毆，余杖之一百得也。余不覺駭然，遂謂之曰：「此後宜作好人，爭鬥非好事，切須戒之。」徐唯唯，送至道左而別。歸後，與友人言：「此人曾受滿杖，乃邂逅相遇，既無怨，且知敬愛。小人革面，亦見青邑民俗之淳。」然自後思之，白龍魚服，困於豫且，微行究非正道也。

左爵相創設書局

今各直省多設書局矣，而事則肇於左爵相，局則肇於甯波。爵相創軍府於嚴州，嚴當兵燹之後，田疇荒蕪，草木暢茂，遺民無所得食。爵帥於賑濟之外，發銀萬兩購買茶筍，俾百姓得採擷於深山窮谷以為資，茶筍製成，紮發甯波變價，往返二次，歸正款外，得羨金數千兩。爵相以亂後書籍板片多無存者，飭以此羨餘刊刻四書五經。嗣杭城收復，復於省中設局辦理，即以甯波之工匠從事焉。蘇州、金陵、江西、湖北相繼而起，經史賴以不墜，皆爵相之首創也。爵相自奉甚儉，所得養廉銀，除寄家用二百金外，悉以賑民。甯波海關有巡撫平餘銀八千兩，循例解往，爵相謂：「今日之我無需於此款，本可裁；然裁之則後任將不給於用，不可以我獨擅清名，而致他人於困境。」追受之而轉給賑局。其用心忠厚如此。後丁雨生中丞為方伯時，不受平餘。比升巡撫，則命復之，曰：「不可累後人。」亦同爵相之意也。

青浦城隍神之靈異

青浦城隍神，為明方伯上海沈公諱恩。公清風亮節，彪炳郡乘。歿為明神，靈爽丕著。有蘇人以藩掾來提餉者，遊於寢宮，頗加媟慢。是夜，忽哀號叩首，遍身杖痕，其從者亟命舟載歸，未及家即死。此事見《青浦縣志》。公墓在上海，青海人恆醵資前往修理，至今不廢。余宰青邑二年，遇暘雨不時，往禱輒應。同治己巳六七月間。淫雨不止，縣境地勢最下，將有淪胥之患。余以邑經賊擾，凋瘵未起，孑遺之民不堪再被水災，因虔禱，以年近六十，死不為夭，願將己之生年為民請命；倘可挽回，殞身不恨。祝畢，乃起立再白神，謂：「我志如是，特恐神不能代達天聽耳。」時嘉定陸文魚署教諭事，笑曰：「君方求神，乃作此語激神耶？」然自此雨勢漸止，余亦無恙。是殆會當晴霽，故余得苟全性命耳。

曾文正為巨蟒轉生

曾文正公碩德重望，傳烈豐功，震於一時；顧性畏雞毛，遇有插羽之文，皆不敢手拆。辛未十月，到上海閱兵，余供張已備，從者先至，見座後有雞毛帚，囑去之，謂公惡見此物。不解其故。公姻家郭慕徐觀察階告余云：「公舊第中有古樹，樹神乃巨蟒。相傳公即此神蟒再世，遍體癬文，有若鱗甲。每日臥起，床中必有癬屑一堆，若蛇蛻然。然喜食雞肉，而乃畏其毛，為不解耳。」後閱《隨園隨筆》，言：「焚雞毛，修蛇巨虺聞氣即死，蛟蜃之類亦畏此氣。」乃悟公是神蟒轉世，故畏雞毛也。宋文信國公傳為吉安潭中黑龍降生。信國柴市殉難後，是日，其鄉風雨大作，人見黑龍復歸於潭，與公之異將毋同？

高僧轉世

余前記家文簡相國及晴巖編修，以為高僧轉世矣。因憶故友歙縣程印鵲太守兆綸事。太守之封君賈於蘭溪，與城外廣濟庵老僧最契。一日，見僧來，逕人內室，追而問之，則已舉一子矣。太守生五六歲時，封君攜之入庵，登堂入室，恍若素習。返即大病，云欲歸去，幾瀕於死。自是不敢復往。至十餘歲及三十歲，兩次被人強拉以遊，歸又大病。從此望門卻步。引太守親為余言者。余與太守曾同遊石門坎之六松亭，太守在溪邊獨立，余自上望之，儼然一老衲也。比見長洲彭文敬公所為《靈鷲兩僧傳》，則文敬公亦似由竺國來者。因即錄其文曰：「吳之婁門有靈鷲寺者，與盤門之開元寺皆留行腳僧。靈鷲不能繼，有一彬者，起而振之，重復舊觀；一彬退院，傳於永豐。是二僧者，余皆識之。佛門有參透三關者，一彬能之也。先是，一彬之友有筆玉者，既前死矣，余幼時，人或稱筆玉後身，蓋以神情、狀貌、言語、舉動之似，而生初亦有為之兆者也。及余見一彬，一彬亦言似；且言筆玉苦行，惟臨終一念繫戀，不得往生淨土為可惜。余問其『他日能不繫戀否？』曰：『亦無把握也。』一彬持戒律甚嚴，獨言論通脫，口如懸河，或拊掌大笑，不類他衲子之貌為篤謹者。永豐後至，亦能參三關，持戒律，苦志過於一彬。其為人靜默寡慾，與一彬異；而其務作功德，志在有濟於世，則無不同也。兩僧者，於嘉慶間先後怛化，不著靈異。余意兩僧若不生淨土，必當仍在世間，惜非肉眼所能識耳。後二十餘年，在京師見兩翰林，皆年少，一似一彬，一似永豐，問其生年，亦在兩僧死後。余疑為兩僧後身，然不知兩翰林生時有無為之兆者，未敢以無稽惑世，終未嘗以語人也。及與兩翰林相處愈習，觀其神情、狀貌、言語、舉動，愈肖兩僧。因思今日余之視兩翰林，猶昔一彬之視余，余雖肉眼，固已若或啟之而心識之矣。古稱蔡中郎為張平子後身，豈盡誕耶？」云云。觀文敬公所述如此，則文敬公固自以為筆玉後身矣。昔人謂世之登大位、享大福者，星、精、僧三項人為多，其信然耶！

泰西製造之巧

天下之巧，至泰西而極。泰西之巧，至今日而極。古人言鐵船渡海，為必無之事，嗣以鐵皮包裹者當之。壬申之春，竟有《北德意志國》鐵甲船至吳淞海口，其船純以精鐵鑄成，大片鑲合為船，重數千萬斤，可載軍士萬人。內中作為機括，可以沈行海底，大炮擊之，不損分毫。每造一船，須用銀三百萬兩。此時英、法、俄、美各國皆有此船，或數隻，或數十隻不等。海中有此船，則各樣火輪船均不能敵。機器局馮竹儒觀察曾買船鐵一片觀之，計銀一千五百兩，以費太鉅，故尚未能學製。然此船非至吳淞口，人雖有言，余亦不信也。

又有氣球大者，其內可分作五六間屋，用機器轉連，則上升數十丈，東西南北，無不如意所向。北德意志圍法蘭西都城時，法主乘氣球出亡，北軍亦乘氣球追之，空中爭戰，卒為法主逸去。此則行於天上矣。現在製益加精，嚮高不過四五里，即為天氣所遏，氣不能舒，人且閉死；今則用法吸地之生氣置於中，可以上行至二十七里之高。現此球尚未至中國，計數年後必有來者，來而製仿製，則江河皆失其險矣。嚮稱海為至深，今則測量知極深之處不過六里，故海底均可以開地道行走，特工費浩大，不能舉行。若泰西諸國之高山，倘是要道，皆從山根鑿通一穴，或數十里，或數百里，行火輪車矣。鳥槍之精者，余曾見一具，可連發六十四槍。又有氣槍，不用火藥，自能飛彈擊物。至炮之靈便迅疾，有非口所能述者，戰陣用之，無堅不摧。各國之製，皆已窮極工巧。壬甲之春，英、美二國因賠貼軍餉事忿欲相攻，然皆不敢先發。蓋炮火均極精煉，兩軍相當，可以死傷盡淨。泰西諸國嚮言用兵總須一二年間始決勝負，今則不過一月之內便可立判，故皆畏而不發。後得奧斯馬國為之解紛，遂和好如初。此皆余宰上海時所見聞者也。

西人行兵詭作

英領事官阿查里言：伊前年從軍往征一屬國，所統之師船兵力不厚。懼一時不能制勝。乃造千斤重炮子十餘枚，至其國之海邊，夤夜用人扛抬上岸，行十餘里，散置之地。歸船，乃發空炮數十聲。次日，其國舉兵拒戰，行至中途，見炮子，驚其大，且訝其擊至十數里之遠，以為不能抵敵，遂遣使乞降。於是宣布威德，取成而還。其實伊國本無此大炮，亦並不能製此大炮也。兵行詭道，外國亦然。

中西禮俗之異點

崇地山宮保厚使法國歸，言泰西各國人亦知尊敬孔子。在彼處曾見洋官家供奉一泥塑之土地神，云是孔子像。則聖教固被於海外矣。孫稼生觀察家穀遊歷各國還，言外國儀文簡略，見國王祇須罄折致敬，無所謂拜跪也。獨布國以新戰勝故，於禮節大為增加。其貴臣謂觀察曰：「我國儀文繁重，見皇帝須三蝦腰。」然亦不過三罄折，而已謂為繁縟矣。每到一國，必見其后妃，大都以接唇為禮。觀察告以中國以是為褻狎，不肯從，彼亦不強也。在法國，偶於街市閒步，忽傳言曰：「皇帝來矣。」人皆旁立摘帽，皇帝步行，一狗在前，一公主在後，別無從者，更無論儀衛矣。皇帝見眾人之摘帽，亦以手稍掀其帽為答禮然，疾趨而去。俄羅斯國之皇帝，曾隱姓名赴荷蘭國做工，學製火輪船，學成，國人來迎，彼國始知之。各外國之稱其主，惟俄、法、日本、布魯斯四國稱皇帝，若英，若比利時、奧斯馬、日斯尼亞、北德意志及丹國、義國，皆稱君主。米唎堅其君三年一代，故稱大伯理璽天德。今法國之主為布國所擄，國人奉故相攝君事，故亦同此稱。

余在上海與各國領事官互相往還，皆各盡其禮。日本新通商換約，其代理領事官神代延長最恭順，謂余曰：「我國讀中國書，寫中國字，行中國禮，本是一家。」云云。曾文正公蒞滬，其人來見，至門則科頭而入。科頭者，伊國之大禮，即古之免冠徒跣也。奧斯馬國亦於日本通商之年換約，恩竹樵方伯奉命為換約大臣，訖事之後，其國之公使及提督領事官相率來謁，方伯張筵款之，余等皆陪宴。公使等遇菜即食，嗆聲如流，使繙譯官致辭曰：「莫笑貪吃，中國之滋味極好也。」一席罷，鼓腹歡笑而去。英吉利之副領事達文波亦謂余曰：「久居中國，飲膳俱精美；洎回至本國，雖同是牛羊肉食，反覺不慣矣。」日斯尼亞國之領事官每見余等補服，必嘖嘖曰：「中國衣裳好看。」再三言之，殊有夫差好冠之意。俄羅斯國之代理領事官聶鼎者，自言：「到中國十五年，未嘗歸去，喜讀中國書，《論語》、《孟子》略皆上口，覺甚有意味。」等語。此則幾幾乎有用夏變夷之道矣。大抵各國領事等官久在內地，與中國官交際談讌，頗有中外一家氣象，第一涉及利字，則必攘臂而爭，無交情之可論；惟以理折之，以不遵和約責之，雖強項亦無他說。即使故為狡辯，終必為俯就戎索也。

鼓三通、箭一發之考證

世人恆言「戰鼓三通」，考《衛公兵法》，以三百三十三槌為一通，三通則千槌，而勝負可決矣。世人以射一箭為一發，而不知非也；射畢十二箭，方為一發。「一發五豝」，非一箭射五豕也。十二箭，乃射得五豕耳。

嘉慶癸丑科佳話

嘉慶癸丑科，一甲一名，吳縣潘文恭公，二名大興陳遠雯先生二甲一句，張春山先生，三甲一句，馬秋水先生。時人為之語曰：「必正妙常雙及第，春山秋水兩傳臚。」蓋世謂二甲一名為「金殿傳臚」，三甲第一為「玉殿傳臚」也。按：宋趙向辰《朝野類要》謂：五甲末名為「擔榜狀元」。朱文公即五甲進士，故有「若使當年無五甲，先生也是落孫山」之句。今則無五甲矣，是三甲末名即可稱「擔榜狀元」也。

宋故宮遺址

余師仁和許一槐先生諱錦春嘗言：幼時值高宗第六次南巡，有司於鳳凰山宋故宮址，葺治行宮。掘地為池，下鍤數尺，適得舊池，欄杆皆白玉石琢成，雕鏤精絕，蓋德壽舊基也。池底泥土中護鯽魚十餘頭，長俱尺餘，而無目，大約埋於地下六七百年之故。工人烹食數尾，頃刻皆暴死。乃懼，舉餘者棄之江，浮至中流，風浪陡作，有大魚數十翼之去。人皆異之。今此池兵燹之後沒為平地，不知何時再得理而出之也。

賺梁山舟學士書

一槐先生為梁山舟學士外甥，故所藏學士真跡頗多，余曾乞得一聯，兵燹後亦亡之矣。先生言：學士年六旬時，曾以事入都，道出山東，聞訛言前驛水阻，因詣中丞滿洲某公咨之。中丞一見，即盛言前途火勢異漲，不能行。遂留學士居於署之後圃。館給豐隆，惟出入必經其內寢，殊為不便，因亦鍵戶不出。中丞越三五日必來館一次，見則言水勢之大，吁嗟不已。館中一無書籍，架上祇古帖十餘種，隃糜數十丸，縑素數百番而已。學士閒居無事，日以染翰為消遣計。如是者幾及匝月，楮墨略盡。一日中丞入見，喜動顏色，曰：「水已全退，君可行矣。」遂開筵飲餞。酒半酣，忽顧插架歎曰：「吾以公事勤勞，將友朋所諉者耽擱許久。」學士乃言日來無事，業代為書盡。中丞佯驚曰：「此皆遠近名士，慕余之書，輾轉交來者；今順為公墨之，奈何？」促呼僮舁去，更易新楮來。學士大慍，遂別去。既首途，則前路並無水漲事，皆中丞捏詞欺之耳。久之，始悟廿餘年前在翰苑時，中丞方官筆帖式，以佳紙乞書，學士不應，今乃為是狡獪以報。後學士每言及之，猶有忿色；然某中丞則已琳郎滿篋矣。

飲食不可過飽

食無精粗，饑皆適口。故善處貧者有「晚餐當肉」之語。憶昔庚、辛避亂山中時，偶得一魚一肉，不啻八珍之享。年來宦遊江南，每歲首赴蘇賀正，僚友邀飲，一日之間或至三四五處，皆窮極水陸。然聞招則蹙額，舉箸則攢眉，豈今昔口腹有不同哉？蓋緣過飽之故耳。是以宋人治具宴客有三字訣：曰爛，曰熱，曰少。爛則易於咀嚼，熱則不失香味，少則俾不屬饜而可飫。後品「少」之一字，真妙訣也。

製造食物之穢

飲食日用之物，非目睹不知其製造之穢。余在福建見製冰糖者，皆雜以豬脂。在蘭溪觀製南棗，用牛油拌之乃見光彩，故嗅之微有膻氣也。富陽竹紙名天下，造時竹絲不用小便煮，則不能爛。淮甸蝦米貯久變色，浸以小便，即紅潤如新。河南魚鮓在河上斫造，盛以荊籠，入汴，道中為風沙所侵，有敗者乃以水濯，小便浸一過，控乾入物料，肉益緊而味回。然僧家以冰糖、南棗供佛，道家用竹紙書符、上表，至蝦米、魚鮓，江南人家均珍為美味，習而不察，無乎不可也。

先大父嘗言：嘉慶初年，在四川一驛遇福文襄郡王行邊，州縣極供張之盛。以王喜食白片肉，肉須用全豬煮爛味始佳，乃設一大鑊，投全豬於中煮之。未及熟，而前驅至，傳王諭，以宿站尚遠，一到即飯，以便趕行。無如肉尚未透，庖人窘甚，忽焉登灶解袴，溺於鑊中。先大父驚詢其故，則曰：「忘帶皮硝，以此代之。」比王至，上食，食未畢，忽傳呼某縣辦差人，先大父驚曰：「必覺其臭矣。」既乃知王以一路豬肉無若此驛之美者，賞辦差者甯綢袍褂料一副。

治疾單方

（一）

咸豐甲寅，先大夫七十二歲，患瘧甚劇，諸醫束手。蘇州馬雨峰太守傳一方，用燕窩三錢，冰糖三錢，先一日燉起；至次日瘧作之前一個時辰，加生薑三片，滾三次，將薑取出服之。倘胃不能納，即止啜其湯亦可。一劑不癒，則再；至三劑，無不癒者矣。此方得之蕭山，因校官王君年八十病瘧，服此而痊。其後試人屢驗，云云。余因遵方進之，先大夫一服即癒。二十年來以之傳人，奏效甚眾，尤宜於老人及久瘧不痊者。其方平淡無奇，而應驗若是，可謂奇矣。

（二）

夏日生痱，以蚌粉等撲之無效，惟以隔夜之熱湯水滌之即瘥。

疝氣病，用薏苡仁，以東向壁土炒黃色，然後水煮爛，入砂盆內研成膏，每用無灰酒調下，二錢即消。

（三）

食生冷致心脾作痛，以陳茱萸五六十粒，水一大盞，煎取汁，去滓，入官局平胃散三錢，再煎熱，一服即止。

（四）

腎虛腰痛，用杜仲，酒浸透、炙乾，搗、羅為末，無灰酒調下，三服而癒。

錢曉庭畫

秀水錢曉庭孝廉聚朝，為蘀石宗伯曾孫，余同門友也。少孤，事母以孝聞。胸襟灑落無城府。畫得宗伯家法而加以腴潤，晚年聲價益高，今則吉光片羽，人爭寶貴，且不可得矣。余先得其畫甚多，庚、辛之亂，皆付劫火，幸其子伯聲太守卿龢能世其家學，為余作一二紙，善者竟將跨灶，可喜也。曉庭早歲綦貧，而性甚介，不妄受人惠，嘗謂余：「昨晚斷炊，僅剩白米少許，供老母饘粥，而我則以炊餅二枚度一日。」然竟氣自如，絕不露寒乞相，人服其雅量也。舉孝廉後，家稍裕，大挑得淳安教諭，未及滿任，即棄官歸。歸後，惟以書畫自給，不問外事。咸豐戊午春，粵賊犯金、衢，於是嘉郡亦警備，太守馬雨峰昂霄於精嚴寺設籌餉局，延諸紳司其事，曉庭亦與焉。

太守為江蘇名孝廉，工書，宰金華時，與余善。余素不善書，而太守顧以為善，臨別強余書扇而去。至是蒞局中，謂：「陳某固才識優裕，即書法亦自佳絕。」因出扇示之。曉庭即馳書諧余，謂：「子若殿試遇馬公，必狀元及第無疑，何事軍功耶！」時余方軍書旁午，不勝況瘁煩懣，忽見此函，亦為失笑。比秋，賊退，乞假歸省，至局中訪諸友。見曉庭擁長几，列巨硯六七，粉墨狼藉，作畫猶未竟，因戲謂之曰：「促為我畫直幅八。」曉庭笑問：「潤筆若干？」余曰：「若畫果好，當書一扇奉酬。」曉庭大笑，向諸人曰：「渠字乃欲易我畫，亦太不自諒矣。」余乃曰：「我之字，嘉興一郡，除太守一扇外，更有何人能得寸縑尺幅？若渠之畫，但須贈以潤筆，便可捆載。此時皂隸駔儈之家，誰不高懸錢曉庭畫者！以我之扇易彼之畫，我猶怏怏耳。」眾皆鼓掌，曉庭亦為絕倒。迄今十有餘年，喪亂既平，曉庭早歿，即爾時在局諸人，無一人存者。思之慨歎。

聖祖不喜吸煙

聖祖不飲酒，尤惡喫煙。先文簡相國時為侍郎，與溧陽史文靖相國酷嗜淡巴菰，不能釋手。聖祖南巡，駐蹕德州，聞二公之嗜也，賜以水晶煙管，一呼吸之，火星直唇際，二公懼而不敢食。遂傳旨禁天下吸煙。蔣學士陳錫《恭記》詩云：「碧碗瓊漿瀲灩開，肆筵先已戒深懷。瑤池宴罷雲屏敞，不許人間煙火來。」今則鴉片煙盛行，其禍較（淡）巴菰百倍。在天之靈哀此下民，得無有餘恫乎？

卷四

考據之難

少時閱《閣帖》，右軍書多有「死罪」字，不解其義。後見唐國子祭酒李涪所撰《刊誤》云：「短啟出於晉、宋兵革之際，時國禁書疏，非弔喪問疾，不得輒行尺牘，故羲之書首云『死罪』，是違制令也。」乃恍然悟。又《史記》屢言家累「千金」以為富者，竊思千金即於今世亦不能稱富，豈秦、漢之際金固貴重耶？後見如淳註：「戰國時以一鎰為一金，漢時以一斤為一金。」又恍然悟。然此二義，人多不知者，因附記之。

閩海魚鬥

先大於道光初年官福建石碼場鹽大使時，忽天大風雨，隱隱有雷聲者，三日乃霽。嗣乃知海中有二大魚鬥，風雨者，魚鼓鬣噴沫所致也。鬥至三日，一魚之鬐鉤於山巔，不能動，一魚去，而此魚遂死。將死之際，海濱居民乘舟往割其肉，魚稍一擺動，浪湧如山，舟覆，溺死十餘人。乃待至臭腐後，始群往取肉熬油，尚得千餘石。

袁癡

袁丹叔先生國梓，文章爾雅，而性癡絕，人皆以「袁癡」目之。自郡守解組歸，居於茸城，屋濱大河，鄉人每泊糞船於門外，先生惡之，乃買羊肉一柈，密置河畔，鄉人擔糞歸，將飯，見肉，疑為人所遺者，大喜，亟啖之。先生俟食訖，乃至岸側，佯為周視，故作喜狀曰：「這畜生今日必死矣！」鄉人驚問故，則曰：「此地有惡狗，吾買砒霜置肉內毒之，今既食，除一害矣。」鄉人大恐，承繫已食，懇其救解。先生陽驚曰：「我毒狗，不毒人，此繫爾自作之孽，非我罪過。」鄉人愈哀懇，至涕泗，乃指糞曰：「亟啖此，或可解。」鄉人畏死，從之，大吐，委頓。則撫掌笑曰：「爾他日仍泊船於此，當令再吃糞也！」

一日者，立於門前，適府公遣僕奉書於先生，僕見先生，不識也，因詢曰：「此間有一袁癡，居何處？」先生引之至家，攜書入，良久，什襲一巨函出，交僕曰：「此係寶物，爾主向借，不能不與。爾主書中言，惟爾誠實可靠，須親攜去，毋易人致損壞。」鄭重言之再三。僕負之歸，物已重，路又遠，汗流浹背。府公見之不解，拆封，乃一粗石，重二十餘斤，上書十六字曰：「尊價無禮，呼我袁癡。無法處治，以石壓之。」府公大笑，即其僕亦自笑也。

朱文正之風趣

大興朱文正公，乾嘉時名臣也。崖岸高峻，清絕一塵，雖官宰相，刻苦如寒士，餽遺無及門者。與新建裘文達公最善，一日至裘處，譚次，忽歎曰：「貧甚，奈何？去冬上所賜貂褂亦付質庫矣。」裘笑曰：「君生成窮命，復何言！我筦戶部，適領得飯食銀千兩，可令君一擴眼界。」因呼僕陳之几上，黃封燦然。公注視良久，忽起手攫二元寶，疾趨登車去。

中國史紀外事之訛

三國魏明帝時，紀日本國女王卑彌呼遣使入貢者凡二次。今考日本國史，則仲哀天王之妻息長足媛，神功皇后也。后攝政六十九年，年逾百歲。所謂國有內難者，乃其子麛阪、忍熊二王起兵與母爭地位。后親生子名譽田別，在儲位七十年，至七十一歲乃登宸極。又四十二年卒，壽亦百有十二歲，號應神天皇，並無卑彌呼之名。日本與中國同軌同文，何以於其主名亦訛誤若此？即如《明史》記封平秀吉為日本王事，云沈惟敬私以袞冕奉秀吉，尊以帝號。今考其史亦殊不然。蓋秀吉求封明王，惟敬許之，歸而不敢言，洎宣讀至「封爾為日本王」，乃怒，脫冕服投地曰：「向言明主封我為明王，故命班師。日本在我股掌，為霸為王，彼何與焉！」是秀吉之心固未嘗帝制自為也。其國人中井積善亦曰：「明豈有以其國號封外國之理？秀吉武人，昧於事體，以取嗤於異域，貽羞於後代。」云云。則奉以帝號之說，實屬誣罔。總之，以中國人紀外國事，無從質證，故舛錯恆多也。

日本讓國之美譚

日本自開國數千年以來，一姓相傳，至今不替，為天下各國所無。其間臣弒其君，子弒其父者，不一而足。舊君奪國，女主臨朝者，亦不一而足。更可笑者，以國主之尊削髮為沙門者，尤指不勝屈，惑溺之甚，相沿成例，視梁武之同泰捨身，猶其小焉者矣。然弟兄遜國之美，則有希蹤夷、齊者，不得以異域而輕之也。初，應神天皇愛少子稚郎子，立為皇太子，命其兄大鷦鷯輔之。應神卒，稚郎子避之菟道，而讓位於大鷦鷯，曰：「王仁孝，宜為天下君，且國固王之國也。」大鷦鷯則曰：「先皇預選明德以為貳，我不敢違先皇命。」固辭，固讓，虛其位者三年。民之貢獻者，不知所適，而大鷦鷯執志彌堅，稚郎子知其不可奪也，乃自殺。大鷦鷯聞之驚馳至菟道，哭極哀。不得已而登帝位，是為仁德天皇。嗚呼！若稚郎子，可謂有華風矣。

閩省州縣虧空案

嘉慶初元，福州將軍某，與總督伍公、巡撫浦公以事相忤，署方伯錢公則以爭一優人有隙。會總督入覲，將軍兼督篆，遂捃摭三人贓私事，並以福省州縣虧空百萬劾之。疏入，奉命查辦，總督、巡撫、方伯皆正法。而所謂「百萬之虧空」者，實無此數，乃以鹽課及閒款湊成之。於是州縣擬斬決者十七人，合省呼冤，而某揚揚自得也。讞案既定。部覆未到，此十七人者發閩、侯二縣監禁。二縣以同官也，羈諸署中而已。一日者，有某令年六十餘矣，向閩縣令吉君泰懇曰：「我老，止一孫，今夜擬回寓一視，可乎？」吉許之。至明晨，部文至，署督即委吉君監斬。急使人至某寓，偽以他事促之。乃還報曰：「某已一早出門矣。」吉大窘，只得先押十六人赴轅，而擬自請逸囚罪。時天色慘淡，淒風苦雨，路人目之，皆為流涕。比至督轅，而某持傘著屐，已候於門矣。吉心大慰，遽前握其手曰：「何不謀而先至此？」某曰：「我自家行至中途，聞部文已到，因思回署再至此，則路迂，故逕來就死耳。」吉不覺哭失聲。是日十七人死後，吉痛哭，嘔血滿地，遂引疾歸。不二年，某移鎮四川，又劾總督勒襄勤相國，而代之。未幾，乃以縱賊渡河、貽誤軍機罪伏法。勒仍回任，閩人以為有天道焉。

冥司勘校侵用勇糧

蕩寇營水師參將戴兆熊字夢璜，湖南人。辛酉，余於富陽江上識之。兆熊為人質直勇壯，屢督炮船與賊戰，未嘗敗北。嗣杭城陷，軍潰散，走為賊執，不屈被殺。兆熊嘗為余言，伊戚趙副將因病入冥，見大廈一區，列坐者數十人，皆僚友之陣亡者也。詢其何以群居於此，眾答言：「凡力戰死綏者，忠勇之報，大率為神。我等雖得神道，而以平時侵用勇糧，故須聽勘校，羈滯之苦，所不勝言。」趙蘇後，每舉以戒統領等官。兆熊緣此故，與士卒同甘苦，不敢有所私云。先大夫嘗訓余輩，謂：農夫服田力穡，沾體塗足，終歲勤動，所積不過錙銖之贏；獨士大夫居則高堂大廈，出則結駟連騎，衣錦繡，食粱肉，與若輩苦樂奚啻天淵。即令盡心民事，不敢怠荒，已恐折福，況復驕奢淫佚，貪饕無厭，廣積金帛，謂可遺之子孫。昭昭在上，決無是理！觀兆熊所譚，戰死沙場者，冥司尚勘校其侵冒，則安富尊榮，而貪贓虧帑之人，恐未必能逃閻羅老子之一算耳。

賈島墓

唐詩人賈島墓，在安徽太平府城外某棠村，湮沒久矣。道光六年，當塗人、張君寶榮、吳君其粦，偶有事於村，在蓁莽中得一斷碣，乃知為閬仙墓道。因集同人捐資修葺，並立祠祀之。余時年十五，曾為撰文記其事。迄今四十餘年，兵燹之後，詩稿文稿均付劫灰，無從追錄，況幼時所作乎？壬申歲暮，檢點舊篋，忽得《閬仙詩》一冊。夜於枕上默念舊作，乃歷歷記憶，不禁喜甚，亟起錄之，或閬仙之靈陰牖余衷也與？然文辭殊不佳，姑留存以志童年故步云爾。

有唐水部員外郎賈閬仙先生墓，在太平府城西甘棠村，修護無人，樵蘇莫禁，牧童謳吟而上下，耕夫侵軼其中邊。星霜漂飛，碑銘磨滅，悵抔土之莫保，問鑄金者伊誰？道光丙戌，吳鴻臚其粦、張徵君寶榮聯騎西郭，遂踄北邙，顧荊棘勿翦於邱封，悲詩人猶窮於身後。慨然淒感，脩厥墳塋，並作祠堂以奉祭禮。鬱蔥掩日，丹雘飾雲，泉菊有馨，春秋匪懈。海昌童子某乃為撰文，書之碑。其辭曰：

天縱詩人，高才拔萃。天厄詩人，屈身卑位。
緊惟水部，崛起中唐。李賀併駕，劉騆聯韁。
沉思斷髭，劌肝摑血。窮力追新，極貌寫物。
秋風渭水，落葉長安。吟苦比孟，名重因韓。
遭時多讒，入宮見妒。長沙、長江，同才同遇。
浮沉一尉，潦倒半生。鬱此磅礴，發為精英。

絕唱五言，餘事千古。物化雲煙，人資藻斧。
如何高壟，沒於荒榛？孰司守土，致慨樵薪？
我招我朋，爰究爰度。蟻結文還，朱亭封廓。
別開巖岫，式啟祠堂。舄埏奕奕，松柏蒼蒼。
姑溪帶前，龍山環側。墩望謝公，樓鄰太白。
落日飛花，雲車風馬。彷彿靈來，推敲月下。

枝巖伯明遠先有《募捐詩》四首，一時傳誦，茲並錄之：

顧醵黃金鑄浪仙，一時佳話競流傳。
而今更有孫晟輩，為斂名流置墓田。

莫將詩瘦例尋常，萬古心源一瓣香。
寒食芳郊分白打，清樽誰與奠斜陽？

青山祠墓春秋祭，太白樓高畫棟新。

詩派縱分仙與佛，忍教荒塚沒荊榛？
膏腴十畝買何時？奢願還思建一祠。
馬負千鈞蟻駝粒，東風吹上海棠枝。

鄭延平焚儒服圖詩

明鄭芝龍縱橫海上時，娶於日本，生子成功。隆武帝賜以國姓，封延平郡王。大兵入閩，芝龍叛而迎降，其妻抗節死，成功起兵漳泉，奮螳臂以抗顏行，雄踞臺灣四十年，傳子若孫乃滅。雖為周之頑民，實殷之義士也。聖祖於其子孫疏封五等，仰見如天之度，覆幬靡遺，凡在遠人，無不觀感。日本人以康公我之自出，故豔稱之。藤森大雅有《鄭延平焚儒服圖詩》，慷慨激昂，用採之以備東國之風。其詩曰：

朱火欲熸國步難，殺氣腥羶白日昏。
萬歲山頭哭龍髯，延秋門外哀王孫。
黨禍紛紛擊且掊，四海士氣斲喪久。

草間偷活何奄奄，崩角稽首惟恐後。
延平郡王真男兒，忠義之心確不移。
一死酬恩無反顧，一木欲支大廈攲。
慷慨倡義意激烈，先師廟前矢立節。
脫卻儒衣付焚如，仰天低回瀝心血。
昔為孺子今孤臣，向背去留異所遵。
旁人乍聽心潛動，嗚咽無聲氣自振。
嗚呼！志業雖不遂，足為萬世鼓忠義。
君不聞此子受生日域中，山川鍾秀膽氣雄。
又不聞母氏清操亦奇特，泉城烈死驚異域。
母教自古賢哲多，何況男兒性所得。
莫怪金陵喪敗氣猶剛，直取雞籠作金湯。
戈鋋一揮紫颶息，鱷魚遠徙鯨鯢僵。
三世供奉明正朔，衣冠堂堂四十霜。
永為臣子示儀表，昭回並懸日月光！

古人轉世

世傳明成祖靖難，殺戮忠臣甚慘，故再世為莊烈帝，建文諸臣為流寇，報怨，卒亡其國。此說荒誕不足信，然史閣部為文信國後身，高宗聖諭亦曾及之。桐城張封翁少時曾夢金甲神，自稱晉之王敦，欲托生其家，封翁以亂臣也，拒之，敦曰：「不然。當晉室喪敗之際，我故應運而生，作逆臣；今天下清明，我亦當應運而生，作良臣矣。」驚寤。後果生一子，然未幾而夭。後數年，又夢敦來托生，封翁責之曰：「汝果奸賊，復來欺我，今不用汝矣！」敦曰：「我歷相江南諸家，福澤無逾於君者，是以仍來，今不復去矣。」遂生文端公英，故小字敦復。相聖祖，為名臣。子文和公廷玉，歷相雍正、乾隆兩朝。孫、曾皆躋膴仕，福澤洵冠於江南。第不解以敦之凶逆，而再世乃膺福報為良相；文信國之忠節，再世雖仍為宰相，而復丁陽九作忠臣，報施之理，固如是哉？

又觀明焦弱侯太史所著《濟甯州濟川坊記》，內載：秣陵司空郎畢瑜治運河時，一夕，緋衣絳幘者稱宋都魁某見夢，曰：「公堤逼吾宮，今不為區處，桐園將為行路，奈何？」公寤，亟索堤旁志石，丹書炳然。用是改築堤，而封其故墓，為文以祭。匝歲，前緋衣絳幘者復見夢，曰：「願為公後，以報。」詰朝，而仲子生，是為濟時。已而登第，繼瑜為河臣。弱侯太史以明距宋七百餘年，感應如一日為奇，詎知後來之史與張尤奇之奇者也！

小說誤人

小說家無稽之語，往往誤人。《岳傳載》：張濬陷害岳武穆，後為諸將咬死。於是吳俗遂有咬死人不償命之說。同治壬申，蘇郡有飛金之貢。先是，業金箔者以所業微細，自立規約，每人須三年乃授一徒，蓋以事此者多，則恐失業者眾也。其時有無賴某者，以辦貢為名，呈請多授學徒，用赴工作。既得批准，即廣招徒眾，來從學者，人贄六百文，一時師之者雲集。同業大忿，於是援「咬死不償命」一言，遂群往持其人而咬之，人各一口，頃刻而死。吳縣令前往檢驗，計咬傷處共一百二十三口，然何人咬何處，人多口雜，不特生者不知，即起死者問之，恐亦不能知也。乃取始謀先咬者一人論抵。

縐雲石

吳將軍六奇所贈查伊璜孝廉縐雲石，道光年間，為石門蔡小硯廣文所得，廣文置之福嚴禪院，院距縣城十餘里，兵燹之後，巋然獨存。同治甲子，余乞假省墓，曾往一觀。石高丈行，極縐、瘦、透之妙，洵奇物也。廣文不私於家而施之寺，石丈人所以無恙，否則，亦同其故宅成煨燼耳。吳將軍遇孝廉後，至粵東仕明，官副將；入本朝，洊歷提督，卒諡順恪。

記粵逆洪秀全事

粵逆洪秀全，廣東花縣人，飲博無賴，以演命賣卜為業。先從上帝會，繼托名西洋天主教，捏造天父、天兄名目，撰各妖言書，肆為煽惑，遠近不逞之徒附之。道光三十年六月，在桂平縣金田村倡亂，不過千百人耳。延既久，脅從愈眾，僭偽號太平天國，稱天王。騷擾至十六省，陷名都大城、郡縣六十餘處，伊古以來，盜賊縱橫之甚，未之有也。同治三年五月，大軍圍之於江甯，城垂克，乃仰藥死，賊平。搜得其屍，寸磔之後，烈火焚之。其子洪福瑱，次年亦獲於江西之廣昌縣，凌遲處死。逆案遂結。然天下被其毒者已十有五年，考其行事，全無義理，而能作亂如是之久，殆劫運使然耳。

逆先改正朔，以三百六十六日為一年，一月有三十日、三十一日者，遂不置閏；而改天干地支之名，如「丑」為「好」，「卯」為「榮」，「亥」為「開」之類。繼滅人倫，令軍中夫婦不得同處。蕭朝貴，偽封西王，其妹婿也。朝貴之父於長沙途中私招朝貴之母同臥，朝貴即公訟，斬其父母警眾，揚揚語人曰：「父母違犯天條，不足為父母也。」而其妻洪宣嬌與偽東王楊秀清通，嘗共臥起，為眾所見，乃傳天父令曰：「秀清、宣嬌同胞兄妹，臥何嫌？我令宣嬌與秀清臥者，為天下兄弟姊妹贖病也。」洪逆乃號楊逆為「禾乃師贖讀主」。蓋賊最尊者曰天父，追其所自出，云有叔嫂姦而生耶火華，即為天父；天父以一七日造成世界，生五子一女，長為耶穌，次為洪逆，次為楊逆，又次為馮逆，為韋逆，女為宣嬌，即洪逆之親妹。蕭朝貴殺其父母以示天條而妻與楊逆通，則不敢言。韋逆之父尊為國宗伯，然見韋逆亦跪而稱千歲。其悖謬如此。後馮逆被正擒法，韋逆殺楊逆並宣嬌後，為洪逆所殺，蕭朝貴於湖南為官軍擊斬，其起事死黨遂無一人存者。

賊之最無道理者曰「講道理」。每遇講道理之時，必有所為也。凡擄眾、搜糧則講道理；行軍、出令則講道理，選女色為妃嬪，則講道理；驅蠢夫壯丁為極苦至難之事，則講道理。究其所講者，其初必稱天父造成山海，莫大功德；天王、東王操心勞力，安養世人，莫大功德；理應供奉歡喜，娛其心志，暢其體膚。爾等眾小，安得妄享天父之財祿，驕淫怠惰，犯天條律云云。以後則宣揚賊將欲為之事，以一眾心，而復引天父之語以證之。如謂孔子為「不通秀才」，天父前日已將其責打手心等語。聞之令人髮指，即在賊中之人，聞之亦不復信也。

鄒鳴鶴之夢

常州鄒中丞鳴鶴，未遇時，夢至冥府，有友人自內出，云在府中掌冊籍者。因叩以終身事，友書八字付之，曰：「官君四品，洪水為災。」正欲審詢，遂寤。道光丁丑。官河南開封府，適河決中牟，黃水灌城，危在頃刻，因舉前夢告人，自恐不免，乃竟無恙。後擢任廣西巡撫，以剿辦賊匪未能得手，革職歸里，為兩江總督陸公建瀛檄赴金陵幫辦籌防事宜，城陷死之。奉旨照道員例賜恤，始知「四品」之應；「洪水」蓋指洪逆也。

麟慶之夢

長白麟見亭侍郎慶，任河南總督時，嘗刊《鴻雪因緣圖記》，歷序一生宦蹟，每幅各繫以詩，分贈同人。道光戊戌，余薄遊清江，亦得一冊。見紀夢一圖，自序云：夢騎赤馬躍入河中，有聲如雷而醒。余私謂人曰：「再八年，歲在丙午，公其終乎？」人問故，余曰：「昔謝太傅夢乘桓溫之輿，行十六里，見一白雞而止。後代溫秉政十六年，至辛酉歲而薨。解之者曰：『乘溫輿者，代其位也；十六里者，十六年也；辛為金，金色白，酉屬雞，則白雞也』。今公治河而夢入河，必有河患；丙屬火，火色赤，午者馬也；非其徵乎？」人皆不信余言。至甲辰歲，河果決，公以是罷官。丙午年，河工合龍後，公卒。

張文祥行刺案

同治庚午秋七月，兩江總督馬端敏公於督署內教場閱兵訖事還，行至西夾道，為賊所刺，賊亦當時就獲。公傷重，不能言，頃刻遂卒。事聞，中外驚駭，天子震怒悼惜，賜謚，並命入祀賢良祠。安徽、浙江等省經公所蒞治者，感念恩德，咸為公建立專祠，奏奉俞旨。生榮死哀，近年督撫所未有也。賊張文祥，河南人，奸狡凶惡，各官嚴刑訊問，無一實供。上命刑部尚書鄭公帶同司員來江審辦，僅據供繫浙江海盜餘孽，前來復讎，他無一言，遂擬以凌遲完案。所奇者，伊自供出妻女所在，毫不隱諱。提到妻女嚴鞫，亦一無供詞。余戚錢慎庵太守時署江甯府事，慎庵受公知甚深，極欲究出實情，為公雪恨，乃殫精極思，研訊兩月之久，卒不得要領，發憤臥疾者累日。此案，慎庵為余詳細言之，故知外間之謠傳，均不足據。尤奇者，是月有湖州人費君，以畫師流寓在上海，患瘧疾甚劇。公被刺三日，上海即得信，而未知賊主名。其同鄉沈姓，為布捐局司事者，往告之。費瞿然曰：「賊必張文祥也。」沈驚問故。費曰：「數日前瘧作，昏憒之際，忽見一隸手牌票，上書：『張文祥刺殺馬總督一案，繫一百二十年前之事，今當完案。在案人證，合行拘提。』云云。共計一百五十餘人，首名即馬總督，而我之名亦在內。方擬細視，忽妻持藥至，隸遂不見。彼時自思，與總督無一面之識，何以連及？殆噩夢耳。今乃有是事，我其死乎？」閱數日，知賊名果為張文祥，費亦旋卒。次年，余攝上海縣事，訪之布捐局而信。噫！此夙冤耶？與前明張差梃擊，本朝嘉慶時之成得行刺，同為千古疑案矣。

成得行刺案

成得者，京師中廚役也。於睿皇帝駕幸圓明園時行刺，當即被擒。上命諸王大臣、六部九卿會訊，默無一言，但云：「若事成，則公等所坐之處，即我坐處也。」上寬仁，不欲窮詰興大獄，遂命凌遲處死。其處死時，先大夫在京，與眾往觀之。先立一木樁，將得縛於樁上。其面前又植二木樁，乃牽其二子至。一年十六歲，一年十四歲，貌皆韶秀，蓋尚在塾中讀書也。至則促令向得叩首，訖，先就刑，得瞑目不視。已，乃割得耳、鼻及乳，從左臂魚鱗碎割，再割右臂，以及胸、背。初尚刀刀見血，繼則血盡，祇黃水而已。割上體竣，忽言曰：「快些。」言甫畢，劊上走下一官，謂之曰：「皇上有旨，令爾多受些罪。」得遂瞑目不言，臠割至盡乃死。究亦不知何人所指使。倘非上之聖慈，則漢之楚獄，明之胡獄，株連而死者且數萬人矣。嗚呼！此仁宗之所以為仁與！

張忠敏入夢

東陽張玉笥先生諱國維，明崇禎中，曾巡撫應天。時江蘇、安徽兩省皆屬管轄。先生勤政恤民，百廢具舉。於吳中築捍海塘，並開通各河道，著有《三吳水利全書》。嗣擢督河漕去，吳人感其恩澤，立生祠於虎邱。先生旋解組里居，魯王監國，晉官大學士。浙東不守，投水殉義，吳人因即生祠春秋隆肸饗焉。乾隆時，高宗純皇帝褒揚勝國忠臣，賜諡忠敏，列入祀典，咸豐庚申，賊陷蘇城，祠宇被燬，僅存一楹。同治癸丑，大兵收復後，亦未及脩葺；至壬申歲，永康應敏齋方伯攝藩篆，里人馮敬亭宮贊始以為言，方伯於先生為鄉後輩，遂於治事之暇，輕騎往視。先是，方伯屢夢至一處，池荷岸柳，塔影山光，依依神往。及至是地，恍符夢境，心大感異。因立意重脩，捐廉為倡。命余及仁和邵步梅刺史襄其事，量鼓分操，輸貲雲集。經始於壬申首夏，至癸酉季春落成。署中丞恩公率僚屬釋奠祠下，士民環觀，嘖嘖稱歎。亦足見忠義之不可磨滅，而今日之人心猶有不忍忘先生者也。祠後隙地廣數畝，有大池，荷芰叢生，每當夏月，香風郁然。方伯於池上建鴛鴦廳三楹，以攬其勝；復於廳之左構一樓，資憑眺；院中堆碎石小山，雜蒔花木，囿徑迴林華絢，繚垣接趾於陵阿，浮圖掛影於霄漢，朝煙暮靄，頗有罨畫之趣。此則初經營時所不及料者也，其亦先生之靈爽有式憑焉。不然，何方伯之夢適與之合也？或所謂因緣者非耶？是舉也，公糜緡錢一萬餘，監工者為蘭溪人候補同知祝齡。

聖教西行

朝鮮、越南本中國地，故周、孔之道至今被服。日本至魏明帝時始通中國，自其主文武天皇釋奠於先聖先師，尊崇孔子，而儒教逾東海矣。觀《先哲叢談》一書，知彼國儒生恪守程、朱之說，於性理之學實有發明，不得以倭人而輕視之也。乃今閱香港《華字日報》：英吉利國牧師雅里各將遊京師，以極觀光之願；又將迂道山東往謁曲阜孔林等語。已心喜其知所趨向矣。復見王韜《送雅牧師回國序》，稱其注全力於《十三經》，取材於馬、鄭，折衷於程、朱，於漢、宋之學兩無偏袒。譯有《四子書》、《尚書》兩種，西儒見之，咸歎其詳明賅洽，奉為南針云云。不禁為之起舞，深幸聖人之教又被於西海，西儒能奉周、孔，固堪嘉尚，而雅里各研究馬、鄭、程、朱之學，用夏變夷，真孟子所謂豪傑之士也。「天之所覆，地之所載，凡有血氣者，莫不尊親」，《中庸》之言豈欺我哉！

董曹兩相國遺事

董文恭相國誥、曹文正相國振鏞，嘉、道兩朝名臣也。文恭盛德偉望，朝野欽仰。嘉慶十八年，天理教匪林清遣賊入禁城為亂，時上幸熱河，聞變，近臣有以暫行駐蹕之說進者，文恭力請回鑾，繼以涕泣。而文正在京師，於亂定後鎮之以靜，畿甸遂安。時有無名子撰一聯嘲之云：「庸庸碌碌曹丞相，哭哭蹄啼董太師。」二公聞之，笑相謂曰：「此時之庸碌、啼笑，頗不容易。」文恭初加太子太師銜，人有尊以太師之稱者，公輒笑辭曰：「賤姓不佳。」後二公皆加太傅銜。文正訏謨遠猷，不心翼翼，歷相兩朝，福壽近世罕比。余於二公皆姻家，故熟聞之。

道光朝州縣陋規之紛議

道光初年，英煦齋相國和，初為軍機大臣，以州縣辦公無資，而取民無藝，奏請以各省陋規酌定其數為公用；有於數外多取者重罰之。宣宗諭直省督撫議奏，言人人殊。兩江總督孫相國玉庭上疏極言不可，奉旨嘉許，英相國得薄譴，撤出軍機，而孫相國賜「公忠大臣」四字，天下頌聖主之明。同時廣東巡撫康公紹鏞一疏，尤為暢達，其略曰：「粵東負海濱山，盜會諸匪甲於他省，公用以緝匪為大宗，捐攤賠補次之，辦公雜項又次之。粵東州縣歲入所藉，專在兵米折價，歷久相沿舊規，官民相安。緣粵東產米稀少，全賴粵西、湖南兩省接濟，故民間皆願折納，地方官代為買穀碾支，百數十年循照已久；若概收本色，事涉更張，轉滋擾累。其餘雜稅及車舟行戶、鹽當規禮，或有或無，不能一律。此粵東陋規與州縣辦公之大概情形也。今欲明定章程，立以限制，其中有窒礙難辦，勢不能徑情直行者。即如兵米折價一項，朝廷取民，歲有定制，抑且應徵本色，折取即為違令。今以例徵本色，例嚴浮收之正供，忽明著甲令，許其折價，許其多取，無論國家輕徭薄稅，斷不值因辦公費用，誤蒙加賦之名，且即以折價而論，在馴謹花戶，雖照舊規完納，而刁生劣監、頑抗百姓，多不能照數，有於正數之外，絲毫無餘者，更有正賦之內，收不足數者。州縣以浮折事屬違例，往往將贏補絀，自行賠補。今若定以折收額數，則所浮之價，即為應納之數，設有短少，似難辦理。又粵東兵米，零尾掛欠頗多，須州縣先為墊解，是照正項，尚不能年清年款；設經明定額數，其掛欠代墊，恐較前尤甚。況貪官汙吏，視所加者為分內應得之數，以所未加者為設法巧取之數。聞之雍正年間，議將地丁火耗酌給養廉，當時議者，謂今日正賦之外，又加正賦，將來恐耗羨之外，又加耗羨。八九十年以來，錢糧火耗，視昔有加，不出前人所慮。前項折價，與從前火耗增收，事實相近，即能明查暗訪，堅持於數年之間，亦斷難周防遠慮，遙制於數十年之後。夫兵米正額，各州縣有定數，折收之價，粵省有通例，其不能行尚如此。況雜稅等項，名目不一，或此地有而彼地無，或此地多而彼地寡，願者減其數以求悅，黠者浮其數以取贏。究之，浮者已浮，數已定而難改；減者非減，事甫過而復加。此時毫髮未盡之遺，即他年積重難返之漸。其中更有持蠻行戶、刁滑商人，向不完納平餘，致送禮規，今以案經奏定，數已申明，在官視為宜然，在民視為非舊，兩相脅制，互為稟呈，上司既不能為官吏分外婪索予以糾參，又不能因民間不繳陋規懲以官法。爾時辦理，更形掣肘，是雜項等稅之難辦，較兵米折價尤甚也。再四思維，實無萬全良策，且各項所入，既有陋規名目，今逐款臚列，上瀆聖聽，於體制似亦未協。夫弊去其太甚，事不外舊章。臣等受恩深重，於查辦此事，萬不敢畏難推委，而事有窒礙，不敢不將情形據實密陳。應請照常辦理，並隨時稽察，如有於常額外多取絲毫，一經訪聞，輕則撤參，重則治罪。並督率司道、府廳、州縣等官，行行儉節，屏除浮費，庶以儉佐廉，省一分之費用，即以紓一分之民力。」云云。此奏可謂通達治體矣。按英相國原奏，誠恐州縣取民無制，亦具一片婆心；而揆以國家大體，實不可行，且又不勝其流弊。故聖主不惜收回成命也。

不輕裁陋規之用意

先伯半帆太守錫熊，由知縣洊歷牧守，所到之處，裁革陋規。一切用度，皆是伯祖長蘆運使任內攜往。時有「陳青天」之號。先大父時官安徽，聞之弗善也，貽書戒之曰：「若父為都轉，若故能取給。後任官之父安得盡為都轉耶？將來不給於用，勢必仍復舊貫。居己以清名，陷人於不肖，非仁者之用心也。若果無須此項，盍留為地方公用乎？」先伯不能從。比去任，後來者果盡復之。同時帥仙舟中丞承瀛官浙撫，解任後，以鹽規二萬留為書院經費。後左季高相國撫浙，亦以寧關平餘萬六千金，捐作賑濟之用，均不裁此規目。二公皆一時名臣，前後所見相合如此。

自稱其弟為令弟

余在金華校官任時，有諸生數人來見，一人自稱其弟為「令弟」者，同座均目笑之，其人亦自忸怩。余解之曰：「古人自稱弟者，本有『令』字，諸君特未留意耳。」眾請教，余因誦謝靈運《酬從弟惠連詩》云：「末路值令弟，開顏披心胸。」杜少陵《送弟韶詩》云：「令弟尚為蒼水使，名家莫出杜陵人。」李頎《答從弟異卿詩》云：「吾家令弟才不羈，五言破的人共推。」是稱己之弟為令者，亦猶行古之道也。眾俱粲然，謂先生善於解嘲。

歷代官名官制之同異

官名、官制，歷代不同，惟宰相及大將軍，數千年以來始終貴重，其餘，或古貴而今卑，或昔輕而今重者，不一而足。如尚書、侍郎，漢世皆為冗官，至唐則尚書以處藩鎮，侍郎則居宰相之位矣。沿至於今，尚書仍屬八座，侍郎亦貳六卿，未嘗少貶。六朝之中書舍人，權侔宰相，今則為內閣之屬，祇七品耳。唐、宋、元之大學士，秩不過五品，明初亦未大重，大學士者必加公、孤之銜乃尊，後乃升為宰輔之任，無須加銜。今則與太師、太傅、太保同為正一品矣。至古之官名今以之呼執藝得：剃髮曰待詔，工匠曰司務，典夥曰朝奉，皆不可解。庚午，余丁西捻肅清案內加道銜，有人貽書稱余為觀察者，一幼僕粗解文義，見之憤然曰：「彼欺我官太甚！」余驚問之，則曰：「觀察者，捕役之別名也。」眾皆不解，則持《水滸傳》緝捕使臣何觀察為證，雖群嗤其妄，然元、明之際稱捕役為觀察，亦實有此名矣。至都頭，久為縣役之通稱，而唐之季年則有以都頭為官名，而兼平章事者。

讀書貴識字

讀書貴識字，今人即目前之字讀別者甚多。如搶攘，音「撐能」；數奇，音「朔基」，而俗俱如字讀。口吃之「吃」，音「吉」，而俗讀作「喫」；大觀之「觀」音「貫」，而俗讀作「官」；冗長音「仗」，而誤為長短之「長」；勍敵音「擎」，而誤為強勁之「勁」；射覆音「食福」，今誤從去聲；踉蹌音「亮搶」，今俱作平聲；分野之「分」是去聲；仰給之「仰」非上聲；口占之「占」音「戰」；逕庭之「庭」音「廳」；蕞爾小貌，「蕞」音「萃」，俗讀為「撮爾」者非；泠然，清意，「泠」意「靈」，俗作「冷然」者誤。是皆章章在耳目之前者也。至誤汩為「泊」，訛晳為「晢」，騫之混「蹇」，嘵之異「譊」，稍微留心即不錯用。然二十八宿，「宿」本字音「肅」，世均作「秀」音；傳臚之「臚」，臚字本音「閭」，並無「盧」音，今若依古音稱「宿」為「肅」，稱「臚」為「閭」，豈不致人譁笑耶？余謂讀書識字，心自知之可也，若相沿成習，亦用今之音為宜，不必沾沾自詡，呼天明為「汀茫」耳。

沈約詩韻

今人論詩韻，多極詆沈約，以為約湖州人，江左偏音，不足為據，殊不知約所撰《四聲》一卷，亡之久矣。約之後，隋陸法言撰《四聲切韻》，唐孫愐撰《唐韻》五卷，今並不存；存者宋之《廣韻》及《禮部韻略》。嗣有平水劉淵仍禮韻而通併其部分。至元黃公紹仍劉韻而廣其箋注。最後有陰氏兄弟著《韻府》，取各韻書大加刊削，頗多遺漏，當時並不推為善本，然自明初到今，相沿用之，學者即指以為沈韻，其知為平水劉氏韻者已希矣，何論陰氏？徒使沈隱侯於千數百年之後橫被詆諆，豈不異哉！

曾、左友誼之始末

曾文正公與左季高相國同鄉，相友善，又屬姻親。粵逆猖獗，蔓延幾遍天下，公與左相戮力討賊，聲望赫然。合肥相國後起，戰功卓著，名與之齊。中興名臣，天下稱為曾、左、李，蓋不數唐之李、郭，宋之韓、范也。比賊既蕩平，二公之嫌隙乃大構。蓋金陵攻克，公據諸將之言，謂賊幼逆洪福瑱已死於亂軍中。頃之，殘寇竄入湖州，左公諜知幼逆在內，會李相之師環攻之，而疏陳其事。公以幼逆久死，疑浙師張皇其詞而怒，特疏詆之；左公具疏辨，洋洋數千言，辭氣激昂，亦頗詆公。兩宮、皇上知二公忠實無他腸，特降諭旨兩解之。未幾，洪幼逆循入江西，為沈幼丹中丞所獲，明正典刑，天下稱快，而二公怨卒不解，遂彼此絕音問。余為左公所薦舉，公前在安慶時，亦曾辟召之。同治丁卯，謁公於金陵，頗蒙青眼。洎攝南滙縣事，丁雨生中丞時為方伯，具牘薦余甚力，公批其牘尾曰：「曾見其人，夙知其賢，惟係左某所保之人，故未能信。」云云。蒯子範太守以告余，謂公推屋烏之愛也。

辛未，公再督兩江，張子青中丞欲調予上海，商之於公，公乃極口讚許。是冬來滬閱兵，稱為著名好官，所以獎勸者甚至。聞余欲引退，特命涂朗軒方伯再四慰留，謂公忘前事矣。後見常州呂庭芷侍讀，談及二公嫌隙事，侍讀云：「上年謁公於吳門，公與言左公致隙始末，謂『我生平以誠自信，而彼乃罪我為欺，故此心不免耿耿。』」時侍讀新自甘肅劉省三軍門處歸，公因問左公之一切布置，曰：「君第平心論之。」侍讀歷言其處事之精詳，律身之艱苦，體國之公忠，且曰：「以某之愚，竊謂若左公之所為，今日朝端無兩矣。」公擊案曰：「誠然！此時西陲之任，倘左君一旦捨去，無論我不能為之繼，即起胡文忠於九原，恐亦不能為之繼也！君謂為『朝端無兩』，我以為天下第一耳！」因共歎公憎而知善，居心之公正若此。余又謂：「洪逆未死，公特為諸將所欺，並非公之自欺，原可無須芥蒂也。」公歿後，左公寄輓一聯云：「知人之明，謀國之忠，我愧不知元輔；攻金以礪，錯玉以石，相期無負平生。」讀者以為生死交情於是乎見。昔韓忠獻與富文忠皆為一代賢臣，第以撤簾事意見不合，終身不相往來，洎韓公薨，富公竟不致弔。今觀曾、左二公之相與，賢於古人遠矣。

禍福變幻

「塞翁失馬，焉知非福」，此語誠然。道光二年，先大父為安徽太平府通判，例應押運北上，廬州府通判董某以歧路得之。押運，優差也，人皆代為不平，先大父不以介意。董至北，會旗丁行賄事發，累及運官，發刑部訊，董身關三木，幾瀕於死。先大父時知滁州，聞之歎曰：「此咎應屬我得，董乃以捷足代之乎！」嘉慶十年，先大夫與杭州陳荔峰閣學嵩慶，同以謄錄議敘鹽庫大使，在京候銓。一夕，與伊墨卿太守、張船山侍御夜飲極歡，次日應赴部投供，醉甚不能往，適有河南庫大使一缺，因不到，扣選，閣學大失意，同人亦為之惜。然未幾連捷，遂入翰林，官至內閣學士、禮部侍郎。壬午，閣學主福建試，先大夫方由石碼場大使升同安知縣，相見於鎖院。閣學謂：「爾日使不以醉誤事，則今日亦不過中州一令耳。」

迷信生肖笑柄

先大夫署福建光澤縣時，鄰縣某因禁私宰，幾至民變。蓋梏殺牛者，而以牛肉環置架上，暑腐臭爛，薰蒸致死也。府委邵武令往驗而歸，先大夫遇諸塗，詢某君何以若是之酷，答曰：「渠因生肖屬牛，故愛牛同於骨肉。」復笑謂：「我長渠一歲，此番歸後，當禁民間畜貓矣。」遂彼此鼓掌。余謂宋徽宗時，宰相范致虛上言：「十二宮神，狗居戌位，為陛下本命，今京師有以屠狗為業者，宜行禁止。」因降指揮，禁天下殺狗，賞錢至二萬。元延祐間，都城有禁，不許倒提雞，犯者有罪。因仁宗乙酉生命也。明正德朝下詔，禁天下食豬，蓋武宗以豬與朱同音，為犯國姓也。古今事無獨有偶者乃如此。

卷五

蔣振生書法論

金壇蔣振生，原名衡，字湘帆，虎臣修撰之侄也。康熙時，以書名一時，碑版照耀四裔。年五十六歲，矢志書《十三經》，共八十餘萬言，閱十二年而訖事。南河河道總督高公斌特疏上呈御覽，奉旨以墨刻頒行天下，授國子監學正。當寫經時，以恩貢選英山教諭，又舉博學鴻詞，皆力辭不赴，其專精如此。嘗云：「學書者，不能為人宗祖，亦當與古人弟昆，何至為人子孫，甚至甘同奴僕！」云云。自負之高，有不可千古之概。所為古文，亦希蹤龍門，出入唐、宋諸大家。余五世從祖文勤相國曾為序而行之。其《書法論》一篇，聚古人大旨於數百言之中，如探驪得珠，覺前賢紛紛議論均為饒舌矣。茲錄其全文於左：

自永字八法後，論者幾數萬言，惟孫過庭《書譜》、姜堯章《續書譜》二家言最詳。余撮其要旨。第一在執筆，曰懸臂、中鋒。顏魯公云：「捻破管，畫破紙」，蓋言五指齊用力。若雙鉤、單鉤諸法，雖三指著力，四、五指全無用處，故必右肘懸則靈動，五指撮管頂則堅勁。此乃返本還原，追蹤頡、邈、斯、邕作篆之意。夫竹簡漆書可容指腕兼運否？學書者先凝神端坐，使筆與手如鐵錐木柄，全然不動，純任天機運轉；左臂平按，久乃酸痛異常。此語從未經人道破。至運筆，則凡轉肩鉤勒，須提起頓下，然提、頓二字相連，捷於影響，少遲則犯落肩脫節之病，不可使盡筆，不可用順牽，凡畫之住處，直之末稍帶第二筆處，皆從左轉，所謂每筆三折，一氣貫注者也。有從無筆默處求之者，曰意，曰氣，曰神，曰布。有從有筆墨處求之者，曰絲牽，曰運轉，曰仰覆向背，疏密長短，輕重疾徐，參差中見整齊，此結體法也。魏晉人書，天然宕逸，唐人專用法，遂有九宮，分中左右上下界畫，使學者易趨，竊疑所謂口授訣即此也。余擬四言曰：「中、正、靈、靜。」中，則直看，每一字有中，如帝、宗、康之類，中直必與上點相對；若兩分之字，則左右各有中，如靖、辟、錄、軒；或上合下分，如聶、昂、靡；或上分下合，如瞿、替；或中合下下分，如囂、兼；或中分上下合，如靈、墨；或三並，如職、雝；各以類取中，則停勻矣。正，則言橫畫懸臂，用力太過，則右昂起不平，如書、無之類。《皇甫君碑》尚犯此病，乃少作也。《九成宮》則平正，的是老筆。夫一字中主筆須平，他畫則錯綜用意，乃不呆板。靈，則必由於懸臂，雖蠅頭亦使離幾半寸捻管，則大小一例也。靜，非精熟不曉。唐碑惟虞永興《孔子廟堂碑》、歐陽《九成宮碑》能造此境。顏《多寶塔》、柳《玄秘塔》中正之法悉備，靈尚有之，靜則竟未能到。降而黃、蘇、米皆火氣未除。元、明而後，不足言矣。臨帖須運以我意，參昔人之各異，以求其同，如諸名家各臨《蘭亭》，絕無同者；其異處各由天性，其同處則傳自右軍。以此求之，思過半矣。又正書用行草意，行草用正書法。學褚求其蒼勁處，學歐求其圓潤處，以怒張木強為歐，綺靡軟弱為褚，均失之。夫言者心之聲也，書亦然，右軍人品高，故其書瀟灑俊逸。顏平原忠義大節，唐代冠冕，書法亦如端人正士，凜然不可犯；若其行草，鬱屈瑰奇，天真爛熳之概，雄視千古。學者苟能立品以端其本，復濟以經史，則字裏行間，縱横跌宕，盎然有書卷氣，胸無卷軸，即摹古絕肖，亦優孟衣冠，苟出心裁，非寒儉骨立，則怪異恣肆，非體之正也。竊願同志共凜斯言，庶稍有補乎。江南拙老人蔣衡撰。

乞兒傳

拙老人有《乞兒傳》，載愈奇疾事甚奇，茲並錄之，其文曰：山東陸宣子自京師來，為余言李公某之子，指甲中生肉管，赤色，頃刻長三尺餘，垂至地，能動，動則昏昧欲死。遍訪名醫治之，內府太醫、至方上士俱縮手，逡巡而退。公子於是取酒痛飲，引刀自斷之，出血數斗，氣絕良久，蘇，復出如初。公子曰：「嗟乎！吾其死矣。」乞兒者，不知其姓名，以豢蛇為業，聞之至，曰：「我能活之。」閽人叱之，乞兒曰：「爾勿然，速白公子。」李公聞之大喜，延入謂曰：「若果愈吾兒，吾分家之半以與若。」乞兒大蛇劍負，昂昂直入中堂，居上座，口中謾罵諸醫者曰：「公子蛇頭疔也，其管通四肢百骸，絕則又出，若輩何能為！」請見公子。初，乞兒家多錢財，居室、衣服、飲食、車馬之屬，甚侈麗，賓客出其門下者，鬥雞走狗畢集，侍妾僕從，娼優歌舞，縱酒馳騁，弋獵無虛日。未幾病，病如李公子，破家求醫不可得。京師有白雲觀，正月十九日，舉國人畢集，名曰「燕九」，冀遇神仙。或曰仙往往雜儔人中賣藥，或類乞丐。當是時，乞兒父亦往，果遇丐者持大蛇，貌甚偉，心異之。問以子之病，曰：「能治」。因請之，許諾，既至，曰：「命而子速呼其妻來。屏左右，有一人留，而子即不治。」乃置大蛇於地，命乞兒妻曰：「無懼。其持此納諸袴中，兩腿蹲地，鑿袴孔以出蛇，握首定視，蛇首與肉管相對，蛇以氣吸之則消。」不移時，果如其言。蛇則紅絲百道，僵臥死，乞兒竟癒。乞兒既見公子，如其法治之，公子亦癒。李公大喜，竟分其產之半與乞兒。

詹長人

詹長人者，徽之歙縣人，身九尺四寸以長，人競以「長人」呼之，遂亡其名，而以「長人」名。長人業墨工，身長故食多，手之所出不能糊其口之所入，不家食而來上海，依其宗人詹公五墨店以食，食雖多，而伎甚拙，志在求食者，論其伎且將不得食，困甚。偶遊於市，洋人諦視之，大喜，招以往，推食食之，食既飽，出值數百金，聘之赴外國。長人於是乘長風而出洋矣。出洋三年，歷東西洋數十國，旋行地球一周，計水程十餘萬里，恣食宇內之異味。每到一國，洋人則帷長人，使外國人觀之，觀者均出錢以酬洋人。洋人擅厚利，稍分其贏與長人，長人亦遂腰纏數千金，娶洋婦，置洋貨而歸。昔之長人，今則富人矣。同治辛未，余攝令上海，出城赴洋涇浜，途遇長人，前驅者呵之，見其倉皇走避，入一高門猶傴僂而進，異之。詢悉其故，將呼而問之，乃以澳斯馬國明年將鬥寶，長人又被洋人雇以出洋，往作寶鬥矣。聞長人言：所到之國，其國王、后妃以及仕宦之家，咸招之入見，環觀歎賞，飲之食之，各有贈遺。外國人山川、城郭、宮殿、人物，皆歷歷在目中，眼界恢擴，非耳食者可比。噫！昔者一旬三食猶難，今則傳食海外，尊為食客之上，可謂將軍不負腹矣。際遇亦奇矣哉！

婺州鬥牛俗

燕齊之俗鬥雞，吳越之俗鬥蟋蟀，古也有然。金華人獨喜鬥牛，則不知始於何時。余在婺州十有六年，每逢春秋佳日，鄉氓祈報祭賽之時，輒有鬥牛之會，先期治觴延客，竭誠敬，比日至之時，國中千萬人往矣。鬥場闢水田四、五畝，沿田塍皆搭臺，或置桌凳，以待客及本村老幼婦女。賣餅餌者，賣瓜果者，裝水煙者，薨薨緝緝然，猱雜於前後左右。牛之來也，鳴鉦前導，頭簪金花，身披紅袖，族擁護之者數十人。既至田中，兩家各令健者四人翼其牛，二牛並峙，互相注視，良久乃前鬥，鬥以角，乘間抵隙，各施其巧，三五合後，兩家之人即各將其牛拆開，復族擁去。觀者不知其孰勝負，而主之者已默窺其勝負矣。勝者親友歡呼從之，若奏凱狀，牛亦軒然自得，徐徐步歸。負者意興索然，即左右者俱垂頭喪氣焉；小負之牛尚可養成氣力，更決雌雄；大負則殺而烹之，蓋銳氣已挫，不能再接再厲矣。鬥之日，聚集群牛不下三、五十頭，其登場相角者，亦不過十數頭，餘皆自崖而返耳。牛之佳者，不大勝，亦不大敗；次者，雖敗，猶能好整以暇，無轍亂旗靡態；下者，則蒼黃抵觸，血肉淋漓，奔逃橫逸，濺泥滿身，衝出〔堤〕塍，掀翻臺凳，不可牽挽。於是老婦孺子暨粉白黛綠者，譁然爭避，或失足田中，或倒身岸下，遺簪墜珥，衣服沾濡，頭面汙損，相將相扶而去。真可謂見豕負塗，載鬼一車矣。鬥勝之家，張筵款客，高朋滿座，主人軒眉攘臂，矜其牛之能，曰彼之角如何來，我之角如何往；彼如何攻堅，我如何蹈瑕；我意彼必從是出，而彼竟不料我從此出也。言之津津，幾忘乎我之為牛，牛之為我焉。其畜牛也，臥以青絲帳，食以白米飯，釀最好之酒以飲之，親朋相訪，主人款之，呼酒必囑曰：『慎毋以飲牛之酒來』。乍聞者以為敬客之意，殊不知飲牛之酒乃是上上品，客不得而飲之也。牛所買來之家，呼之曰「牛親家」，豢牛之牧童，名之曰「牛大舅」，其真正兒女親家，親之不若與牛親家親。

陳鼎紀狗頭人之荒唐

江陰陳鼎於康熙時遊雲南作《滇黔紀遊》，內載金沙江大水漂一狗頭人至岸，上下衣服同中國，口耳眉目皆狗也。逾日得土氣，狗人復生，問其言，答之如狗吠；土官解來大理軍民府。鼎目睹之，軍門命土官解還原處，解人行一百二十日始抵其國。國中無城郭，有宮室，其王朱冠皂履，跨白馬，佩刀，官吏皆如之。服食起居與中國同，惟婚嫁則非，云云。似域外確有此狗國矣。乃余在上海晤各國領事官，與談地球之列國，從不知有所謂狗頭人者，即據泰西人所記四大土人民，惟俄羅斯之極北天使頭城，其人極短小，以狗為馬，以鹿為牛；南亞墨利加之極南巴他峨拿人皆野番，肢體如常人一身有半，遍體生毛，攫食野獸。此二處即世所稱為「短人國」、「長人國」者也。此外黝黑如阿非利加，醜怪如東南洋各島野番，亦不過白黑、妍媸之別，而五官四體皆無大異於人。乃知長耳比肩之民，飛頭貫胸之國，不過古人故為恢奇之說耳，而陳鼎竟謂目見狗頭之人，且有解人解之歸國，言之鑿鑿，不太覺荒唐乎？孟子曰：「盡信書，則不如無書。」斯言誠是也。

金華山中龜龍

金華府城外北山最高大，山深處有一巨龜，蓋千年物也，民號之曰龜龍山。左右鄉人均種靛青。靛非雨不殖，當靛苗茁發時，乏雨，輒迎龜龍祈之，祈而應，則鑄一金圈，穿其甲而綴之，歷年既久，龜身所綴之圈幾以百計，行則索索有聲，顧亦時見時隱。咸豐壬子夏，金華大旱，太守崇公委經歷嚴某赴北山請龜龍，龜匿不出，遂取山中一小龜舁之來，置於天寧寺壇內，晨夕拜禱，驕陽益甚。不數日，龜死，寺僧懼責，另取寺內一龜代之。文武官弁亦仍一日三叩，觀者匿笑。至七日，雨降，復委嚴經歷送之歸。而從前山龜之朽骨不可得矣。金華城中雖當盛暑，至四五更時必涼，土人云龜龍之氣所致也。

棍徒陷害浴堂主

咸豐癸丑，上海縣東門外民家地忽湧血，掃除不盡。邑令袁君親往視之，澆以糞穢，不止，乃築土填之。未幾，遂有紅頭賊劉麗川之變，戕官據城，竭江、浙二省兵力，兩年餘乃克蕩平。距今二十年矣。今年夏，忽聞縣城內浴堂間壁復有出血之事，市井轟傳，爭先走視，主人阻之不聽。彼此爭競，遂將屋宇什物打毀。署令葉君顧之聞信往勘出血之牆，並無形跡，拘眾訊究，乃繫棍徒夙與店主有隙者，於入浴時陰持豕血暗塗牆隙，出號於眾，以為陷害地步，眾人墜其術中，店主幾至破家。葉君乃將此人重責，荷校通衢，然遠近訛言仍復不息，於是又出示曉諭焉。余謂此人居心險惡，應照妖言惑眾律治罪，僅予枷責，猶覺其寬耳。

勿勿

世人書翰之末，類書「勿勿」字。按《說文》：勿者，州里所建之旗，蓋以聚民事，故急遽者稱「勿勿」。流俗又於「勿勿」中加一點，謂為「匆」字，人多笑之，殊不知《說文》既解「勿」字為急遽之稱，又解「匆」字為多遽匆匆之義，則二字原可相通。好古者，但知勿勿，而嗤匆匆；逐俗者，又但知匆匆，而駭勿勿，蓋均未之考也。

侵賑之報

金陵盧止泉孝廉澤，學問深醇，品行尤方正，考取國子監學正，不赴補而歸。其子某，官山陽縣教諭，會縣有水災，教諭幫辦賑務，侵蝕銀得四百兩寄家，止泉疑之，貽書詰所從來，教諭以友人資助對。未幾，其僕忽見數差人洶洶入門，跡之不見，而教諭陡暈絕。半日而蘇，始知以侵賑事為餓死者所控，城隍頗庇之，故得生。越數日，僕復見前差人於大門外，教諭又暈絕，似死非死，數日不蘇。教諭之子極孝，於神前哀禱，燒一指以致誠，家人不知也。一日，教諭忽起坐，眾皆驚喜，則搖手曰：「未也。前日控案城隍斷後，諸餓者不服，再控於冥王。王訊之確，謂侵蝕賑銀，當付油鑊。欲解衣就烹，忽復呼上，諭以『爾子在陽世為爾燒指，孝心感格，免爾鼎烹之罪，然不能不死。暫令回生，布告大眾，以賑務之銀不可侵蝕。』」如此言畢即死。眾索其子手視之，則一指已燒去過半矣。於是人共憫盧子之孝而恨教諭之貪也。此事金陵人多知之，而止泉亦歷述之不諱。

夫凶年饑歲，小民轉輾溝壑，呼天望救，幸得賑濟，真是生死肉骨，司其事者宜如何盡心以慰民望；乃從而侵蝕之，此其心與豺狼何異？即不陰被鬼責，亦必上膺天譴。觀於教諭之事，能不凜然？余在青浦辦理豐備倉事，胥吏具稟請領經費，余諭之曰：「此區區之錢，皆荒年哀哀窮人之食也。爾等今日幸飽食暖衣，何忍奪饑民他日口頭食乎？」皆相顧動色而退。司吏來索房費，力拒不給，伊等亦無如何。比至上海，則前任已定書役經費數百千文，又司房費一百數十千文，年年給發，數已逾千。余不禁為慨然太息，然持此等錢歸家者，其不能蔭子孫而致富厚也，決矣！

季封翁焚教匪名冊

江陰季仙九尚書芝昌，以進士第三人及第，官至閩浙總督。哲嗣念詒亦以進士入翰林。家門鼎盛，而其贈公則以知縣遣戍新疆，卒於口外者也。初，贈公官直隸鉅鹿縣知縣，地方傳言有教匪事，公方嚴拿，總督遽飛章入告；及上命重臣來查辦，公業將首犯擒獲，並搜得名冊二本。細為訪問，非青蓮、白蓮等比，不過以鬼神禍福恐嚇愚民，為斂錢計耳，並無陰叛情事。及閱名冊，則紳衿富戶幾居其半。以籌思數日，至郡見太守曰：「此等人，名為教匪，實非教匪，而冊內共有二千數百戶，俱是良民，一時無知，惑於禍福之說，與之往還，冊上即列其名，並非從之為匪者也。星使到時，若將名冊上呈，勢必將各戶拏問，縱得原情釋放，而二千數百人家已破矣。」太守曰：「子將若何？」對曰：「以某之愚，欲將名冊焚之，祇辦為首者數人而已矣。」太守曰：「此舉甚善，然子且獲大咎，咎不止於褫職，盍再思之。」公曰：「某思之已熟，一己獲罪，而能保數千戶無恙，亦何憚而不為？」太守曰：「子願，則好為之，毋令後人笑子拙也。」公還，即舉名冊投之火，合署人皆大驚，既已，無可奈何。星使至，將首犯審明後，即飭取名冊。公曰：「某已查明，所列之人，俱繫良民，留之恐拖累，已焚之矣。」星使大怒，顧亦無可奈何，祇據實嚴參，褫公職，發新疆效力贖罪。公怡然就道，人或憐之，或嗤之，然此數千戶實良民，雖漏網，地方亦卒無事，而公竟歿於戍所。公歿後不十年，尚書即探花及第，孫、曾鼎貴。噫！孰謂天道無知，而報施果不足憑耶？

朱柏廬

《筆陣圖》為羊欣作，李後主續之，世顧以為王右軍；《朱子家訓》乃崑山朱柏廬先生作，而訛為考亭，甚至翁森之《四時讀書樂》亦稱是考亭，豈不可笑？柏廬先生，明季諸生，國變後，隱居教授，著書滿家，皆力宗程朱，為理學正宗，與桐鄉張楊園先生同時並稱。楊園今已從祀兩廡，而先生僅祀鄉賢。同治庚午，巴縣廖養泉刺史綸攝新陽縣事，於城中為先生建專祠，而以從學諸子配享，蓋新陽乃崑山所分縣也。

日本人斥陸王之學

本朝自陸清獻公嚴朱陸異同之辨，力排王氏之學，天下靡然從風。日本為海東小國，自儒教入其國中，伊國人亦恪守程朱之說，嘗見佐滕直方所著《韞藏錄》內載《筆記序》一篇，曰：「王陽明之學，實祖陸象山矣，故其所論說，大意與陸子同，而又不自謂學陸子，間去取於陸子之言，常欲出於其右，輒自以為接孔孟之傳焉，是以辨陸學則王學亦大其中矣。《大家商量集》所載朱子辨陸學諸說，尤為詳備，今摘出其最的實切當者，且取《太極後論》、《中庸或問》所論附之，以明王學之初不異乎陸學，而共背聖賢之教也。吾友詳之。」云云。其辨別之嚴如此。今其國王改從泰西之制，衣服、法度均遵其俗。用夷變夏，取則陳相，焚書屏儒，有同嬴政，吾恐天主之教從此流行，朱陸之學並以淪胥，不知其國中之明理者如何痛哭流涕也。

天主耶穌兩教之互爭

天主教向有厲禁，自泰西通商後，其禁遂弛，蔓延於江、浙、閩、廣東南各省。入其教者，廢祖先之祀，無鬼神之敬，生員入學不拜孔子，殊駭人聽聞，然教中人自若也。余嘗與其教士譚論，亦不過就釋氏天堂禍福之說而推衍之耳。伊教內亦分異同，謂奉天主者為正學，奉耶穌者為異端。異端當闢，正學當扶，其闢也，不獨以言，且至攘臂。今年，英國別部天主、耶穌二教之人分朋鬥爭，殺人縱火，不可禁遏，竟至調兵彈壓。余笑謂：「此即中國朱、陸之辨也。」然天主教人龐雜嗜利，喜傳教；耶穌教人自守，而不傳教。

越南進貢表文

同治十二年，越南國王遣使上表進貢。表文用儷體，選詞頗佳，茲備錄之：

越南國王臣阮福時稽首頓首，謹上言：茲仰見萱階日煦，桂甸風清，仰天閶而葵藿遙傾，瞻《王會》而梯航恐後。謹奉表上進者，伏以皇疇建五，庶邦翹安勸之仁；使驛重三，下國效賓從之款。尋常雉贐，咫尺螭坳。欽惟大皇帝陛下，湯德懋昭，翹勳光被。六御辰居極北，合遐邇為一家一人；四敷文命暨南，公覆載於所通所至。波不揚於周海，共畢受於商畿。念臣忝守炎邦，世承藩服。久洽同文之化，夙敦述職之虔。土物非臧，上居幸停留抵；庭香惟謹，下情獲遂瞻依。臣憑仗寵靈，恪脩職貢。式金式玉，遵王度以不違；維屏維翰，迓天庥於無斁。臣不勝瞻天仰聖、激切屏營之至。除另具歲貢品儀，交陪臣潘仕俶、何文關、阮修等賚遞上進外，謹奉表隨講以聞。

一恭進今年癸酉歲貢品物：象牙一對，犀角二座，土綢一百匹，土紈一百匹，土絹一百匹，土布一百匹，沉香三百兩，速香三百兩，砂仁米四十五觔，檳榔四十五觔。

滄浪亭

蘇州滄浪亭，有水石之勝。前則蘇子美以四萬錢得之，後為韓蘄王別墅，故從前於中堂合祀二公，有聯云：「四萬青錢，明月清風今有價；一雙白璧，詩人名將古無儔。」道光戊子，陶文毅公撫吳，重脩之，合蘇人暨宦蘇者鄉賢名宦，為五百名賢祠。落成之日，有五老會。五老者：內閣中書潘三松奕雋，年八十八；掌山東道監察御史吳玉松雲，年八十一；山東按察使石琢堂韞玉，年七十二；刑部尚書韓桂舲葑，年七十一；江蘇巡撫陶雲汀澍，年五十。以齒序坐，各賦一詩，文毅有「惟時座上人，長眉多老耋」之句。好事者遂繪為《五老圖》。太平盛事，賢達風流，一時傳為佳話。粵匪之亂，亭亦被毀。同治壬申，方伯恩公錫、廉訪應公寶時復興葺之，至癸酉季夏始竣事，距戊子已四十六年矣。雖經滄桑，幸得舊觀，然壽藤古樹，均已無存，登臨者能不感慨繫之！

紀文達煙量

河間紀文達公酷嗜淡巴菰，頃刻不能離，其煙房最大，人呼為「紀大煙袋」。一日當直，正吸煙，忽聞召見，亟將煙袋插入靴筒中，趨入，奏對良久，火熾於襪，痛甚，不覺嗚咽流涕。上驚問之，則對曰：「臣靴筒內走水。」蓋北人謂失火為「走水」也。乃急揮之出，比至門外脫靴，則煙焰蓬勃，肌膚焦灼矣。先是，公行路甚疾，南昌彭文勤相國戲呼為「神行太保」，比遭此厄，不良於行者累日，相國又嘲之為「李鐵拐」云。

羅文俊奏對得體

南海羅蘿村先生文俊，督浙江學政時，衡鑒公明，拔取多知名士。經賞識者，大都破壁飛去，所取優貢：洪張伯昌燕，丙辰探花；金翰皋鶴清，乙巳榜眼；章采南鋆，壬子狀元。此外，捷鄉、會試登臺閣者，指不勝屈。惟余兩列前茅，一無成就，殊累知人之明。公素短視，尋丈外即不能辨，嘗於召見時上笑問曰：「汝見朕否？」公奏曰：「天威不違顏咫尺。」人共服其應對之得體。

張船山題畫鷹詩

遂甯張船山先生問陶，大學士文端公之孫也。性伉爽，無城府，書畫妙一時。與先大夫最善。由檢討遷御史，連上三疏：一劾六部九卿，一劾天下各督撫，一劾河漕、鹽政。先大夫問之曰：「子不慮叢怨中外乎？」先生笑曰：「我所責難者，皆大臣名臣事業，其思為大臣名臣者，方且感我為達其意；若無志於此者，將他身分抬得如此高，慚愧不暇，何暇怨我乎？」先生嘗畫一鷹，贈先大夫，上題云：「奇鷹瞥然來，攫身在高樹。風勁乍低頭，沉思擊何處。」可想見其手采矣。

船山先生與洪稚存太史亮吉皆為大興朱文正相國門下士。相國好佛，嘗於生朝諸弟子稱觴之際。太史袖出一文上壽，相國固喜其文，亟命讀之。太史抗聲朗誦，洋洋千言，多譏佞佛事。諸人大驚，先生獨大喜叫絕，相國大怒。坐是淪躓有年，先生不悔也。太史後以上成親王書言事，下詔獄，獄急，親友或對之哭，太史口占一絕慰之，末句云：「丈夫自信頭顱好，須為朝廷吃一刀。」聞者皆破涕為笑。賴上聖明，卒得釋還。同時永福黃莘田任官廣東四會縣知縣，放情詩酒，大吏以飲酒賦詩，不理民事劾之，莘田聞之忻然。解組日，即將「飲酒賦詩，不理民事，奉旨革職」十二字自旌其舟而歸。三君子者，皆詩人也。

楊鬍子歌

成都楊忠武公遇春，嘉、道時名將也。以武舉從征教匪起家，身經百戰，無不克捷，官至提督，改文階為陝甘總督，晉封一等昭勇侯。予告，年逾八十而薨。臨終自知死期，會四川總督同安蘇公廷玉往訪之，公出見，手交遺摺，托其代奏，時固無恙也。蘇公不得已帶之歸，公即於夜間逝世，豈非生有自來者耶？仁和馬秋藥太常履泰有《楊鬍子歌》，人奇而詩亦甚奇，讀之，覺公之精神意氣猶躍躍紙上也。詩云：賊怕楊鬍子，賊怕鬍子走脫趾。不怕白鬍大尾羊，只怕黑鬍楊難當。賊正蒼黃疑未決，瞥見鬍子擲身人。刀嫌太快矛太尖，只使一條鐵馬鞭。逢人撾人馬撾馬，血肉都成甕中鮓。須臾將士風湧波，縱橫步騎從一騾。賊忽乘高石如雨，鬍子鞭已空中舉。賊忽走險奔如蛇，鬍子騾已橫道遮。森森賊寨密排壘，鬍子從外陷其內。重重賊隊圍如帶，鬍子從內潰其外。鬍子鞭騾繞賊走，吞賊胸中已八九。瞋目一叱鬍槎枒，賊皆撲地為蟲沙。相傳失路曾問賊，賊指間道教鬍出。賊寧不怨鬍子鞭？頗聞鬍子為將賢。鬍子待士如骨肉，蟻大功勞無不錄。拔擢真能任鼓鼙，拊循含淚吮瘡痍。噫嘻！賊中感服尚如此，豈有官軍肯惜死！」寫得生氣勃勃，彷彿聽鼓鼙之聲而思將帥之臣矣。然此詩作於嘉慶年間，猶未睹道光七年公征西域時之偉績也。

漕督諧詩

雲夢許秋巖尚書兆椿，美鬚髯，工詩善書，尤精於吏牘，下筆千言，無不迎刃而解，蓋非獨以吟詠見長也。官漕督時，道出長沙，善化令某，已升武岡州牧，置備儀伏，於官銜牌誤書「漕」作「糟」，尚書作一詩調之云：「平生不作醉鄉侯，況復星馳速置郵。豈有尚書兼麴部？漫勞明府續糟邱。讀書字要分魚豕，過客風原異馬牛。聞說頭銜已升轉，武岡可是『五缸州』？風流蘊藉，想某令讀之亦當絕倒。

馬通人性

南皮張子青尚書之萬，丁未狀元也。為孝廉時，與同伴數人赴京師，道出天津，公騎一紅馬，甚神駿，途遇洋官，見而愛之，遣人來買，公不許，則固以請。同伴以外國人不足較，勸公與之，遂牽而去。次日將欲啟程，洋官送馬來還，詢其故，則洋官甫乘，遽被掀下，連易數人，皆掀墜，且踶齧不可向邇，以為劣馬，故不復留。比公乘之，調良如故，共歎此馬之義。此同治辛未公撫蘇時為余言者。余因記乾隆時，來文端相國夙有伯樂之稱，嘗路見負煤老驥，謂是良馬，以重價購之，用以充貢。上試之，果千里馬。會降阿睦爾撒納來朝，酋善騎射，上臨灤陽萬樹園欲試其技，酋輒以無馬辭，侍臣遍取上駟馬示之，無當意者，文端命圉人牽所貢之老驥使之乘，甫振轡，即墜，如是者三，阿酋大慚。蓋良馬均通人性，不肯以身為異國人用耳。後阿酋叛於西陲，重煩征討。上嘉此馬之前知，特給三品俸料云。

五子登科

世豔傳五子登科事，以余所知者，本朝則六世從祖清恪公五子皆登甲乙科，四入翰林。同時溧陽史文靖公亦五子登科。近時仁和許氏則七子登科，所奇者乃大登乾隆癸卯科，乃恩登道光癸卯科，前後六十年，遙遙相對，然皆文榜也。余官金華校官十六年，上何村何氏弟兄五人皆應武試，長者名廷威，能開十八力弓，技藝最為嫻熟，然母至學院試步箭，總不能全，致未入彀。而其弟四人，則入學後即中武舉，廷忠則中武進士，得侍衛。惟廷威年已三十，猶考武童。咸豐年間，會開武監生例，余勸其納監應試，遂中亞元。於是何氏亦五子登科，人推為金華武世家。辛西粵寇之亂，渠弟兄起兵殺賊，尤稱忠義云。

聘盟日記

五世從祖子敬觀察，諱世安。康熙年間，以兵科給事中奉命偕侍郎張公鵬翀使俄羅斯，定地界事。張公有《使俄羅斯日記》，石門吳震方刻之《說鈴》中矣。今余於《中西見聞錄》內，得俄文館翻譯該國使臣義茲柏阿朗特義迭思所著《聘盟日記》一冊，具見彼時使臣之恭順，及敬仰我朝之意。因備錄之，可與張公之書並傳也。所有抬寫、空格示敬之處，悉照原書，俾不失本來面目，亦以見外國尊崇中國，無分彼此，所謂「四海九州，悉主悉臣」爾。

康熙二十八年，西曆一千六百八十九年，於尼卜初商訂和約後，大俄大皇帝為通商要務，詳訂數事，特派欽差義茲柏阿朗特義迭思於康熙三十年由俄國南京起程，經過尼卜初暨中國墨爾根河、齊齊哈爾、鴨綠江、東蒙古、蘇州、通州入覲。蒙召對數次，並賜筵宴，會同執政大臣議定，俄商除北京貿易外，準前往黑龍江那甕城、蒙古庫倫等處貿易。事畢，仍由舊路回國。往返三載，經過處所，俱有日記。茲將進京一事，選摘擇出，以資考證。

康熙三十一年九月二十五，自通州起程，約十鐘，聞離京僅五里。行李先行，余亦下車換馬，除隨從俄兵外，尚有九十餘人，整列而進。將至城門，觀者塞途，幸營兵開路，方得前進。城內亦觀者如堵，擁擠幾無隙地。沿途多有官員來相勞問，街市兩旁，館門左右，皆有兵排列。入館，酒果燦設，余少憩，默念從本國至京，僕僕風塵，至今一年八月之久，猶幸途中只亡一人，餘皆安然無恙，不禁上感蒼穹，愴懷靡已。後遂日日虔謝，即隨帶人員亦都如此。休沐三日，恭候引見。第三日，按中國典禮，傳旨內廷賜宴，亦似民間撣塵。余敬隨諸大臣入朝，見提督內大臣索額圖及他大臣四位，一同迎勞。地上悉設花罽，延坐其上。提督倡言曰：「吾主大皇帝特賜此筵，無暇自至，君長路辛勞，敬請食之。」即有旨酒、嘉殽，如雞、鵝、牛、羊之屬，乾鮮果品，雜陳一桌。桌方式，面各寬三尺，是為勞使臣之席。器皆銀製，層累約七十餘品。眾大臣另席相陪，飯畢，眾皆飲茶，或吸煙，惟飲余以各色洋酒。提督又曰：「願貴使臣饗此宴，即為我皇恩優渥之據。再候數日，旨下時，須親奉國書，預備召見。」余起身謝恩，乃回館。十月初五日，提督派官數員，告以明日親帶國書，伺候召見。余謹受教。次日八鐘，有大員三位來約同行，其補服有團龍、獅、虎、仙鶴各像，皆金線繡製。又馬五十匹，為從者乘騎，余按泰西禮，攜我大皇帝國書，偕委員整列而進。至皇城外門，有石碑，云是官員下馬處。余即遵製步進。入五重門，始至殿，見玉階千官，蟒衣繡服，光彩奪目，在此待余。略相款接，聖駕已出。余奉國書，按常禮頌揚數語，遂退下。

十月初九日，奉旨：「明日賜宴。」余欽遵。次早隨特派官員，偕副使等進朝。入六重院落，見眾多官員錦衣繡裳，濟濟蹌蹌，按品站立。俄傳呼：「上殿。」入門，見皇上已出。上坐。左右數人作樂，簫管悠揚，怡心悦耳。又十二人似護駕儀仗，皆執長柄金斧，上懸虎豹各尾。升座，樂止，執斧人亦皆分列左右。御筵上，殽果炫陳，器皿悉銀，覆以黃色大緞。提督、額駙及二大員近侍。余在座右二丈五六尺外，皇上注視良久，已而顧提督有言，提督跪，旋起，執余手前進至離御座一丈一二尺，余之隨員又在我後三丈以外。上又語，提督至余前，敬問我皇上起居，余答禮惟謹。旋命撤筵上黃緞，亦諭我食。余另一席，眾大臣二百餘人，各依坐位，二人一席，如法耳西國禮，皆盤膝坐罽上，余勉強盤膝相從，如畫上式。特撤御筵上燒鵝、燒豬、燒羊賜我，內羊肉異常香美。隨又賜果數盤。已，又賜茶。此茶奶油和麵所作，如西洋之噶霏，余祇領惟謹。上命提督問余通西洋幾國語，余對以通俄國、日耳曼、荷蘭語，略通意達禮國語。即見有官從後退出，帶入耶穌會中三人，至寶座前跪，行叩禮。上命起，一法國人名熱爾必良，其二為西洋國人，一名波瑪斯，皆教師。上命熱教師問：「汝從南京至我北京，行多少月？係乘車，騎馬，抑或乘船？」余逐一對答。上連稱「國窪，國窪」。又命我前，提督攜余手又前，離寶座六步正向一席，命坐於是。余謝坐。又命熱教師細詢一路情形，並俄國南京去赤道若干度，離波蘭、法郎西、意達禮、大西洋、荷蘭諸國里數，余亦逐一謹對。語畢，親執金杯酒顧提督賚我飲，余飲少許，仍敬還提督，詢問通官，云是馬乳所製。後又命隨帶俄官至一丈七、八尺前，亦以此酒賜之。余照西洋禮謝恩。提督仍攜我退原處坐。刻許光景，宴畢，上顧我點頭，下坐，出左邊門還宮。余方下殿，上又命提督問：「國家曾遣一西洋教師，名郭禮瑪地前往西洋，有何新聞？」答曰：「自本國南京起程時，聞其隨帶二十五人行至土而其國四迷而那城，意欲從法耳西及印度還京。」提督曰：「此人現至爪窪國地方。行已七年，今將至矣。」遂退。

凡余進內一切聞見，俟詳後序。茲先將皇城、宮殿及寶座，略述大概。城式方長，以磚砌，深較寬約倍。宮殿悉覆以琉璃黃瓦，有獅、龍各獸形。殿高約六丈四尺，階十數層，窗與西洋不甚差，而格較小，卻不通透，以紙糊故也。東、西二門，上刻木如王帽形，飾以金，光閃閃射目內不隔斷，頂上不作圓棚，皆金漆彩畫各種物形，深約十八丈，寬約六丈。地上按滿洲禮鋪以絨罽，上織各色草蟲。寶座設向東門儘近後壁，寬長皆一丈八尺，前面、左右有陛，可循級而上，護以雕欄，鏤葉鍍金為飾；兩旁亦有雕欄，刻各物，或謂金裝，或曰銀製，然外悉金彩華麗。中如佛龕，有門二扇，內即寶座，高二尺，以貂皮為褥。皇上盤膝而坐。仰瞻御容，非必秀出人寰，然視之令人忠愛之心油然而生。黑睛奕奕有光，隆準，頭微向上，鬚黑而短，頦下頗疏，面多細麻；身適中，衣青緞袍，藍青色褂，出銀鼠風，項掛珊瑚朝珠，垂於胸腹；冠貂冠，紅絨結頂，後被孔雀翎數層，髮後結一辮，無他金寶之飾；足登元色絨靴。用膳時合殿寂然，惟見各大臣以目下視，皆若忘於言也。

次日，皇上特遣官二員，帶領遊歷城內景勝，並馬五十匹為從人乘騎，余即備馬同行。隨至一處，似是戲園，房廊高大，內一高臺，上多雕彩名畫，臺上正中有一方孔。周圍有樓，樓上有欄。二官照料坐位，款待茶酒。戲之佳，不待言。兼有劇法，亦極敏妙，有從空手變出香桃、金橘、葡萄各鮮果，又變飛鳥、螃蟹各生物，其餘亦有在西洋曾見者。又一技人，以玻璃圈數枚，大者如人手，疊置木梃梢頭橫飛豎舞，無一落地，真妙絕也。已而六人共舁一竹竿，長約數尺，直立地上，一童猱升至頂，匍匐其上，轉運如輪，盤旋不已；既而以一手執竹梢，徐躡足立於梢上，拍手騰空，飛身而下。此外之技，不可枚舉，劇佳甚。聞此伶人皆供奉內廷，無怪藝之絕耳，戲彩之衣，悉金珠晃漾，所演戲為一英雄破敵還朝，大似策勳飲至。並有多神下界，神內一人赤面如朱，云是先皇帝也。戲之中間，忽出美婦二人，曲眉秀項，麗服炫妝，各立二人肩上翩躚而舞，應弦合拍，如履平地。又二童子，衣奇異之衣，奏技如果斯提克。盡日所觀，無不入妙，典終拜謝而回。

是日，遵滿洲禮，上幸虎圈打虎，即日還宮。內大臣提督索額圖請宴，至其宅，情款甚密。從內書房攜手客舍，桌椅精潔，上覆金絲滿繡各色生物桌單。余另一席，他官隔坐相陪。案設細磁花盆，內植各色花朵，皆以紫絨雜色綾絹為之，因時隆冬，無鮮花，故像生也。前案羅列銀碟，內焚沉香，氣頗馥郁。旁設文玩，數寸小人，木質金裝，飾畫工細。余及主人所坐椅上覆以虎、豹之皮，文采威重。眾客皆先飲果茶，杯放鐵匙一枚，果有胡桃、榛瓤之屬。茶畢，以瑪瑙杯奉酒，此酒胥對淋水飲之。隨上盤盞多道，皆臠切魚肉，層層疊累，上貼鮮細花草，列於一旁；又魚肉六品齊上。食少許，又珍品數道，各種小食；末上各種蜜餞，如葡萄、香桃、金橘等物。筵有優伶女妝，演戲侑酒，舞裙歌扇，盛極一時。有從旁窺客者，朱簾半啟，紅袖微呈，則夫人及女公子也。其妝飾則皆依其國服色，極為華麗。在此開懷暢敘，約有三鐘之久，乃同隨員致謝散去。

靜息數日，有管庫之石老爺相請，因至其宅，相待尤極豐盛。客舍之制，亦屬中國極富規模，白石為地，室三隅皆設鐵梨木桌，以漢白玉為面，石上自成山河樹木之形，真世間罕物。上設極大銀瓶，內插名花無數。雖庭柱亦采畫鮮明，他可知矣。席間招優伶演戲，侑酒。宴畢，主人引余遊市廛，所見紬緞成衣、金銀首飾及百種細貨鋪面。有一官藥局，因同下馬，意欲購買數種試用。店內藥材滿架，主人款茶少坐，即有許多大夫藥方前來，按方稱藥，與西洋無二。旁有古玩店，余購數器，因得覘其鋪後花園，以盆植香桃及各種鮮花羅列殆滿；中一玻璃缸，水滿其中，蓄魚數十頭，長約一指，色如真金，有脫鱗者，肉際紫色，實為天下所罕有。從此又過數市，門上悉懸木匾，上書主人名字並所賣之物，字甚整齊。又過魚市，見各色生魚如鯉、鯽之屬，並有水蛇，心大詫異，不解中華何以食此？又有木桶盛放蝦、蟹。旁輔鋪中，有鹿、兔、山雞、野羊及各野禽之類。

是年本國正月初七日，為中國元旦，此節約過三禮拜之久。從夜半新月初生時候，陡聞皇城內鐘鼓特起，接連各寺院鼓聲不絕，沿街勿論官民士庶，門放各種花炮，以示新年之意。各鋪閉戶，鼓樂嗷嘈，庵觀僧、道、喇嘛各眾，皆循其規矩，擊鼓、吹號，從亥正起，直至次午，如兩軍對壘，各領十萬之眾，炮聲震天不絕。白晝，街市多有執事人等扛抬拂像，各處巡行；喇嘛則提爐拈珠，伐鼓、擊鈸、吹號，絡繹於道；遊人如蟻。各鋪三日不開市。罪人停刑。浹旬之間，街市男女甚夥，婦人或騎驢，或乘車，車乃二輪，上作圓棚，前面為門，使女坐後，或吹或唱，人共見其主婦外坐，吸煙也。蓋中國婦女向不出遊，惟北城專繫滿人居處，不甚避忌。漢人俱住城外市肆。

數日後，上遣官二員傳旨，以次日先黎明一時入朝辭行。欽遵。次日未黎明前一時之半，有三員官來約，並馬同行至下馬碑處，步入三重門，進一室，坐，仍有如噶霏之茶，云是滿禮早晨所食者。見第四院內朱紫紛集，悉滿洲衣冠，風雅華麗。俄黎明，引入第四院，坐百官之中，侍臣皆按品秩，或東或西，兩處鵠立。刻許，聞聖駕將出，簫管悠揚，如聞仙樂。此殿又非前日召見處所，內設寶座，鋪黃絨褥，兩旁列二人鼓，金彩輝煌。鼓大約十八尺，下有木座。皇上入座後，命一官從內出，至眾官次朗宣數語，惟聞末云「起來」、「叩頭」，如是者三，各官即行禮三次。行禮時鐘鼓齊鳴，絲竹外有一器，首極清銳，殊震耳。有二大臣命我進，從二丈八尺外遂進至一丈八尺，立二滿王之間。行禮畢，鐘鼓大作，聲如發炮，簫管備舉，接連六次，仍賜坐，復賜如噶霏之茶一盞。余捧而飲。兩國公事畢，余起身，朝上行禮；上起，進西方門還宮。

此院內鑾儀兵衣紅布衣，上印如洋元花，小帽黃翎，云黃色惟御前用之。又有腰佩刀，手執長槍，上掛小旗之兵，在院內排立。去兵不遠，有馬八匹，一色純白，鞍轡悉具，應亦儀仗也。第三院內象四隻，內一白象，背被文繡之衣，轡頭等均以金銀為飾，背負細木雕刻小亭，內可容八人。又有御用轎輦，皆以黃罩罩之。又許多木椅、木座，為鐘、鼓及各廟樂器所用。下朝，即登象輦，送歸弟。象奴十人以大繩繫象頭，左右牽之以行；項坐一奴，手執鐵鉤，以為約束指示。象頗馴，馭者走如飛，似加意為之，恐其生事也。

又數日，耶穌會教師奏請得旨，准本大臣前往其宇瞻視。即有兩官偕余同往，堂外四圍皆高墉，石碑二座，門內廊舍悉仿意達禮亞國房式。門內右設天、地二球，橫分大有八尺。堂按意達禮亞國式，極高大，內張琴瑟，皆妥馬克思教典禮。神像盡多，神壇一切工緻無比，寬廣可容三千人，房上懸大鐘一，小鐘無數。交鐘時相合如樂。瞻仰畢，隨入廣屋，內貯西洋各色寶玩。又延至寢室坐談，食蜜餞諸果，及西洋乾糧酒，香美異常。飲時不忘泰西禮，各為君上祝釐，乃同飲。款敘良久，情懷頗暢，始別。同時復有一員自內廷出，相請遊玩遂乘馬同至馴象所。象共十四，有白象一，觀之不足，命象呈技。奴嗾之，乃作虎嘯，聲震屋宇；又有聲如牛馬，又如南方小鳥。尤奇者，學吹號，又命象向我請安，就地作滾，其滾時，先舒前足，徐舒後足，腹重貼地，臥而後起。有一象尚未練習，鎖前二足，未經出戶，地旁有深溝，似防其變。象體碩大，有牙長至六尺者，官謂余曰：「此暹邏所出，每年其王入貢數頭。」顧其食，惟以米草細縛堆積其旁，以鼻次第捲入口中也。

復出行街市，恣意遊玩。回館過一官第，見門首數人捉一狗，甚肥，余問故，答曰：「此肉最養人，夏食尤妙，以性涼之故。」不覺心為少異。余致謝，官乃去。次日，提督內大臣以柙盛豹一頭，送館看視，又送猴人、鼠戲各藝。猴解戲人言，做耍多異，又以紅綠各彩衣置木箱中，令猴看視後，呼取某彩衣，猴開取服之演戲，一無所舛，穿衣形狀頗奇；復令就地翻觔斗，又作踏繩之戲，甚可解頤。鼠人出二鼠於笥，以索套鼠頸，二鼠各負索盤繞，幾疑成結，後竟走出，索仍挺直，其妙乃爾。耶穌會教師曰：「三年前，東洋島中貢四異獸，形大如馬，頭有二角向上，生穎頗銳。置之苑囿，約離京二三十里。曾奉旨往視，並詢西洋有無此物？看畢復命。觀畢，並言西洋所無。」本大臣頗欲往觀，惜路遠，歸期在即，未經見也。

謝內大臣後，並求如皇上命我行時，前旬賜信為感。後得信，余即購買遠道所需各物，上仍賜宴一次。於三十三年二月初八日，余帶隨員出京，眾大臣依依相送。十四日，余抵長城，至那甕城，經過黑龍江各莊屯，至蒙古沙漠邊界前寄存牲畜處。昔入京至此，余及隨帶人員俱食中國供給。從此往爾古那河，則本國地界矣，資斧應自備。惜牲之存者八百頭餘，並因水草有毒物故。小住幾日，俟用物備齊，乃謝沿途護送官員，起身而去。

以上出該使臣日記，外畫三頁，今依樣畫出。

第一頁為錫宴。正中即寶座，左立二人，耶穌會教師也；左下中座為俄使臣，席前立者三人為通官，傳命者也。

第二頁為辭行。正中為聖祖仁皇帝，兩旁有二大鼓，其立於右階者，傳宣人也；階左下列坐三人中有俄使。

第三頁係宮內所見。第四院有象輦等物，向門立者三人中為俄使，後有數十員，俄隨員也。

卷六

泰西測量法

泰西各國最喜測量之法，專門名家父死子繼，不精其技不已，其用志極為專一。每以極好千里鏡測月，謂月中有山，有川，有海，兼有火山三座，獨不能見人物。蓋彼以月亦有地球也。其說以我所處之地球，亦是天內一星，凡天內之百千萬億星，皆地球也；金、木五星，亦一地球，人強名之金、木、水、火、土耳，彼地球中人不知此名也。月之地球與我處之地球最為近，故可以鏡測之。又言日中本有一黑子，以盆水照驗自得。黑子之見，不為災異，所論甚辨，亦非無理也。

大蛇追輪舟

西國來往，近時總用輪舟，愈行取徑愈捷，往往於海中新開一路，則可近千里萬里，蓋在繞山與不繞山耳。庚午年，一輪舟新闢一路，忽遇大蛇追舟行，行至三日夜不去。舟人懼，以羊飼之，投三十七羊，食之而追不已；乃投二牛，吞訖，曳尾去。自此，此路不敢行。西人不信有龍，凡蛟螭之屬，咸名曰蛇而已。

奇形之人物

咪唎堅國領事官西華，嘗贈余《古鳥獸圖》一冊，繪畫精絕，大率獅、象、虎、豹、豺、狼、牛、羊之類，而狼、狗之種尤多。最奇者有豬首人身、犬首人身、螳螂首人身而足亦似螳螂者，又有一無首人，褒衣博帶，手持一斧者，其《山海經》所記「刑天舞干戚」者耶？據西領事云，彼國皆有之，不足為怪。

宋元明之殘山剩水

宋之亡，求援於古城；明之亡，乞師於日本，皆不應。《宋史》於帝昺厓山之後，即書宋亡，乃考《廣志》：帝昺、張世傑已死，故將蘇劉義復求趙後名旦者立之，都於順德縣之都寧山，言都此而得寧久也。山在縣東北三十里，高千餘丈。久之，仍為元軍所滅。殘明永曆帝入緬被殺之後，明地盡亡矣，然魯監國以海尚棲遲海外，依鄭經以居，諸遺臣多從之者。惟經不奉以監國之號，跡等寓公。康熙壬寅，以海病歿。甲辰，前兵部尚書張煌言散其軍，明緊遂絕。此二事，史皆不載，故人甚知之。至元朝北都之亡，順帝猶君於沙漠，崩後，有惠宗之謚，壤地尚數萬里。嗣君立九年，卒，廟號昭宗。又傳六世，皆仍擁帝號。至建文朝，有鬼力赤者篡立，更號可汗，稱韃靼，而元之號乃亡。然其苗裔稱王於回部者尚夥，較宋之厓山、明之洱海，地廣數十倍，不可同年而語。蓋無異晉元、宋高之南渡，順《明史》不以北朝目之，僅載之傳紀，是以世亦莫得而考也。

士大夫宜留心本朝掌故

上海陸文裕公，出入館閣，前後幾四十年，每抄錄國朝前輩事，命子弟熟讀，曰：「士君子有志用世，非兼通今古，何得言經論？今世學者，亦有務為博洽，然問及朝廷典故、經制、沿革，恍如隔世，縱才華邁眾，終為俗學。」云云。此說，讀書人不可不知。即如辛未三月中，天氣頗炎，恩方伯錫菈蘇藩任，受事之時，朝冠用皮，人多訝之，不知未換涼帽之前，朝冠無不皮者也。其用絨緣者，乃宮嬪之冠。國家定制如此。今直省文、武各官，朝冠大率皆以絨緣，習而不察，反以笑人，亦可笑也。

職官章服之沿革

帽頂之有珊瑚、寶石、水晶、車渠，自雍正四年始。乾隆時，有請知縣用蜜蠟頂者，未經議准。自咸豐兵興以來，各軍營保舉及事例捐納者夥，於是知縣無不藍晶其頂，即佐雜等官，亦多水晶、車渠者，鄉鎮分防之縣丞、巡檢，率皆紅纓矣。同治乙丑，余榷盛澤釐捐，有署縣丞某者，未經加銜，仍用青纓，鄉民觀之訝曰：「此官戴孝，所以用此纓。」聞之不禁大笑。

居官以能說話得便宜

襄勤相國勒保，嘉慶朝名臣也，揚歷中外最久。官四川總督時，仁宗嘗詢以「爾等為督撫，僚屬中何等人最便宜？」公對以「能說話者」。上曰：「然。工於應對，則能者益見其善；即不能者，亦可掩不善而著其善。雖事後覺察，而當前已為所蒙矣。況政事不藉敷奏不能暢達，往往有極好之事，為拙於詞令者說壞。此聖門所以有言語之科也。朕遇悃愊無華之吏，嘗虛衷俾盡其言者，以此。」公還，以語家梅亭方伯，共頌聖主之明。余謂言語固然，即公牘亦何不然？昔人有詳文用「毫無疑義」四字，致被駁詰往返，改「毫」字為「似」字乃已，然所費已不貲，時人謂為「一字千金」也。

因思同治丁卯，余權南滙縣時，先與本道應敏齋方伯議掩埋暴露事，方舉行，而撫藩檄下飭辦，余遂躬歷城鄉遠近，督率董保經理。閱時三月，共勸葬及代葬四萬二百餘棺，境內塼灰為之一空，然尚有一萬餘具，或以子孫在外，或因方位不利，不能盡葬，須待來年者。因據實具覆撫藩。同時有一縣，僅掩埋一千七百棺，遂以境內悉數葬盡具報。嗣奉某方伯通飭，以葬一千七百棺者為辦理認真，記以大功；而余則以尚有一萬餘棺未葬，被申飭焉。彼時幕友原鋪張其詞，以「掩埋淨盡」具稿，余謂：「若是，則下一年不復舉辦，此萬餘柩終暴露矣。」事後，乃信公事可不作欺飾之語。時上海經應方伯捐貲數千金，葬至五萬餘具，然亦不能葬盡。故是役也，上、南縣葬數最多而皆無功；彼一縣之得奬勵者，是能說話之類也。

海中異物

同治丙寅，余總辦江蘇海運事。三月中，乘天平輪船赴津門，於黑水洋忽見海中湧起一山，高數十丈，俄頃即沒。舟人曰：「此大魚也。」後攝南匯，見《縣志》載，國初時，有大魚過海口，其高如山，蠕蠕而行，閱七晝夜始盡，終未見其首尾。辛未，修刊《上海縣志》，見一條云：「明嘉靖年間，有一大鹿浮海而上，縣官率眾掉船擊殺之。稱之，重五百餘斤。」

前定數

天下事不外乎「數」，所謂「一飲一啄，莫非前定」也。余生平三事，事後思之，真若有

「數」存乎其間。一是道光癸卯七月，在杭州鄉試，得都中來信云，余候銓之訓導已將到班，囑將三代履歷寄都注冊，便可選到，云云。時同門友陳星垞方任金華縣教諭，往諮其履歷開式，星垞為草一單見付，並笑曰：「現在本學訓導朱君欣甫方擬終養，子其得此缺乎？」因指座間金華二生，調之云：「此皆門下士矣。」乃十月中，都門又來信，謂前單舛錯，不能注選，否則，九月分已選義烏矣。乃更正再寄，至十二月，朱君丁內艱，余竟選金華縣訓導。使爾時星垞之單不誤，則早選義烏矣，何金華之有？

一是庚戌之秋，余以初次俸滿，保薦到省。遇海寧訓導錢君警石及富陽訓導吳君雪樵。警石戲余曰：「子此番保薦，必升富陽教諭。」余問其故，警石曰：「子可詢雪樵。」雪樵乃言：「是縣最貧，不特修羊甚瘠，且衙署臨江，每年水漲時，堂階俱滿，須登樓棲止。宦此者，無不苦之。」余曰：「何所見而必得富陽耶？」比方伯驗看，不列薦牘，余謂警石曰：「今不保薦，不升富陽矣。」警石又曰：「子將來不保薦則已，保薦必仍升富陽。」彼此一笑而散。越十年，俸滿再保，竟升富陽縣教諭。

一是壬寅之冬，就長白聯蓮舫大令奎之聘，館於南滙者二年，後因選金華校官，辭去。縣人盛可圃贊府、鞠湘帆茂才，送別河干，訂後會之期，余漫應曰：「俟作宰此邦，乃來耳。」皆大笑別去。至同治四年，余以左爵相薦舉人才，奉命以直牧發江蘇補用。丁卯奉檄攝篆南滙，盛、鞠二君均復健在，郊迎話舊，歡若平生。今因作《鶴砂重到圖》，以紀其事，並題二絕句云：

「雪鴻豔說舊因緣，往跡重尋轉惘然。不信讖言成讖語，回頭二十五年前。」「人民城郭是耶非？在我真同化鶴歸。昔日借乘今五馬，勉將清白繼前徽。」一時和者如雲，至今邑人傳為佳話。此二君及余皆一時漫言耳，而應驗若此，是非前定數耶？

為善之報

為善不必求報，而報施之理往往不爽。福州廖封翁少時為郡吏，嘉慶年間，海寇朱渥投誠，得沿海居民通海冊，不下數百家，廖謂：「寇既降矣，則若輩亦不必究。」舉而投諸火。俄官吏有按冊誅求意，索之無有，遂已。五子均登甲第膴仕，最幼者為鈺夫先生鴻荃，榜眼及第，官至尚書。廖年八十餘，歿時，異香滿室。常州呂笠湖太守志恆官閩時，臬使延之署中辦案，閩省海禁甚嚴，凡以穀粟出洋者均死。漳、泉二府貧人多以番薯為糧，俗呼為地瓜，故以地瓜出洋者，準穀米例，亦死，每年所殺甚夥。其實盜饜粱肉，固不屑食地瓜也。呂於地瓜下加一「餅」字，諮部，謂餅餌之屬較穀米有間，請予減等。部議從之。自是全活無算。呂年五十餘尚無嗣息，後遂連舉丈夫子二人。夫廖與呂，其初不過一不忍人之心耳，未嘗圖報也，而報之彰彰如是。作善降祥，豈不信哉！

好善樂施之法

寧都謝渭公性慷慨，家素饒，每約己利人，而不欲人知之。荒年則穀減其價，而增其斛。有士人貧且病，而歲復窘之，幾於袁安之僵臥，渭公欲蘇其困，而嫌於無名。稔其家多花，乃拉從弟某載酒共往觀之，招主人劇飲盡歡。徐出白金十兩，市蘭數盎以歸。花之值無幾，而渭公於是物又非素所好，陰以行其周急之意，而陽復予以可受之名。其誠心曲術，可謂忠厚之至矣。記之，以為好善樂施者法。

說夢

《周禮》有占夢之官，吉夢、噩夢，所占不一。惜其術今不傳矣。余就枕即夢，一夜之中夢數數作，毫無徵應。先大夫則終年無夢，偶作一夢，其驗如響。此不可以理解者。咸豐丙辰，先室聞淑人在金華病歿，先大夫忽夢見先妣太夫人，因告之曰：「若亦知媳婦死乎？」太夫人答曰：「此是伊之福氣。」既醒，謂余曰：「爾婦死，爾母謂為福氣，吾恐兵禍之將及浙也。」越一年，賊遂犯金華；又兩年，全浙淪陷，室家流離顛沛，死者九人，皆草草殯殮，不能成禮。淑人之先死，真是福氣矣。然此夢固不待占驗而知也。

江西謝向亭先生階樹，嘉慶己巳榜眼，嘗督湖南學政。方鄉舉時，貧甚，無力入都。時是同鄉程君為貴州按察使，因詣之謀館；而程君之西席為貴州某孝廉，本無意計偕者，忽夢見人送「榜眼及第」匾至館中，孝廉心喜，以為應必在己。遂辭程君，進京會試，程君因延謝填其館缺。孝廉會試失意而歸，以為妖夢所誤，不再作春明之夢矣。謝權館一年，積有修金，次年適遇恩科，亦遂入京，榜發中式。謝書法本佳，殿試閱卷大臣取其卷入進呈十本中，次在第五。時江西戴蓮士相國久耳謝名，謂同鄉與閱卷者曰：「本科江西有佳卷乎？」曰：「有次第五者，當是江西謝某卷。」相國笑曰：「江西自某後二十年矣，竟無大魁者，可歎可歎！」蓋相國固以狀元及第者也。諸大臣聞言心悟，遂相約次第重檢其卷，一人指謝卷曰：「此卷書法甚佳。」提上一名；一人又曰：「此卷書法甚佳。」又提上一名，如此數四，遂次謝卷第二。最後某大臣至，一人以言挑之，謂：「第二書法甚佳，似可提起。」某大臣不喻其意，笑謂：「書法果佳，但在第二亦不為低。」依次進呈，謝遂以榜眼及第矣。夫一榜眼，某孝廉因其夢僥幸之而不能；戴相國示意欲提拔之亦不得，此固有命存乎其間也。然某孝廉之夢，又當如何占驗而後能知也？使此時而有占夢之官，必有是說。

栗恭勤公為河神

山西栗恭勤公毓美，由拔貢知縣，官至太子太保、東河總督，為治河名臣。知縣事時，善決獄，嘗言：「讞獄宜旁敲側擊，使之不得不供吐實情；再察其神色，度以人情物理，自然判斷平允。若徒事刑求，或將緊要供情，先出自問官口中，即案無枉縱，亦難信於心矣。」曾至滑縣查災，聞民間習教者多，而匪徒復乘荒肆掠，料其必將滋事，勸知縣強公克捷嚴密防範，並往白太守，太守不以為然。未幾，滑縣界果亂，克捷死之，沿及畿輔，天下震驚，人乃服公之先見。

其治河也，創造磚工議，謂柳葦稭科，備防不過二三年，歸於朽腐，實為虛費錢糧。購儲碎石，不但路遠價昂，而灘面串溝阻隔，船運亦屬不易；且石性滑，入水易於滾轉，仍不免引溜刷深。磚性澀，與土膠粘，拋壩卸成坦坡，即能挑遠溜勢。每方磚價不過六兩，而石價則一方自八、九兩至十二、三兩不等。方價既多少懸殊，而碎石大小不一，堆垛半屬空虛，磚則以一千塊為一方，平鋪計數，堆垛結實。並將與磚較量輕重，石每方重五、六千斤，磚每方重九千斤。一方碎石之價，可購兩方之磚，而拋一方之磚，又可抵兩石之用，經費尤多節省。於是破除浮議，不辭勞怨，決計行之。天子深是其言，諭地方大吏無掣其肘。公遂連歲奏績，疊邀優敘。年六十三歲，卒於河防工次。上聞震悼，恤典綦厚，河南人如喪考妣，即生祠處處祀之。

公歿之明年，河決開封，各官晝夜堵築。當合龍之際，河工忽來一蛇，眾歡迎之。蓋河將合龍，河神必化蛇至，有黃大王、朱大王、齊大王等神，老於河工見蛇之色，而知為某某，當稱其號，以金盤迓之，蛇即躍入，以河督肩輿迎之廟中，祭賽數日，俟龍合，蛇乃不見。是役也，蛇作灰色，非向所見者，歷祝以「某某大王」，均不為動，眾人大惑。巡撫牛公鑒聞之，至河濱，一見叱曰：「是栗大人耶！」蛇遂躍入盤中。越日下埽，平安蕆事。眾問巡撫曰：「何以識為栗公耶？」曰：「栗公項下有白顛風，周圍似玉，我見此蛇頸有白圈，疑是渠化身，呼之而應。渠真作河神矣！」於是奏請，以公列入河神祀典。

公六歲就外傅，對句輒驚塾師；九歲學為文，落筆灑灑如宿構。同縣某翁相攸得之，招至家，令與子讀，同室臥起者數年。一夕，盜殺翁子，室扃如故，無跡可尋。眾疑公，公無以自明，官亦不能為之明，已論抵矣。女另醮同里富人王某，婚數日，王醉告女曰：「吾慕汝色，以重資募劍客，本欲殺栗，不意誤中汝弟也。」女聞之，殊自若。翌日歸甯，則逕入縣署號呼，官提王究，不能置辨，乃收王而出公於獄。女見公，泣語之曰：「吾所以忍為此者，以弟之讎、君之怨，非吾不能雪也。今已白矣，身既他適，不能復事君，亦再無歸王理，計惟一死耳！」遂對公自刎死。合邑皆驚其節烈。公感其義，通顯後，終身不置正室。

五星聚奎

咸豐十一年辛酉八月朔旦，五星聚奎，推七政：日、月、土、木、水、火，俱躔張度，在巳宮；金星則躔軫，在辰宮。是月正值今上登極，贊襄王大臣遂定明年紀元之號為「祺祥」。未幾，三王及肅相得罪，兩宮皇太后臨朝，乃改明年為「同治元年」，仰見聖朝不侈符瑞之至意。自是，僭亂以次削平，郅治之隆，同乎開國，中興事業，振古鑠今，斯實昊穹眷顧，預示休徵也。考宋太祖即位之年，亦五星聚奎，從此天下太平，啟三百載文明之運。天人相應，國家萬年有道之基，肇於此矣。

神靈蕩寇

同治癸刻正月，粵逆李世賢踞金華府城已二年矣。時蔣方伯益澧（灃）方統師攻克湯溪縣，將移兵向金華。尚未起行，賊忽於夜間見四山皆火光照耀，殺聲震地，以為大兵百道並進，大駭，遽開城逃竄。次日，方伯師至，不費一矢，收復郡城，人皆稱為神助。然自粵逆倡亂以來，歷觀各省奏報，稱神靈翊佑，請賜封號及匾額者，不一而足。仰見天之助順，百神效命，具徵國家之無疆大歷服矣。因記先大嘗言，嘉慶五年，阮文達相國撫浙時，神風蕩寇一事，尤為奇異，用並識之。

先是，乾隆末年，安南國內亂，有倫利貴者，安南之總兵也，以戰功封侯爵，本係海賊出身，故以巡海為名，私結閩盜，來浙劫掠，國王不知也。其船巨炮巨，船外蔽以牛皮網索，使我炮彈不能入，號安南艇。橫海上者五六年，往來浙、閩瀕海地方，縛人妻女，繫人父兄，以要人貨，不如約，則剖心臠肉，慘不可言。蓋禍較明之倭寇為尤烈。四年，文達蒞浙撫任，嘗遣吏探之，賊飲之酒，指艇大言曰：「吾駕大舶，賫十月糧，炮重數千斤，來收稅耳。爾大吏宜自計，非我敵也。」當是時，權眾寡強弱之勢，浙師實不足以殲賊，文達乃以賊情下詢諸官弁及士庶人，採李巽占之言，嚴保甲，以絕盜糧；用周鳳鳴之策，滅土寇，以斷賊路；聽王鳴珂之計，合防禦攻擊，以蹙匪勢。而以造巨船、鑄巨炮為首務；嚴號令，警廢弛，明賞罰。期年而剿賊之具成，賊情已窘。遂擊之於三盤、大陳、石塘、鱟殼等處，皆有斬獲。

五年六月，文達親督師至台州，定海鎮李、黃巖鎮岳、溫州鎮胡皆會。安南艇匪適連艅進踞龍王堂、松門之下，艇船環於松門山，計將撲岸。月之癸酉，文達檄李鎮之師赴海門攻賊，復令胡鎮自楚門出，與兩鎮會於金清。是日，日甫沒，風大起，且雨。甲戌之夜，風勢更甚。乙亥，文達遣使探兩鎮所在，水阻不得達。丙子，有弁鳧水至，言是夕風雨狂烈，獨注龍王堂，雨中有火爇人，賊艇撞擊皆破碎。李鎮船在海門，為風水所舉，絓於岸木，乃無恙。兩鎮兵船亦多損壞。胡鎮師在黃華關，風不之及，完好如故。是時，賊奔竄海山，我陸路兵乃由松門涉石塘巢賊。賊乘破舟，猶以炮拒，皆就獲。有一艇未壞者，賊數百爭乘之，亦沉沒。其登岸攘食者，皆為我兵所擒。前後俘馘八百餘賊，淹斃賊約四五千人。獄不足禁，棧郡廳以拘之。磔偽進祿侯倫利貴於市，其餘首從，各論如律。艇賊盡平。事聞，仁宗以為誠感神應，敕建天后宮、龍王廟於松門。是役也，文達之布置已周，賊固不難破滅；然非神風助順，斷不能一夕而悉數殲夷。觀於蔡牽之平，至嘉慶十四年。則是舉不歸功於神助不可矣。

江蘇督撫請減蘇松太浮糧疏

吳中賦額之重，為天下最。自明迄今，積困數百年。國初，巡撫如韓世琦、馬祜、慕天顏、湯斌，科道如吳正治、施維翰、孟雄飛、嚴沆、任辰旦，皆嘗特疏請減，格於廷議，不果行。近歲以來，益不支，而漕弊因之。官與豪猾相持，益畸輕重，而良民獨受厄，顧事屬重大。且自道光至咸豐二十餘年，軍事日棘，帑藏空虛，中外諸臣無敢發言者。同治二年，相國合肥李公鴻章巡撫江蘇，駐師滬上。時蘇、常尚為賊踞，公目睹吳民流離困苦狀，博訪周諮，謂：「宜及此時乞恩，乃可以維繫人心，滋培元氣，而挽回大局。」遂與督臣曾侯上疏，請減蘇松太浮糧。公自屬疏草，剴切詳明，洋洋數千言，盈廷讀之，皆為動色。天子仁聖，俞公所請。會大理卿潘祖蔭、御史丁壽昌相繼上陳，並及浙江之杭、嘉、湖三府。上乃特宣減賦恩詔，而以各疏下所司戶部議，蘇、松、太減三之一，常、鎮減十之一，杭、嘉、湖三府如之。奉旨：「如議。」詔下，江、浙百姓歡聲雷動，五百年民困一旦以蘇。自是奠定三吳，肅清兩浙，兵燹殘黎得以休養生息，含餔鼓腹者，李公之力也。主聖臣賢，千載一會；然是疏，閭閻不經見，今備錄之，俾後之言田賦者有所考焉。公疏曰：

竊惟《大學》理財之道，於天下必曰平。《周官》土均掌土地之徵，必曰均。《禹貢》九等，太宰九賦，不外平均。今天下不平不均者，莫如蘇、松、太浮賦。上溯之，則比元多三倍，比宋多七倍。旁證之，則比毗連之常州多三倍，比同省之鎮江等府多四、五倍，比他省更多一二十倍不等。以肥磽而論，則江蘇一熟，不若湖廣、江西之再熟。以寬窄而論，則二百四十步為畝，有絀無贏，不如他省或以三百六十步、五百四十步為畝。而賦額獨重，則由於沿襲前代官田租額也。夫官田，亦未嘗無例矣。伏查《戶律》：官田起科，每畝五升三合五勺；民田每畝三千三合五勺。重租田每畝八升五合五勺，沒官田每畝一斗二升。是官田亦有通額也，獨江蘇則不然。考宋紹熙中，朱子行經界法，吳糧每畝五升耳。厥後籍韓侂胄等莊為官田，又賈似道廣買公田，元代續加官田，明祖平張士誠，又復入諸豪族田，皆據租籍收糧。宣德中，巡撫周忱、知府況鍾奏減蘇、松糧百萬石，疏中稱蘇府秋糧二百七十餘萬石，內民糧止十五萬餘石，餘皆官糧，二者並未合並，官糧自七斗六升，民糧自五升。嘉靖中，令各州縣盡括境內官、民田裒益之，分攤定額，長洲縣官田最多，故額最重；他郡縣，官田遞輕，今長洲等縣每畝科平米三斗七升以次不等，折實粳米，多者幾及二斗，少者一斗五六升，遠過乎《律》載官田之教。此蘇、松、太重賦之源流也。自明以來，行五百年不改，而其中升降盈縮，則因時而異。

《蘇州府志》稱：明臣周忱奏令輸布一匹，準米一石；輸銀一兩，準米四石。又稱課吏以催科，六七分為上考，終明之世，無徵至八九分者。國朝康熙十三年，前撫臣慕天顏疏有曰：『無一官曾經徵足，無一縣可以全完，無一歲偶能及額。』雍正中，奏准江蘇漕米折徵每石銀一兩。其時銀價每兩易錢七八百文。以此觀之，前明及國初，賦額雖重，大都連欠準折，有名無實而已。嗣是承平百餘年，海內殷富，為曠古所未有，江蘇尤東南大都會，萬商百貨，駢闐充溢，甲於寰區。當是時，雖擔負之夫、蔬果之傭，亦得以轉移職事，分其餘潤，無論自種、佃種，皆以餘力業田，不關仰給之需，遂無不完之賦。故乾隆中年以後，辦全漕者數十年，無他，民富故也。惟是末富非本富，易盛亦易衰。至道光癸未大水，元氣頓耗，商利減而農利從之，於是民漸自富而之貧，然猶勉強支吾者十年。迨癸巳大水而後始無歲不荒，無縣不緩，以國家蠲緩曠典，遂為年例。

夫癸巳以前，一二十年而一歉；癸巳以後，則無年不歉。且鄰境不歉，而蘇、松、太獨歉。此何理也？謂州縣捏災？此三十年中，督撫、司道更數十人之多，豈無一二不肯黨同欺妄之人？而且聖主不加斥，戶部不加駁，科道不加糾，此又何理也？誠以賦重民窮，有不能支持之勢。部臣職在守法，自宜一切不問，堅持不減之名；疆臣識在安民，實因萬不得已，為此暗減之術。始行之者，為前督臣陶澍，前無臣林則徐，皆一代名臣。揣其意，殆謂減額則永不能加，災緩則後不為例。原冀民氣漸蘇，無難復初，初不意年復一年，且年甚一年，而不可返也。

臣竊維前辦全漕之時，間遇水旱，辦成災者一，辦帶徵者九。帶徵後依然全漕，故以年計為減成，以十年計，非真減成也。今則年年辦災，永無帶徵之日，乃真減成也。又官墊民欠後一款，道光之初，數僅分釐；癸巳以後，馴至一二成。夫所謂墊者，豈州縣之果能墊哉？不過移雜墊正，移緩墊急，移新墊舊，移銀墊米，以官中之錢完官中之糧，將來或額免，或攤賠，同歸無著，猶之未完也。故歷糧冊必除去墊欠虛數，方得徵收實數，以此數，民固未嘗完也。伏查蘇屬全漕一百六十萬歷後積漸減省，蓋自道光中年始，於今三十年矣。《禮》曰：『以三十年之通，制國用。』言綜乎三十年之大，凡斯以後可知也。今試以道光十一年起，至咸豐十年止，三十年中，連分數計之，辛卯以後十年，共數一千三百餘萬，除官墊民欠，得正額之七八成；辛丑以後十年，共數九百餘萬，除官墊民欠，得正額之五六成；咸豐辛亥以後十年，共數七百餘萬，除官墊民欠，得正額之四成而已。

自粵逆竄陷蘇、常，焚燒殺掠之慘，遠接宋建炎四年庚戌金兀朮故事，蓋七百有三十年，無此大劫。臣鴻章親歷新復各州縣，向時著名市鎮，全成焦土，孔道左右，蹂躪尤甚。又各賊不能相統，此賊所據。難免彼賊劫掠，故賊境即不與官兵交界，亦皆連阡累陌，一片荊榛。凡田一年不耕，便為荒田，今已三年矣，各廳縣冊報拋荒者，居三分之，雖窮鄉僻壤，亦復人煙寥落，間於頹垣斷井之旁，遇有居民，無不鵠面鳩形，奄奄待斃。傷心慘目之狀，實非鄭俠《流民圖》可比。已復之松、太如此，未復之蘇、常可知。而欲責以重賦，責以數倍他處之重賦，向來暴斂橫徵之吏，所謂敲骨吸髓者至此，而亦無骨可敲、無髓可吸！斯即據情籲請，全行蠲免四、五年，在皇上如天之心，必蒙俞允。惟是天庚正供，停運三年，軍糈浩繁，度支仰屋，其何以濟？臣等所不敢出此也。又荒田召種，有順治年間各省屯田之例可援，然墾熟既遠，升科更遲，現報荒田三分之二，已荒者議蠲，未荒者議減，將所存僅此一二成，亦臣等所不敢出此者也。至於辦災例案，自七八成而五六成，而四成，咸豐三年，聞警拋荒僅止三成。若稍存苟且彌縫之見，援拋荒之案，減而又減，約得二三成，非不可以塞責；但前督、撫臣之所以為此者，尚或冀其復舊，今則明知無望，而狃於積習，不以直陳，是全無為國之心，徒有罔上之咎。又臣等所不敢出此也。

臣等細核歷年糧數，咸豐十年中，百萬以上者僅一年，八十萬以上者六年，而皆有官墊民欠十餘萬在其中，是最多之年，民完實數不過九十萬。成案如是，民力如是。積弊之後，大難之餘，催科一事棘手尤倍。臣等蒿目艱難，悉心籌畫，上體宵旰憂民之切，下維軍國待用之殷，於萬難偏重之中，求兩不相妨之道，似宜用『以與為取，以損為益』之一法，比較歷來徵收各數，酌近十年之通，改定賦額，不許挪墊，於虛額則大減，於實徵則無減，窮變通久，於此時為正辦。或者謂：據此定額，未免過少。不知減餘之數，仍通省莫重之數，尚非宋、元舊額，不得謂少；且不自今日始也，咸豐十年以前，歷年如是，未嘗於歷年國用有減也。彼時兵革未興，生聚未改，田園廬舍未損，非猶是完善之江蘇乎？夫完善之江蘇，僅有此數，則殘破之江蘇，不應仍有此數？今臣等於殘破之餘，請照完善之時定額，且不援近年最少之數，不假借、墊、欠虛數，誠不敢謂必有把握。若仍執久置不用之虛額，衡量多寡，欲求轉逾乎完善之時，皇上聖明洞鑒，有是事乎？有是理乎？無事、理所必無，即刑法所必窮，恐賢如劉晏、李巽，不賢如裴延齡、李實，亦且束手無刺矣。

又或者謂：數既猶是，何不仍夫舊貫，尚有冀於將來？不知乾、嘉之江蘇，實千載一逢之盛會，不可為例。竊謂自茲以往，如天之福，東南無事，休養生息，二三十年冀可復咸豐及道光末年之江蘇；更二三十年，冀可復道光中年之江蘇；而懸此虛額數十年以待之，無論無此政體，恐異日之利未必能復，目前之害已不可支。蓋臣等今日之辦，所謂

『以與為取，以損為益』者，方將借減賦之名，為足賦之實，所以能照完善之時定額者，其機括全在『減賦』二字之中也。何以言之？辦災辦緩，權在胥役，防弊雖有百法，舞弊奚啻千端！止此地產，不減賦之弊，在多一分虛數，即多一分浮費；減額之用，在少一分中飽，即多一分上供。減額既定，胥吏無權，民間既沾實惠，公家亦有實濟，是為轉移之善術，一也。吳民死亡之外，大半散之四方，故鄉賦重，望而生畏，尋常蠲緩，不足去重賦之名，招之不來，荒田愈久愈多，何法以治之？惟聞減賦之令，必當爭先復業，是為勞來之善術，一也。往者諸城被陷，官吏一空，鄉團抵死拒敵，鑼聲所達，萬眾爭先，小股賊匪見輒卻走。以三首縣言之，洞庭、香山、金市，各相持至七、八月之久，固由朝廷恩澤之至深，亦徵愚賤天良之未泯。此時減賦令下，彼見皇上於經費匱乏之時，尚有此度越尋常之舉，有不感生望外、踴躍輸將者乎？是又激勸之善術，一也。臣等所謂『以與為取，以損為益』者，此也。

現在蘇郡尚陷賊中，聞各鄉多為暗團之約，待時而動，以應官兵。即如常熟反正鄉民毀賊卡、殺賊目者，十餘處。崑山克復，沿湖居民截殺竄賊無數，是其明證。一聞減賦之令，必當感激涕零，望風增氣，他日軍麾所指，弩矢之驅更奮，壺漿之意益誠，又未始非固結招徠之一法。臣等伏查順治八年三月奉上諭：『凡故明讎怨地方，或一處加糧甚重，我朝並無讎怨，何可踵行？此等情由，詳察具奏。』欽此。於是江西瑞、袁等府，明初因陳友諒，加糧倍重，布政使莊應曾會奏復舊額。蘇、松獨未及上。又雍正三年三月十九日，怡親王奏請酌減蘇、松浮糧，奉旨：『蘇、松之浮糧，當日部臣從未陳奏。常廑皇考聖懷，屢欲施恩議減。今怡親王等悉心籌畫，斟酌奏請，朕體皇考愛民寬賦之盛心，准將蘇州府額徵銀蠲免三十萬兩，松江府十五萬兩。』欽此。又乾隆二年，奉上諭：『江省糧額尚有浮多之處，著再恩免徵銀二十萬兩。』欽此。部文照雍正三年例辦理。仰惟列祖列宗，當東南全盛之時，猶復軫念民依如此其深且厚，況今日之兵燹孑遺，流離瑣尾，至於此極也乎！

漕糧為惟正之供，而蘇、松獨曰『浮糧』，曰『浮賦』，見諸列聖諭旨及郡縣志書，不以為嫌，是知實有浮多應減之處，留以待我皇太后、皇上行之者也。惟有籲懇聖慈鑒察，特沛殊恩，俯准減定蘇、松、太三屬糧額，由臣等督飭司道設局，分別查明各州縣情形，以咸豐中較多之七年為准，折衷定數，總期與舊額本輕，無庸議減之常、鎮二屬，通融核計，仍得每年起運交倉漕白正耗米一百萬石以下、九十萬石以上，著為定額。即以此後開徵之年為始，永遠遵行，不准更有墊完民欠名目。似此核實辦理，不特酌十年、二十年之通，相較固無所絀，即酌三十年之通，相去亦不甚遠。至官墊民欠，本屬弊政，新復之地，百款皆空，無可墊而欲其墊，弊更百出，宜永遠禁止。嗣後非大旱、大水實在荒歉者，不准捏災，著為令。伏願皇太后、皇上俯念蘇、松各屬為十八省未有之重賦，非他處被陷州縣可比；又為七百年未有之大難，非歷年被歉例案可比，去無益之虛額，求有著之實徵，下延儀萬垂盡之生，上繼累朝未竟之志，民生幸甚！國計幸甚！

仲子崔為父報讎

《家語》言子路死輒難，而《左傳》、《史記》謂死孔悝之難，雖所紀不同，其忠義之氣炳千古矣。惟子路為之子名子崔為父報讎事，諸書佚不傳。考《南史孝義傳》，師覺授撰《孝子傳》八卷，《太平御覽》兩引之，云：「仲子崔者，仲由之子也。子路仕衛赴蒯貴之亂，衛人于黶（《左傳》作孟黶。）殺之。子崔既長，欲報父讎，黶知之，曰：『夫君子不掩人之不備，須後日於城西決戰。』其日，黶持蒲弓、木戟，與子崔戰而死。」又云：「初，子路仕衛赴蒯聵之亂，衛人狐黶時守門，殺子路。子崔既長，告孔子欲報父讎，夫子曰：『行矣。』子即行。黶知之，於城西決戰。黶持蒲弓、木戟而死。」。今覺授之書久不傳，而此兩引，可以互證，足見忠臣之後復有孝子，可為聖門生色，亦大快人心也。

孝媳

任邱邊雪坡大令厚慶嘗言，伊鄰村婦有走無常者，一日晨起，告人曰：「吾今退役矣。昨夜奉票赴前村攝傅家嫗，見其寡媳獨守病榻，淚下如雨，屢跪灶神前喃喃絮禱，願減壽十年，以益姑算。吾牽嫗之魂，將欲出門，媳一哭仆地，其魂自頂門躍出，張手來奪，高不過尺餘，而氣力絕大，幾為所仆。因告以奉票傳人，事非得已。媳魂哀哭不放，吾睹其情狀可憐，不忍再捉，回稟城隍神，神亦為之太息，謂：『此媳純孝，我據情代求冥王，當蒙憐血，或可挽回。』又謂：『汝存心尚好，此後亦不必充役矣。』」嘗遣人至前村探視傅嫗，果已復甦。越七、八年，尚康強無恙。有人叩其媳魂出事，答言：「仆地時一無所知，但覺心窩如刺一錐耳。」此所謂孝弟之至，通於神明。雪坡為人極篤實，居官有惠政，當非讏言。

文昌為淫祀

今文昌之祀遍天下矣，隆重幾與文廟等。然或謂為星辰，或指為人神，究莫能明也。侯官鄭桐侯大令廷圭攝金華縣時，與余同祭文昌，謂余曰：「文昌在康熙、雍正時，曾奉部文以為淫祀禁止，蓋由漳浦蔡文恭公新之封翁部控所致也。初，閩人多祀文昌神，不過另設廟貌耳。時漳浦有紳士乃建閣於學宮而祀之，蔡封翁止之不得，遂控於官府，皆不勝，忿而控部，部議以文昌之神不見經傳，誠為淫祀，行文禁止。其案牘大令曾親見之。然文恭公乃登甲科，位宰相，為理學名臣。余考文昌之列入祀典，則自嘉慶六年始，當時，蓋禮臣偶未之考也。又按《明史》，宏治時，亦有折毀文昌廟之令。然宋人吳自牧《夢粱錄》載：「梓潼帝君廟在吳山承天觀，此蜀中神，專掌注祿籍，凡四方士子求名赴選者，悉禱之。封王爵曰惠文忠武孝德仁聖王。王之父母，及妃，及弟，若子，若孫，若婦，若女，俱褒賜顯爵美號，建嘉慶樓奉香燈。」云云。是文昌之祀亦匪今斯今矣。

孟子之子

余嘗見《孟氏譜》，孟仲子名睪，孟子之子也。《公孫子》內有「孟仲子問」云云，蓋曾師事丑耳。趙氏注以為孟子之從昆弟，朱之採之，誤矣。

海甯陳氏安瀾園

道光戊子，余年十七歲，應戊子鄉試，順道往海甯觀潮，並遊廟宮及吾家安瀾園。時久不南巡，祇十二樓新葺，此外臺榭頗多傾圮，而樹石蒼秀奇古，池荷萬柄，香氣盈溢，梅花大者，夭矯輪囷，參天蔽日。高宗皇帝詩所謂「園以梅稱絕」者是也。廳事中設御座。相傳數年前，有一狂生，被酒踞座而遺，忽見一金甲神捽之撲地，頭額破損扶歸，大病幾死。五十年來之虛位，尚有神物呵護，仰見皇靈之遠。同治癸酉重遊是園，已四十六載矣。經粵賊之亂，尺木不存，梅亦根撥俱盡，蔓草荒煙，一望無際，殊有黍離之感。斷壁上猶見袁簡齋先生所題詩一絕云：「百畝池塘十畝花，擎天老樹綠槎枒。調羹梅亦如松古，想見三朝宰相家。」以後則牆亦傾頹，不能辨識矣。時大府方重修廟宮，以祀海神，奏明動帑六萬，不日當可煥然一新。而斯園則零落，與綠野、平泉同其湮沒，深可慨也！

卷七

夢王十朋

上海余見韋文榮晚年登第，夢五十朋以侍生帖來謁。時年已老，私念豈能鼎甲乎？後列三甲，除縣令。又夢十朋以治生帖來拜，不解其故。嗣選樂清，始悟前夢。至縣，遂修其墓，訪其子孫，又夢十朋來謝。未幾，獵人以虎皮送，云是十朋墓所獲也。

開吳淞江

同治十年冬，大府奏開吳淞江，合崑山、新陽、寶山、嘉定、華亭、婁縣、南匯、川沙、青浦、上海九縣一廳之民以赴役。余時攝上海縣事。江之濬，起於青浦，訖於上海，共一萬一千餘丈。而江之在上境者十之七，故上海承派之工居十之四，彼八縣一廳僅得工十之六耳。上海圖止二百十有四，田止六十八萬餘畝，而承此大工，民力困甚。然自同治二年起已如此派法，不能不照章辦理。於是按圖分段，按畝出夫，搶攘一月有餘，自十年十二月起，至十一年正月初旬，民夫始陸續赴工興挑。遇雨即停止，雨止則戽水，水盡再挑，再雨再戽；春日多雨，戽水不勝其憊。且一遇天雨，夫即散歸，雨止後或來或不來，又須催提。蓋夫在本境近，歸家易，不若他縣長募之夫距家遠，不能歸，可坐守也。他縣分地少，夫常集，雨止晴挑，勢常逸，故見功易。上海分地多，夫易散，雨止而晴，不能即挑，勢常勞，故見功難。然同事一江，他縣竣工，而上海不能不隨之竣，則追呼不可少緩也。他縣地少，皆並於一局，而呼應靈；且其財彙於一局，而用度便。上海地多，圖自為局，二百十四圖則二百十四局，意見不能無扞格，即指臂已不能自如；以往往有此圖之資已罄，或歸取，或商借，紛紛擾擾，不能歸一，則約束不可不嚴也。

余自正月初即赴工督辦，誘掖獎勸、督責，唇焦舌敝，歷一百餘日，居然不誤工，且先他縣完工；工程之寬深如式，甲於他縣。歷荷大府褒嘉，雖由董事之經理得宜、小民之赴工趨事，此其中殆有天幸焉。圖董中有文生張春沂者，年八十六歲，精力如少壯，從事四閱月，急公踴躍，未嘗告勞，且為他圖排解一切，絳縣老人，不足多矣。大工概蕆，余因上海受工太鉅，民力不勝，歷陳本邑凋敝情形，詳請大府：以後開濬之役，永遠減去二成。已荷批准立案。余去任後，聞圖民已將憲批及余詳文刊石垂永久，庶幾民困少蘇，余亦藉告無罪於吾民耳。

先是，雍正六年，家文勤相國奉世宗之命督開吳淞江時，松江府知府周公中鋐勤其官而水死，優旨贈太僕寺卿，遺民感德，私祀之，屢著靈爽。道光七年，巡撫陶文毅公重濬此江，以公陰佑奏，奉特旨立廟江干，春秋致祭。方事之殷也，余也公與先相國當日有共事之雅，虔禱公祠。半年之中，聚民夫數萬人於河上，風塵不驚，疾疫不作，工程剋期，是非神助曷克臻此！故於竣事後，上一聯於神祠曰：「百四十年舊跡重開，念先人，誼切同舟，數典敢忘其祖？萬一千丈鉅工告蕆，慶此日，江流順軌，惟公所存者神。」以志神貺云。

開河有鐵沙，有陷沙，又曰灩沙。鐵沙不過費力，開一層，即深一層。陷沙則今日挑去若干尺，明日以漲出若干尺，工費最重。法當多集人夫，一日挑竣，放水壓之，乃可不漲，而挑至深處，一日又不能竣工，則須有烈日曬之亦可，此外更無別法。又有爛泥，亦非易挑者，挑遇泉眼，水湧溢噴出，一昔可以滿河。去以木桶圍之，而挑其旁，則不致橫溢，而水亦隨旁落。更有黿窟之處，則水不能戽乾。是役也，遇有二窟，一在太僕廟上里許，戽水一日，黿自徙去，岸上見其足跡，次日遂涸。一在太僕廟下四、五里，其窟最大，集人夫數百戽之，一日僅去水尺許，一昔如故，內中有老黿探首出窺，頸大如甕，復有大紅鯉魚，長八、九尺，游泳其中，戽數日，人力窮而工不竟，乃築防環其窟，而於其外施工焉。

從來築城、築堤，但以土方計工，則開河則必兼水方。如此次濬江，先築壩戽水，水盡乃施挑工。每三十丈置一車，以備戽水，殊不知開挑既深，先則需二車相接，繼則三車相接，終則四車相接，四車不過抵一車之用，而人夫倍蓰矣。況三十丈之長，一車斷不敷用，則不能不添車，此即圖賠矣。初開不過去地一丈，二人一日可得土一方，受值裕如。至一丈五尺，四人竟日僅得土一方，而水已橫溢四出，又別需人運水，其運水需樁，需壩，乃得運土。運土定例，又須出土於十丈之外，而運者由下而上，往返計二百三四十步，人益勞，既深至二丈，則四人竟日尚不得土一方，而所定土方之值不能增。總局始事所計，但及土方之工，既束於成數，欲稍微變通，則土未及半，帑銀已竭，不能不聽各圖之自為籌畫，此又圖賠矣。圖安能賠？不過按田貼費而已。

故上海素有「開河田還債」之謠，此等情形，余均瀝陳於應敏齋方伯之前，方伯聞之，亦深愴惻，故減派一詳得以邀准。計是役，民間貼費不下五萬，勤而克集，余所貼僅千金，而百姓顧頌余不置，良足愧也。因詳記之，俾後來有所考焉。

開河之先，必須兩頭將壩築住，而後可以戽水。築壩前一日，當事者先行祭壩，而後施工。祭過之後，雖河面數十丈之廣，河身數十里之長，戽水之時一鱗不獲矣。若仍有魚，則壩必坍塌。余在南匯開呂家浜，上海開吳淞江，皆是如是。謂非有神司之，可乎？

劫運

咸豐辛酉之冬，諸暨包立生初與賊拒時，賊屢以萬眾環攻之，立生率村眾出戰輒得大捷，每一陣，必斬刈千百，賊多束手就戮者。因相傳立生有異術，得仙靈護佑。及壬戌之夏，一敗塗地。初無神奇，人多不解其故。因憶家梅亭方伯嘗言，嘉慶初年，三省教匪作亂之際，方伯時為縣佐，解餉銀數萬赴大營，中途猝與賊遇。望見前山有一營官軍駐紮，急走依之，未及里許，賊已驀至，乃推餉車入深草中潛匿，己及人夫皆伏於車畔。賊大隊從旁吹唇而過，竟不之睹。以為山前必決鬥矣，及從草間遙望之，但見賊至營內，官軍並不接仗，皆延頸就戮，賊遂燒營而去。始相慶幸，不走入營盤得免死。然官軍所以不鬥之故，卒不能知。比教匪破敗時，官軍數十人追賊，可以斬殺數百千人，無一人扞格者，乃悟刼運使然，前後皆是氣之所懾。立生之勝敗亦此類也。

冥王用通事

上海五方雜處，獄訟煩多，訊鞫閩、廣人之案不能不用通事，俾傳達言語。顧一省之中，口音亦復各別，即通事有不能盡解者，每以為苦。嘗戲與友人言：「此時滬上華、夷雜處，死者魂歸東嶽，恐冥王傾耳於侏离之音亦不能辨，必須亦廣用舌人矣。」友人謂：「鬼神者，二氣之良能，既已神矣，安有不解之理？」後閱乾隆中上海人李巽廷明府心衡所著《金川瑣記》，內載：丙午春，章谷城隍廟落成，鋪戶中一銀匠某死，半日夏甦，自言：「城隍招募差役十三名，已有十人，並我得十一人矣，尚缺其二，慮無可充通事者，我舉通事某勤慎可用，城隍已賜允。我生前無大過惡，幸不被譴責。冥間與陽世無異，戒妻子勿悲泣。」言訖長逝。所謂某者，小金川夷人，充章谷屯通事有年矣。強健無恙，翌午覺心腹猝痛，逾刻即死。金川，漢、番錯處，非通事不能達語言，顧神無不格，猶需狄鞮耶？固知陰陽一理，事非偶然，云云。則余所謂「今之冥王不能不廣用舌人」，非無稽之戲言矣。

華亭令戲懲武秀才

江蘇人尚文學，習武者少，然武科不能廢，當歲試之年，輒搜羅充數，往往不及額而止。無賴者幸博一衿，不求上進，每橫於一鄉，不特閭里苦之，即地方官亦苦之。嘗聞前華亭令雲夢許君治鞫一事，不禁為之失笑。許君為政以廉幹名，一日者，有武生扭一鄉人至縣，喧訴，許訊其故，則鄉人入城擔糞，誤觸生，汙其衣，已經途人排解，令代為浣濯及服禮，而生不可，必欲痛抶之而後已。許詢悉其情，亦拍案大怒曰：「爾小人乃粗心，擅汙秀才衣，法當重責！」鄉人惶恐乞憐。許良久曰：「姑寬爾。」令生坐於堂側，而飭鄉人向之叩頭百以謝罪。叩至七十餘，許忽曰：「我幾忘之，爾之秀才，文乎？武乎？」對曰：「是武。」則又輾然曰：「我大誤。文秀才應叩一百，武則一半可矣。今多叩二十餘頭，爾應還之。」復令鄉人高坐，而捉武生還叩。生不肯，則令皂隸挾持而抑其首，叩還二十餘，乃釋。生大怒走出。許撫掌大笑。邑人觀者，聞者，亦無不大笑也。是舉雖非正道，然松人至今嘖嘖以為美談。《詩》云「善戲謔兮，不為虐兮」，許君之戲，毋乃近於虐哉！

修歸太僕墓

許君，乾隆己未進士，需次都門時，夢歸太僕有光持名刺來謁，曰：「廬舍遭鄰人削且盡，祈公主持之。」寤而不解其故。尋選崑山令，抵任，太僕後人適訴祖墓被占事，恍悟前夢，立往經丈。凡越占者，悉清還之，並立碑定界焉。同治庚午，余代理新陽縣事，墓又復蕪穢不治。余捐俸脩葺，並為建立墓門。會歲試，拔其十世孫祖英第一，補博士弟子員，俾世守太僕墓。然余並無所謂夢兆也。

耕耤大典

耕耤之禮，各直省屆期舉行。江南諸縣皆以穀播，上海則兼播棉子，以其地產棉也。記余道光壬辰歲在京師詣先農壇，恭觀皇上耕耤之所。壇地遼闊，約有數里，龍鱗鳳隰，隴畝縱橫。居中為太歲廟，廟前為祈穀壇，後為貯耤倉，殿宇規制宏麗。樹皆松柏，臥者，立者，虬枝蟠結，黛色參天，大抵是數百年物。當隴畝前起耕耤臺，臺以板為之，地則耤之以稷薦。臺前搭山棚，棚皆以五彩綢綾結成，光燦奪目。皇帝躬耕之處，地約一畝許；兩旁分十二畦，乃三王、九卿扶犁之所。時正值諸王公方演御耕牛，牛色正黃，身披黃緞龍韉，以黃絲繩籠，其頭頂豎金牌，上嵌紅寶石。一執鞭、執便桶之農官隨行。耕時，兩旁立校尉，執五色春旂者二十四人，歌《禾詞》者二十四人，依牛行，上下三推畢，春旂即退。三王、九卿之牛皆以黑緞、紅緞為韉，襄事者俱風蓑雨笠以象農事。煌煌巨典，仰見聖朝重農之盛意矣。

鹵簿名物記

余在京師，嘗值大駕郊祀，又恭遇六飛謁陵，鹵簿之盛，覩之而不識其名，問之亦不能盡悉，頗以為歉。嗣閱吳江陸朗夫中丞《鹵簿名物記》，始怳然若置身屬車豹尾間，因節錄之：

按鹵簿之別，有曰大駕者，郊祀用之；曰法駕朝，朝會用之；曰鑾駕者，歲時出入用之；曰騎駕者，行幸所至用之。大駕最為備物，尊天祖也。法駕稍損其數，文物聲明，取足昭德而止。鑾與騎又加損焉，事非特典，不敢同於所尊貴也。凡為蓋者，五十有四：九龍而曲柄者四，色俱黃；翠華、紫芝兩蓋承之；九龍而直柄者二十，色亦黃，皆以次、序立；花卉而分五色者十；九龍而分五色者亦十；每色各二，其立不以次，而以相間。純紫與赤而方蓋者八。為扇者七十二：壽字者八，黃而以龍者十六，赤而雙龍者八，黃與赤單龍者各八，孔雀、雉尾及鸞鳳文而赤且方者各八。幢之屬十有六：長壽也，紫也，霓也，羽葆也，各四。幡之屬十有六：信幡也，絳引也，豹尾也，龍首竿也，亦各四。曰教孝表節，曰明刑弼教，曰行慶施惠，曰褒功懷遠，曰振武，曰敷文，曰納言，曰進善，八者各為一偶，凡旌之屬，亦十有六。於是有四金節，四儀鍠氅，四黃麾。而繼之以八旂大纛二十四，羽林大纛、前鋒大纛共十六，五色銷金龍纛共四十，凡為纛者八十。旂取諸祥禽者：儀鳳、翔鸞、仙鶴、孔雀、黃鵠、白雉、赤烏，華蟲、振鷺、鳴鳶；取諸靈獸者；遊麟、彩獅、白澤、角端、赤熊、黃熊〔羆〕、辟邪、犀牛、天馬、天鹿；取諸四神者四，取諸四瀆五嶽者九；取諸五星二十八宿者三十三；取諸甘雨者四；取諸八風者八；取諸取五雲、五雷者十；取諸日、月者各一。其外有門旂八，金鼓旂二，翠華旂二，五色銷金小旂各四，出警入蹕旗各一。旂之數，共百有二十。為金旂，為星，為臥瓜，為立瓜，為吾仗，為御杖，各十有六。又六人持仗而前導，曰引仗。自蓋至引仗，其名一十有七。紅鐙六。二鐙之下，鼓二十四，金二，仗鼓四，板四，橫笛十二；又二鐙之下，鼓二十四，金二，仗鼓四，板四，橫笛十二；又二鐙之下，鉦四，大、小銅角各十六。自紅鐙至銅角，其名一十有六。午門之內有金輦、玉輦焉。午門內之有五輅、五寶象焉。天安門之下，則又有四朝象焉。朝象雖非朝期，率每晨而一至。引仗以上，左太和門之內。銅角以上，在端門之內。其最近御座者，有拂塵，有金爐，有香盒，數各二；沐盆、唾盂、大小金瓶、金椅、金杌，數各一；執大刀者，執弓矢者，執豹尾槍者，每事各三十人，其立亦不以次，而以相間，荷殳、戟者各四人，侍殿前執曲柄黃蓋者一人，殿下花蓋之間執淨鞭者四人。自黃龍以下，諸蓋之間仗馬十，掌騎者十人。殿之下、陛之上執戲竹者二人。計鹵簿所需千八百人。國朝制作之明備，真超越前古而上矣。

辨何桂珍之冤

軍興十餘載，士大夫以身殉疆場者，指不勝屈。膏塗原野，莫相收恤者，有之；斷軀絕脰，事不上聞者，有之；若阻撓百端，獨嬰慘禍，生前招苛議，生後被餘責者，則雲南何公桂珍冤最甚焉。公以甯太道江南，安撫福公留之江北，令之募勇剿賊。無一金之餉、一昔之糧，得二百人，率之而行，集潰兵團勇合三千人，以大破捻賊、招降賊酋，軍聲大振。論者以為必邀上賞矣，乃以逗留不救廬江，被劾免官。其實檄救廬江之文尚未至公手，而城已被陷。大帥將欲卸己之責，遂歸罪於公。公既褫職，大帥又留公駐英山。八月之中，僅支銀三百兩，而士卒三千人，居無帳幕，食無糧米，徒以忠義相激。日提饑軍轉戰賊中，賊來益眾，兵敗莫援，已岌岌不可終日矣。而大帥又密書令其圖翦招降之賊，書復落於賊手，頃刻變作，公遂粉骨碎身於賊。於是復以機事不密咎公。實則此書亦未抵公也。

公歿後，恤典不及。其弟為行狀，尚不敢聲公之冤，仍循彈章為據。吳侍郎廷棟發憤言之，而事稍白。越數年，曾文正公復為公作《殉難碑記》，乃獲昭雪。然當時雖正人君子，亦未嘗不責公也。余謂公事絕與明督師袁襄愍類。袁斬毛文龍，一時無不謂其冤者，即後世猶盛訾之。洎乾隆年間紀文達公閱歷朝檔子，始知文龍曾通款我朝，則文龍在明固萬死不足惜者也。我太宗文皇帝之圍燕京也，襄愍千里赴援，自謂無罪，莊烈帝以脫歸之太監告其「引敵脅和」，遂執而剮之。當是時，眾議沸騰，雖東林諸賢者，亦無不欲食其肉也。直至南都建立，北來人傳太宗之密謀，乃知中反間計，於是始有襄愍之謚，而袁公則既死矣。合觀袁、何二公之厄，知千古忠臣義士不逢表白、含冤終古者，當不乏其人也。

古人被冤

古人之被冤者，以余所見，莫屈於晉之陶士行，而枉於唐之八司馬。陶公匡輔晉室，與郭汾陽不殊，梅陶謂其忠順勤勞似孔明，良非虛譽。乃本傳中載：「或云：侃少時漁雷澤，網得一梭，以掛於壁。有頃雷雨，自化為龍而去。又夢生八翼，飛而上天，見天門九重，已登其八，唯一門不得入，閽者以杖擊之，因墜地，折其左翼。及寤，左腋猶痛。比都督八州，據上流，擁強兵，潛有窺窬之志，每思折翼之祥，自抑而止。」云云。史臣因之，遂加「悖矣」之詆，復引夫子曰「人無求備」，以為斯言之信。嗚呼！此等記載、評論，何異於秦長腳「莫須有」三字獄哉！使陶公而果有包藏之心，則何以辭大將軍？何以季年不與朝權？何以未亡之前欲遜位歸國？舉動光明若此，乃以意志之曖昧誣之，不能不為之稱屈矣！夫梭化為龍，事容或有；夢生八翼，未必盡誣，然此亦皆尋常之事耳。試問既稱之曰「潛」，則於何見之？深探之曰「志」，則於何知之？曰「思折翼之祥」，或代之思耶？抑陶公自思耶？陶公自思，何人窺見其思？若或人代思，其思何足為據！凡物將起而人抑之，固眾所共見也；若意念之起而自抑之，又豈眾所能見耶？此等之「志」與「思」，使陶公果有之，必不肯告人，明矣。陶公不言，而人能窺之，豈理也耶？總之，為此謗者，必庾亮之徒。亮以元舅之尊，掖膺下拜，反被嘲誚，則心懷之忿悒何如！陶公甫亡，即表殺其子，豈非報復之明徵哉！史臣無識，從而採之，橫使忠臣被不忠之謗，豈不令人氣沮！

唐王叔文、王伾侍順宗於東宮，順宗既即位，甘盤舊學，擢在貴近，亦事之常。叔文與伾讚襄初政，首罷宮市，則恤民也；追陽城陸贄，則進賢也；拒韋皋之請兼兩川，則持大體也；辨劉闢之奸，則有遠識也；至欲奪宦官之兵權，尤是唐朝第一大事。不幸而順宗之疾不瘳，宦寺俱文珍等遂起而與之為難。太子急欲得帝位，韋皋窺其意而請之，文珍迎其意而立之，於是八司馬敗矣。然求實叔文、伾之罪，無有也。乃加以陰謀秘計等語，是亦「莫須有」之獄也。鍛鍊周內，無瑕可摘，則以王伾之吳語亦舉以為惡。夫以伾吳人，不許為吳語，豈晉人、楚人一仕於朝，即不得為晉、楚語耶？宦官以此為罪名，史官據此定罪案，豈不可恨！不然，八司可中陸贄之經術，劉禹錫之詞章，柳宗元之文章、政事，皆表表一時，憲宗豈真一無所見？特以文珍輩擁立之故，遂低首下心，一切任之。卒之劉闢果反，憲宗亦終弒於閹寺，馴至甘露之變，唐室遂以不振。八司馬雖含冤於九原，當不免竊笑於地下耳。後來賢如范文正公，已稱其枉。至我高宗純皇帝御論亦辨白之。八司馬者，得後世賢相、聖君為之昭雪，當可無遺憾矣。

陳臥子

少時讀明陳臥子先生制藝，心即儀其人。同治戊辰，攝宰青浦縣，縣境所轄之廣富林則公墓道在焉，粵寇之亂，祠堂被毀，宰木無存，余因捐俸貲，重建祠宇，而以公同志夏考功父子配。祠既成，以公為高宗所褒恤，曾賜忠裕特諡者，遂詳請以公墓列入邑之祀典，春秋遣官致祭。總督馬公、巡撫丁公會疏入奏，己巳之春，得旨報可。余因率同官親往致祭焉。考公一生文章、政事、風義，炳若日星。殉節後，子婦三世苦節，具見明德之遠。乃卒斬焉無後，不能不有疑於天道。然公大節大名，昭垂宇內，亦不在子孫之有無也。

公初生時，母夫人夢若龍者降室之東壁，蜿蜒有光，故名子龍。後與陸子玄同祈夢于忠肅祠，公夢負一虎，謂必風雲會合之意。子玄則忠肅授以瀋陽地圖一卷，亦意其當官於此地也。嗣公起義殉國，雖赴水死，猶懸其首於虎頭牌上，宛然虎負之象。而子玄以丁酉科場竟流遼左，事皆奇徵。故余為公詳請崇祀文內有曰：「生有自來，夙著蟠龍之瑞；死而後已，果符負虎之徵。」蓋指此二事也。夏考功彝仲謚忠節，曾舉天下清官第一。子舍人完淳，字存古，謚節愍，年十六遭國難，作《大哀賦》，論者謂不減庾信之《哀江南》。先後與公抗節死。公豹目蜷髮，又目上視，為盼刀眼，與于忠肅同，居恆攬鏡曰：「此頭終當為誰斫？」於順治丁亥，筮得《明夷》，五月遂遇難。《明史・于公傳》書華亭人；而崇禎三年《南國賢書》所列解元楊廷樞吳縣人，而公則署青浦縣學生。青浦於嘉靖時割華亭、上海縣地所置，史特仍其舊貫而書之耳。楊廷樞，字維斗，亦殉國難。

華亭縣分析考

華亭，古瞖縣地，屬會稽郡，後改婁縣，屬吳郡，至唐始析崑山、海鹽、嘉興三縣地，置華亭縣，而吳郡改蘇州，後唐同光年，分蘇州，置秀州，宋政和年，又改為嘉禾郡，慶元年，升為嘉興府，而華亭縣仍屬焉。元至元年，分嘉興路，置華亭府，復更名松江府，又析華亭縣為上海縣。明再析華亭、上海縣地，置青浦縣。本朝雍在二年，復析華亭、上海地，置南匯縣。余五六年中，歷攝南匯、青浦、上海三縣事，實則尚不出古之華亭一縣地也。嘉興府即古由拳城，後城陷為湖，今青浦縣之澱山湖是。明萬曆朝築青浦縣，其磚石皆撈於湖內之故城。由拳之陷而為湖，疑不在秦時，特載籍無可考證。余宰青浦時，曾作《峰泖　思圖》，秀水金蓮生鴻佺為題四絕句，內一首云：「青龍鎮屬由拳地，難得雙凫集此間。若以宦途今視昔，花封依舊在鄉關。」亦指由拳故城而言。青龍鎮，吳孫權造戰船處，今隸青浦。

作官須明公罪私罪

合肥蒯蔗農觀察德標，真誠篤實，古君子也。督辦松滬釐捐總局。余於丙寅冬奉李爵相委提調局務，日夕共事，最為契合。觀察言：爵相家居時，門前有一大池，冬日涸水，取魚於池底，起得四五寸土偶萬計，人馬戈甲雕鏤精絕，儼然如生。哄傳遠近，觀者日千百人，不知何祥。既爵相登第，入詞館，以為應之矣；今乃知為弟兄總統師干，削平群盜之兆。然水中之土，何以能結成人物？豈亦化工為之耶？觀察嘗為余言：「作官者，私罪不可有，公罪不可無。」蓋求免公罪，即是私罪矣。

余在青浦，一夜，城內有來報盜者，余亟率壯勇往捕，則盜已遁矣。細察情形，盜先以軟梯越牆入，撬門行竊，事主驚起，大呼，盜乃以刀嚇制，而開大門亡去，故房門有撬損痕，而大門無恙。惟所失止洋銀一元、錢五百文、布衣數件，計贓不逾貫。事主之兄則現充縣役者也。次日具補吳詞，又稱是竊。余曰：「已經勘明，臨時行強，何故不言盜？」乃囁嚅曰：「贓數無多，不敢累本官得處分。」余大笑曰：「一行作吏，已置升沉於度外矣！爾不知失盜其責輕，諱盜其咎重？我甯就公罪耳。」卒申報之。後一年六月限滿無獲，余得降一級調用處分。人以余為拘泥，余則謂：「級雖降而心無愧，乃愈於不降級者。」後讀《陸清獻公年譜》：在靈壽縣時，一宦家失盜，吏白：申文內不當用「強劫」字。先生不欲以隱忍含糊，竟以「劫盜」報。郡守恐其累己，捉吏痛責，先生不為動。未幾獲盜，將成獄，而中丞不欲上聞，命改為竊，郡守忽傳諭奉行。先生甯以誠去官，不欲以偽居位，卒不改，云云。余事有與暗合者，則觀察「私罪不可有」之說啟之也。

洋將之儒雅

英國總兵呿樂德克奉其國主之命，駐防甯波，以保衛國之商旅。同治元年四月，甯城之復，呿與有力。及九月中，賊大隊攻撲甯郡，呿率洋兵五十人入城助守，出奇制勝。嗣綠頭勇滋事，呿復會同我官軍靖其難。為人恂恂儒雅，和眾而識大體，甯之官紳皆親愛之。十二月，我軍之洋將買忒勒攻紹興城，中炮死，李帥所遣之德克碑未來，在紹之洋槍隊無統帥，史士良觀察請呿往權代之，呿不可，曰：「我國法：駐防官不能出百里外。」觀察強之，其國之領事、釋譯等官亦相為慫恿，呿乃以打鳥報其提督，而率眾行。蓋打鳥則可出百里矣。既至，與賊戰，大破之。俟德克碑至，乃退。明年正月，紹城克復。呋只因擅離汛地，為其提督劾罷。甯人大戚，公籲留之，不可。觀察與眾紳士籌商饋白金萬，以為贐。呋不受，固與之，則曰：「我國法：人臣不能受鄰國贈賄也。」無已，則留二千金以犒其軍士，曰：「是從我與中國捍患者。」其八千金斷斷卻之矣。臨別流涕謂觀察曰：「我與甯人相處久，承相愛，歸後雖死亦不忘甯人。更有一言相告：洋槍隊勇丁訓練已成，不可以賊平而遂撤之，留之不特以自衛，亦可備意外警。須切記之。」遂揚帆去。余以其事啟聞李帥，帥覆書謂：「此等舉動，中國士夫所難，不意得之島客，可勝欽佩」，云云。至今寧波人士言及呋總兵者，未嘗不覃然思也。買忒勒，法國人，受中國總兵官銜。臨陣奮不顧身，遂殞於紹興城下。頗讀華書，吳春泉刺史冬日嘗往訪之，會北風大作，買執吳手曰：「北風其涼，雨雪其雱。惠而好我，攜手同行。」洋將也，而頗有中土儒將風流。

孫文靖公

金匱孫文靖公爾準字平叔，以翰林起家，歷官至閩浙總督，贈太子太師，入祀名宦祠。公負經濟才，任閩督，興利除弊，濬木蘭陂溉田數萬頃，平臺灣張丙之亂，善政指不勝屈，閩人至今德之。公身肥大，健啖，食雞子及饅頭可逾一百。嘗閱兵至泉州府，太守崇君福饋以饅首百，捲蒸百，一品鍋內雙雞、雙鴨，公盡食之，告人曰：「我閱兵兩省，惟至泉州乃得一飽耳。」幼年身肥，夏日苦熱，則以大缸滿貯井水，身浸其中，僅露口鼻以為樂。十八歲時，自尊人廣西巡撫署中歸，道錢塘江，正遇秋汛，大喜，欲觀潮，放舟江心以俟。比潮至，聞萬馬奔騰聲，急出至鷁首視之，舟人諫，不聽，立未定，已為潮頭捲入江中。倉卒之間，但覺浪壓肩背而過，有千萬斤之重，三四翻騰，遂掀於江岸，若有人舁之起者，一無所苦。公自言：「素來短視，受此大驚，卒未識潮為何狀。」殊可笑也。

公生平以扶植善類自任，巡撫安徽時，安化陶文毅公澍為方伯，文毅陛見，論某官不法事，聲色俱厲，鬚髯翕張。宣宗疑之，密諭公履任後察其為人。公密疏保舉，奉朱批曰：「卿不可為其所愚。」又具疏力薦其賢，文毅公遂獲大用，薦督兩江，為時名臣，公之力也。官閩臬時，漳浦黃忠端公石齋先生墓旁地為豪家所佔，子孫力弱，與爭不勝。一夕，天大雷雨，遍山上下皆墳起，成「黃山」字，無慮數千萬。豪大驚，叩首還之。公有詩紀其事於《泰雲常詩集》中。督閩後，遂以忠端公之理學忠義，奏請崇祀文廟兩廡，得俞旨焉。

姚菩薩

余師仁和姚平泉先生諱光晉，道光乙酉舉人，以勾股算術受知儀徵阮文達相國。八試禮部不第，與脩《一統志》，得知縣，先生不樂吏職，改授教諭歸，年七十餘，始選上虞縣教諭，訓諸生以經義。每歲科試，他廣文於新進諸生斷斷如也，先生獨否，故虞人雖婦人孺子無不知先生之賢者，每言及，不稱其官，輒曰「姚菩薩」云。先生於咸豐甲寅正月，夢至一處，四山若立壁，上有瀑布，屈曲下流；有老僧出迎，屬先生坐片石上。醒而異之，不識何處，因繪一《夢遊圖》，賦詩志之。是年夏到上虞，聞仙姑洞有瀑布，往遊焉，則依然夢境也。乃自謂前生為此山老衲，復繪一《獨立圖》，自題其上云：「了他過去因緣，偶然遊戲；還我本來面目，自在逍遙。」年八十一卒。卒之上一日，忽有兩鐙自中門入，家人咸見之，詰問誰何，則無人焉，鐙亦遂不見。去來有自，「菩薩」之名不虛得矣。先生博學，工詩文，所著述甚富。惟《瓶山草堂詩》曾刻以行世，此外尚有《古文捃逸》、《周易貞字質疑》、《四裔年表》皆藏於家。庚、辛之亂，付之劫灰，而詩板亦成煨燼。越十年，辛未夏，先生甥俞蔭甫太史樾出所輯《瓶山草堂集》見示，文二卷，詩二卷，瑣談二卷，蓋止六卷，視原刻詩鈔十之五、六耳。因捐俸刻之，而以板仍歸之太史焉。

金岱峰

秀水金岱峰先生諱衍宗，嘉慶庚申舉人，與先伯雲伯公同年，官溫州府教授。咸豐己未，重賦鹿鳴。其女孫為余家冢婦。先生湛於經學，著述甚多。庚申之冬，無疾而卒。先數月，自知死期，時避地臨安，命子孫屆期皆集。集後，令皆誦佛號，遂瞑目而逝。亦似前生由竺國來者。先生之六世從祖為忠節公正希先生，明末在徽州與其弟子江天乙舉義，兵敗被執，殉節於南京。公豐頤，美鬚髯，而兩眉倒向，與陳臥子先生豹目上視同為姑布家所謂兇相者。聞公少時，有一寡嫂將殉其夫，質諸公，公曰：「千載一時也。」及授命時，江天乙大呼公曰：「此千載一時也！」蓋其嫂歿之日，即江生之日云。公之曾孫檜門先生諱德煥，狀元及第，官至總憲，即岱峰先生之曾祖也。

觸忌諱

淳中丞德巡撫浙江時，御下嚴，吏胥恨之。於元旦日，投淳安、德清、烏程、歸安四縣文書，登號則「淳、德、烏、歸」四字並列，蓋以「歸」字之音同「龜」耳。中丞覺之，大怒，皆予重責。自此，烏程、歸安二縣祇稱程、安矣。偶閱南宋龔明之《中吳紀聞》，內載：孫彥文郎中好以俗下語為詩文，秦師垣生於臘月二十五日，孫《獻壽詩》云：「面臉丹如朱頂鶴，髭髯長似綠毛龜。欲知相府生辰日，此是人間祭灶時。」檜甚喜之。是在宋時不特龜之號不忌，即二十五日送灶之鄙諺亦無之矣。使施此詩於今日，其不遭詬怒者幾希！

壽春亭之詼諧

諸暨壽春亭先生于敏，嘉慶庚午舉人，道光年間，官湯溪縣訓導，時八十餘歲。人極和藹，健飲啖，健步，所到之處人爭迎之，老稚婦女無不識壽老師也。年逾九十，視聽不衰。歷任督學使者皆引重之，故不麗於計典。先生善談，尤喜詼諧。同寮中坐無車公不樂也。向來府試鹽場例留校官二人，皆以命年力強壯者，為便於稽察之故，故先生從未監場，頗以為歉。咸豐紀元，太守和君齡，府試忽以命先生，先生大喜，向上揖謝曰：「太尊知我尚屬有用之材，不是全廢之物。」眾皆失笑。於是端坐堂上者竟日，不稍跛倚，時先生已九十二歲，人咸服其精神之健焉。會同寮公宴，余與府教授蕭山蔡二風強先生飲酒食肉，進一巨觥，則侑以肉一大臠，先生盡三十餘觥，起而笑曰：「昔孔子厄於陳、蔡，饑欲死；我今厄於陳、蔡，飽欲死。古今人真不相及也！」眾俱粲然。

李善蘭星命論

余最不信星命推步之說，以為一時生一人，一日當生十二人，以歲計之，則有四千三百二十人；以一甲子計之，止有二十五萬九千二百人而已。今祇一大郡以計其戶口之數，已不下數十萬人，則舉天下之大，自王公大人以至小民，何啻億萬萬人，則生時同者，必不少矣。其間王公大人始生之時，必有庶民同時而生者，又何貴賤貧富之不同也！每舉是說以詰談星命者，多不能答。近見海甯李善蘭所作《星命論》，尤為暢快。其略謂：大撓造甲子，不過紀日而已，並不紀年、月與時也，亦無所謂五行生剋也。其並紀年、月與時，且以五行配之，皆起於後代，古人並無此意也。而術士專以五行之生剋，判人一生之休咎，果可信乎？且五行肇見於《洪範》，不過言其功用而已，言其生味而已，初不言其生剋也。是干支之配五行，本非古人之意矣。而謂人之一生可據此而定，是何言與？至五星偕地球同繞日，而各不相關。夫五星與地球且不相關，況地球上之一人，而謂「某星至某宮主吉，某星至某宮主凶」，此何異浙江之人在浙江巡撫治下，他省之巡撫於浙江無涉也。今試謂之曰「某巡撫移節某省，於爾大吉；某巡撫移節某省，於爾大凶」，有不笑其荒誕者乎？五星之推命，何以異是乎！其論真屬透闢，足以啟發惑溺，與余所見正合。然此特論其理耳，世之窮民遊士藉此以糊其口者，幾千人矣，若明著其論，則將盡無告者而饑死之，亦非仁人之用心矣。存而不論，可也。

歲陽月陽月名解

《爾雅》：歲陽，歲名；月陽，月名。矜博雅者往往用之，然每不得其解。人或詢之，則瞠莫對，屢致譏誚。第歲陽，歲名，郭景純雖無注，而注見於《鴻烈解》；月陽，月名，郭僅注月名，正、九、十三月，餘俱無注，令人莫可探索。近見明人葉秉敬所解，頗為詳晰，因並錄之，以詔學者：

歲陽：太歲在甲，曰閼逢。在乙，曰旃蒙。在丙，曰柔兆。在丁，曰強圉。在戊，曰著雍。在己，曰屠維。在庚，曰上章。在辛，曰重光。在壬，曰玄默。在癸，曰昭陽。

歲名：太歲在寅，曰攝提格。在卯，曰單閼。在辰，曰執徐。在巳，曰大荒落。在午，曰敦牂。在未，曰協洽。在申，曰涒灘。在酉，曰作噩。在戌，曰閹茂。在亥，曰大淵獻。在子，曰困敦。在丑，曰赤奮若。

月陽：。月在甲，曰畢。在乙，曰橘。在丙，曰脩。在丁，曰圉。在戊，曰厲。在己，曰則。在庚，曰窒。在辛，曰塞。在壬，曰終。在癸，曰極。

月名：正月為陬。二月為如。三月為寎。四月為余。五月為皋。六月為且。七月為相。八月為壯。九月為玄。十月為陽。十一月為辜。十二月為涂。

三十六禽之相配

世以十二支配十二肖，由來久矣。殊不知古人一支有三禽，蓋取六甲之數，式經所用也。支合三禽，故稱三十六禽。三禽於一時之中，分朝、晝、暮，則取乎氣之盛衰焉。子朝為燕，晝為鼠，暮為伏翼。丑朝為牛，晝為蟹，暮為鱉。寅朝為狸，晝為豹，暮為虎。卯朝為蝟，晝為兔，暮為貉。辰朝為龍，晝為蛟，暮為魚。巳朝為蟮，晝為蚯蚓，暮為蛇。午朝為鹿，晝為馬，暮為獐。未朝為羊，晝為鷹，暮為雁。申朝為貓，晝為猨，暮為猴。酉朝為雉，晝為雞，暮為烏。戌朝為狗，晝為狼，暮為豺。亥朝為豕，晝為玃，暮為豬。此等皆上應天星，下屬年命，三十六禽名作方位，為禽蟲之長。領三百六十，而倍之至三千六百，並配五行，皆相貫領，云云。見隋人蕭吉所撰《五行大義》內。古書在唐呂才宋子平之先，不知何時乃專用十二禽也。

卷八

李廣遺裔之蕃昌

司馬遷與李陵善，陵生降，墮其家聲，故《史記》於其祖李廣之有功不侯，三致意焉。後人遂以廣殺降致族滅之報，其實廣之十六世孫暠在晉霸有秦、涼，及薨，國人謚曰武昭王。又七世至唐高祖，遂有天下，子孫相傳三百年，國祚與漢相等。陵之子孫至唐為戛黠斯，稱可汗，君於漠北，亦垂百年。是廣遺裔之蕃盛昌熾，遠勝衛、霍。杜甫詩「李廣無功緣數奇」，奇於生前，而昌於身後，廣固無遺憾，遷亦不必代抱不平矣。

古人姓字因避諱改稱

古人姓字因避後世帝王之諱，易以他音，而尋復原稱，亦有終不能復者。漢明帝諱莊，呼莊子為嚴子，莊助為嚴助，今復為莊子、莊助矣，而莊光之為嚴光，至今不改。唐高祖諱淵，呼淵明為泉明，景祖諱虎，呼虎林為武林，今泉明復為淵明，而虎林之為武林，至今不易。鮑昭本名照，以避武后諱，唐人書之，去下「火」字，只用「昭」字，後世但知鮑昭，不復知有鮑照，甚至有以鮑昭、鮑照為兩人者。他若筆畫沿訛，遂致音義俱失，如孫傳庭之訛為傅庭，稍加考核者咸知之。而皇甫軍之誤為皇甫暉，即素稱淹博者，亦未嘗不忽略也。

蒙古狀元

順治九年壬辰，十二年乙未，均分滿、漢榜，壬辰科漢狀元鄒忠倚，滿狀元麻勒吉；乙未漢狀元史大成，滿狀元圖爾宸。嗣後不分漢、滿榜，則滿人無狀元。至同治乙丑科，崇公綺始以蒙古人得大魁，海內豔稱之。

崔府君著靈異於宋高孝兩朝

世俗豔稱泥馬渡康王事，杭州白馬廟巷有白馬廟，所祀之神即此馬也。馬作人象，垂旒秉圭，稱白馬明王。考宋人張淏《雲谷雜編》所載靖康元年冬，高宗發京師，將至幹離不軍前議事，及至磁州，州有崔府君祠，府君或云唐人，其名不傳；或云乃後漢崔子玉也，封嘉應侯，號應王。上至，州人擁神馬，謂應王出迎。守臣宗澤請上謁其廟，上謁廟出，磁人力請上無北去，乃還，泊於相州。明年遂即大位，初無「泥馬渡江」之事也。再孝宗本生母張夫人，一夕夢絳衣人，自言崔府君，擁一羊謂之曰：「以此為識。」已而有娠。及孝宗誕育之際，赤光照天，室中如晝。時秀王方為秀州嘉興縣丞，郡人皆以丞廨遭火，久之，方知為張夫人免身。是歲丁未，其屬為羊，又有前夢之應，故孝宗小字曰羊，是崔府君著實靈於高、孝兩朝，而顧舍之祀白馬，何耶？

廟鬼慢神

杭人崇尚鬼神，每廟之神，必撰其姓名，尊以官爵。在廟從事之人，皆里中好事者，號曰「廟鬼」。道光已丑，余在外家讀書，居十五奎巷。巷中有施將軍廟，即宋殿前小校，刺秦檜者也。是廟香火頗盛，遂有積資。將欲賽會，而苦神之官爵不高，廟鬼乃遣人齎三百金，至江西張真人府，為神捐一伯爵。得請之後，乃大行出會，極儀從臺閣之盛，計所費千金有餘。他廟之鬼皆嘖嘖稱羨不置。白馬明王亦曾出會，本有王封，故儀衛烜赫，神無姓名，撰為趙駿二字，所過之廟，皆以愚弟帖拜之。乃拜至一社廟，其神為宋康王，於是康王廟鬼噪而出曰：「爾神乃我王所乘騎者，安得稱弟？無禮若此，應行議罰！」旁人為講解，始免。又出神會時，遇他廟之神爵高於本廟者，則多人擁神輿疾驅過之，謂之「搶駕」，云以示敬。五月中，關侯出會，會中人以侯已封協天大帝，其尊無對，雖過宗陽宮亦不搶駕。宗陽宮所祀為玉帝，向來各神過，無不搶駕者，此屆獨否，廟鬼恥之，乃連夜塑一諸葛武侯像坐於廟門口，比會前導至，止，則遣人迎詰曰：「君侯未奉將令，何往？」於是隨從之廟鬼相顧色駭曰：「軍師在此，不能不搶駕矣。」大抵廟鬼所本，皆小說家言，慢神不經，荒誕無理，真令人捧腹。至關侯手中之扇款落「雲長二兄大人屬，愚弟諸葛亮書」，以及「玉極紫微頓首」，愚妹「觀音大士襝衽」，等帖，姑無論矣。

重宋板書之無謂

今人重宋板書，不惜千金數百金購得一部，則什襲藏之，不特不輕示人，即自己亦不忍數翻閱也。余每竊笑其癡。崑山令王鼎臣刺史定安，酷有是癖。嘗買得宋槧《孟子》，舉以誇余。余請一睹，則先負一櫝出，櫝啟，中藏一楠木匣，開匣，乃見書。書紙、墨亦古，所刊字畫，究無異於今之監本。余問之曰：「讀此可增長知慧乎？」曰：「不能。」「可較別本多記數行乎？」曰：「亦不能。」余笑曰：「然則不如仍讀我監本，何必費百倍之錢購此也！」王恚曰：「君非解人，不可共君賞鑒。」急收弆之。余大笑去。

近觀《雲谷雜記》，記東坡先生云：「近世人輕以意改書，鄙淺之人好惡多同，故從而和之者眾，遂使古書日就訛舛，深可忿疾。孔子曰：「吾猶及史之闕文也。」自予少時，前輩皆不敢輕改書，故蜀本大字書皆善本。莊子云：『用志不分，乃疑於神』此與《易》『陰疑於陽』；《禮》『使人疑汝於夫子』同，今四方本皆作『凝』，」云云。又記《東坡集》誤以「幕客」作「慕容」，「銀筆之僻」作「銀筆之譬」；「從容」作「從客」；「江表」作「士表」；「李密」作「孝密」，諸本皆然，遂至於不可讀。《坡集》艱得善本如此。此張淏之說也。東坡在北宋所言如彼，張淏在南宋所言若此，是當兩宋之時，善本已自難得；今人以宋板書不察臧否，一概珍之貴之，豈不過哉！

海忠介手植梅樹

安徽當塗縣舉人孫登年家有海忠介公手植梅樹，壁上猶存忠介詩石刻。咸豐年，粵寇之亂，府城夷為平此，此梅恐不存矣。

官方與生事之關係

世宗憲皇帝設立各官養廉銀，所以保全服官者之操守也。今佐貳等廉尚全給，稍知自愛者，均藉此銀以恪守官方。獨州縣官之廉，上官每扣以為攤捐各項之用，署事者僅領半廉，一經扣存，所得無幾，非從前立法之意矣。昔宋賈黯以廷試第一往謝杜祁公，公無他語，獨以「生事有無」為問。賈退謂其門下客曰：「黯以鄙文魁天下而謝公，公不問，而獨在於『生事』，豈以黯為無取耶？」公聞而言曰：「凡人無生事，雖多顯宦，亦不能不俯仰，由是進退多輕。今賈君名在第一，則其學不問可知，其為顯宦，則又不問可知。衍獨懼其生事不足，以致進退之輕，而不得行其志焉。何怪之有！」賈為之歎服。司馬溫公為相，每詢士大夫私計足否？人或不悟而問之，公曰：「倘衣食不足，安肯為朝廷而輕去就耶？」二公惟灼見人情如此，此其所以為宋之良相哉！

盧畢二公之愛才

韓朝宗，思復之子也，其平生無顯顯可見之跡，惟喜識拔後進。為荊州刺史日，因李白投書有「生不用封萬戶侯，但願一識韓荊州」之語，因是韓荊州之名藉藉至今。究竟當日白受荊州之存注與否，不可知，而荊州遂人以文傳矣。我朝愛客禮士者，惟德州盧雅雨都轉、蘇州畢秋帆制府，一時士之奔趨其幕府者，如水赴壑，大都各得其意以去。然二公晚節均淩替，不知天下後世有引重之若荊州者否。都轉之孫文肅相國克振家聲，制府則後人偃蹇殊甚。同治辛未，余遊靈巖山，經其墓道，不禁為文慼喟云。

今時之桃花源

同治戊辰冬十一月，余在青浦，赴章練塘勘爭蕩田案。歸途颶風大作，舟在蕩中顛簸不可泊，乃沿湖滑行；又被風吹向蘆葦中，篙艣無所施，任其飄泛。良久，見一小港，遂努力循之入，入里許，遇叢莽而淺，因擊纜焉。隨從之船皆四散不可覓。風稍定，夕陽且銜山，舟人方理篷索，余視灘際有小徑，攝衣而登。行數十步，田疇綺錯，麥已萌芽。野鳥飲啄於隴畔，見人不驚。隨塍左右，更數百步，得一橋，過橋，升高岸，睹炊煙數縷起木末，縱步赴之。約又里餘，抵一村，屋多茅茨，編槿為界，計十餘家。稻堆在場，如比如櫛，高下不一。男子舂揄，婦人織紝，皆熙熙有自得之色。顧見不速客至，雞飛於塒，犬吠於門，數人雜然問：「客舟避風至此耶？」余應曰：「然。」因詢以此地去縣幾里，皆相顧曰：「不知也。」詢其何以不知，則曰：「我等皆佃人田者，家無賦稅，又不負租，何緣入城？」指一老者曰：「此人數十年前曾經到過城者。」言未既，老者亦拄杖至，前曰：「客自城中至此耶？」因言年二十餘時，為道光三年，以水災，曾偕里甲至城一次。彼時巨浸滔天，附舟至縣，往返二日，亦不能記其里數；屈指計之，將五十年矣。因問：「城中此時較之昔年當益繁盛乎？」余曰：「兵燹之後，遍地瓦礫，所有房屋，十存一二，休養生息，不知何日方復舊觀耳。」老者聞之，亦復悵然，顧謂諸人曰：「今生不更作入城想矣。」因言粵逆肆擾時，村人將橋拔斷，河中均釘木樁，是以三年中，賊未嘗到。兼之連歲豐稔，租賦蠲免，閭里宴然，無異承平時，實不知城中遭此大劫也。言訖，方欲邀余入室獻茶，適從者尋至，天已昏黑，遂辭之，徐步而歸。村人送至橋畔乃返。究亦不識余為何人。余沿路歎息，謂此亦今時之桃花源也。

獨處山村四十年之婦人

明末張獻忠踞蜀，肆行殺掠，江津縣民戚承勳與妻廖氏居於山村，賊鋒駸駸將及，承勳謀挈家亡去，廖氏以荏弱，懼不免，誓以身殉。謀未定，見前村火起，知賊至，遂脫身走；氏杜門待盡，而賊顧不入，惟鄰里付一炬矣。氏獨處歲餘，食將盡，幸甕中剩餘穀粒，取以播種，歲收所入，饒有餘食。惟衣履穿敝，無可購覓，爰葺卉服，以度寒暑。如是者四十年。承勳逃入滇中，復娶妻生子，年已六旬，囊橐稍裕，思歸故鄉。時天下承平，江津縣已成聚。承勳至邑，訪其里居，人無知者，遂獨往求之。未至村十里餘，則叢莽塞徑，久無人跡，不得已，集眾伐木開道而進，竭蹶兩日，乃抵其村。灌木野竹遮蔽道路，大樹自屋中出，亭亭若蓋，乃揮眾持斧，芟薙以入。忽聞欹樓內人問曰：「爾等何人，擅入我室？」驟聞大驚，戚乃萬聲應之曰：「我此屋主人戚承勳也！」氏窺視良久，哭曰：「果我夫也?!遂自樓下。頭如蓬葆，面目黎黑，草衣毵毵然，殊不類人。承勳審諦既真，乃相抱長慟；歷述難後事，又各大喜。同行之人聞之，亦共驚喜相慰。於是相挈至縣，洗沐，更易衣服。復至滇，迎其家而共處焉。夫婦皆年逾九十卒。江津人至今傳為盛事。夫守節尚不難，難獨處榛莽中四十年，蛇虎不害，疾癘不侵，完其節以待夫之至；又得共享昇平者三十載，是非天之哀其志而默相成就之不至此。

律例之精微

家叔祖仲山先生嘗言：「近人詩文、製器均不如古，惟有三事遠勝古人：一律例之細也，一弈藝之工也，一窯器之精也。」余於博弈不肯用心，窯物不甚措意，獨律例則數年州縣，頗能極思研慮，而歎其準情酌理，湊乎精微，平衡至當，真非古人所能盡也。試舉一事言之：在青浦日，七寶鄉人獲送一拒捕傷事主之賊。蓋鄉人家有布機，布已織成，尚未取下；有遠鄰人窺見之，夜人其室，取剪剪布，鄉人聞聲起逐，賊棄布而走。追至河畔，賊下水逸，事主亦泅水執之，賊惶遽以刀劃其臂，皮破而手不釋，遂就擒。事主之狀曰：「賊以刃傷之。」賊則謂：「並未帶刀，乃是機上主人之剪耳。」余驗其傷，是刃非剪明甚。而賊堅稱是剪非刃，加之刑嚇，矢口不移。事主則必欲實其為刃，並聲稱若不審定是刃傷，渠必上控云云。

蓋賊因攜刃傷罪重，思避重而就輕；事主則恨賊欲置之死地，故不肯遷就其辭而認為剪也。余飭差弔取其剪，比對傷痕，實屬不符，而賊刃則無有。訊之事主及鄉里，皆云刃經賊擲之河中，撈不可得。余因令事主及里鄰各具刃傷切結，以眾供確鑿，定案，事主等均允服而退。獨賊痛哭不已，謂生平未慣行竊，此是第一次，懇求寬釋等情。余置若不聞，促令收禁。是案遂結矣。比解府時，賊又哭求，謂是剪非刃。余笑曰：「事主已救汝命，汝何以自欲尋死乎？查例載：贓未入手而拒捕者，絞監候，逾年則減等；贓已入手而拒捕者，絞決，歸於情實而不減等。此案，布尚未剪下，則贓未入手也。若攜事主之剪，則贓已入手矣，汝何必欲贓之入手乎！」乃悟而叩頭云。然余嘗舉是案以詢人，人皆謂刃重而剪輕，告以例意，乃意恍然，此真是例之細處。若使爾日事主曉此例，則必附會賊之詞而置之死地矣。故曰「民可使由之，不可使知之」。

鐘錶上羅馬字

鐘錶上記時辰之洋字，乃是羅馬國書，一點鐘則「一」字也，二點則「二」字也，以次遞推，至十二而止。此是字，而非中國之所謂碼子者。

僧尼穢跡

同治癸酉，吳縣之海宏寺僧與益壽庵尼，經人控其姦私。邑令高君碧湄訊得實，僧鞭一百，遞解回籍；尼則勒令即還俗。寺與庵均封閉入官，寺改為管糧通判署，庵改為清糧公局。數百年琳宮梵宇，一旦毀於淫汙僧尼之手，可為慨歎。聞尚有牽涉，高君不復追究。嗟乎！婦女入廟燒香，久著明禁，奈何甘於犯禁，復市穢聲，誠何心哉！

糊塗官

福建有秦某者，官莆田令。正月，署中宴客演劇，演至雷峰塔許仙合鉢事，秦忽大怒，呼吏執許仙下堂笞之，優人訴曰：「某戲子，非許仙也。」秦曰：「吾原知爾戲子，若真許仙，則笞死矣！」一時傳以為笑。江蘇同官某者，攝太倉一令。方審案，突有一人上堂呼冤，訴子業剃頭而忤逆者。某以瀆擾，叱令驅出。案畢退堂，忽憶有剃頭父呈忤逆事，即令役速將在署剃頭之人縛至，某一見大怒曰：「爾奈何忤逆其父！」叱令重責至一百。其人昂首辨曰：「小人實繫早年喪父者。」某始恍然。滿堂書役皆匿笑而散。

因記黔中苗人稱天子為「京裏老皇帝」，稱大小官府皆曰「皇帝」，其私稱官府則曰「矇」。粵西猺人稱官府曰「瞎」。噫！「矇」、「瞎」之稱，殆《春秋》一字之褒與？竊謂若二君，真當之而無愧者也。又聞有北人任淮安令，民有控雞姦者，訴曰：「將男作女」。官不解其故，叱曰：「江南下雨，與爾江北何干？」眾為哄堂大笑。既詢知其故，乃為判斷。此則語音之誤，非二公之倫矣。

夢閱場屋文

海鹽徐小雲鴻臚用儀，初官戶部主事，困於場屋。咸豐乙卯鄉試，與錢子密吏部應溥同寓。場事畢，錢索閱其文，小雲以屢次被落，心志甚灰，不復默出；固索，固弗與。一日，錢笑謂之曰：「子文靳不與吾閱，今吾乃熟誦子之文矣。因默背其起講、提比，無一字誤。小雲大驚，固詢，固勿告；索盛享，允之，乃言曰：「吾前夕夢至一處，宮闕巍峨，大殿上設公座五，氣象森嚴，吾不敢登。其對面一殿，亦有公座三，座上人皆絳衣紗帽，前朝服色，若閱卷然。吾因歷階而升，潛從其後窺之，見中座者手取一卷，卷面則君之姓名也，閱者執卷吟哦，吾亦將君文強記之。閱竟，見取筆圈點訖，乃反其卷面上批曰：『第八名』忽回顧見吾，詢曰：『爾何人？』答曰：『亦鄉試者。』則曰：『爾不中。』指門外一處曰：『爾之卷在彼。』吾因下階至其處，見卷皆以紅紙束之，方欲取卷，突有數人叱曰：『爾安得竊視！』吾因指殿上者曰：『是伊等命我來。』其人曰：『爾不必閱，將來自當送與爾閱也。』遽揮吾出，遂醒。醒而君文歷歷在目，君必售矣！」比榜發，子雲果中式第八名。校勘試卷圈點，與錢夢中所見者無異。錢則挑取謄錄，其卷由禮部諮送吏部，果是送來閱者，亦奇矣哉！小雲之弟次雲，為余侄婿，咸豐己未鄉試，第三場病甚，不能入試，乃頭場文已中解元，因少一場，不能取錄，主司極為惋惜，刊其文於闈墨後焉。子密夢事，其侄伯聲太守為余言如是。

姓之變更

今世之姓，代有變更。如我海寧陳氏之出於高也，聖祖皇帝以文簡相國奏辯知之。至高宗皇帝，遂命文勤相國與漢軍高文良公聯族誼焉。嘉興錢文端公及蘀石宗伯，本姓何，近日合肥李相國本姓許，則人知之者鮮矣。然由海寧陳氏復承異姓者，如杭州張簡松先生雲璈，及道光丙午舉人戴陳常，皆是。幼時常記先大夫言，嘉慶年間，需次東河，遇南河河道總督司馬公，自言是海寧陳氏，於康熙初年，承外祖姓為司馬氏，呼先大父為侄。余檢之宗譜，此一支竟無從考。今並公之籍貫而忘之，將來更不可考矣。至取異姓為後者，蘇州吳修撰信中，係給諫玉崧遊幕廣東途中所收養者。修撰狀元及第歸，給諫乃告之，俾迎養其母。人稱給諫之盛德。又聞乾隆時某相國，其封翁官石門少尉，乞養民家子，帶歸。後公以狀元提督浙江學政，遣訪其家，止有一兄，為杇工糊口，人勸之往，則曰：「彼自為學政，我自為泥水耳。」人咸歎此人之高致為不可及。

西國近事彙編

外國之新報，即中國之邸抄也，閱之可得各國之情形，即可知天下之大局。馮竹儒觀察令美國人金楷理口譯之，歷城蔡錫齡筆述之，彙為一冊，名曰《西國近事彙編》，誠留心世事之學也。余摘錄其事之有關繫中外之大計者若干條，登之於左：

俄國太子以德意志國之強也，而深惡之，然亦無可制之也，故欲與之和，以為利焉。

布世子朝於俄都，俄王易布國衣冠郊迎五十里，館於別宮，酌酒上壽。布世子避席舉手謝，復以巨觴觴俄王。酒酣情洽，攜手同步，度廊榭，入園亭，登樓倚檻，東指而言曰：「俄前王於六十年前有法之師，而奧與貴國皆有勞焉。去年師丹之戰，大功克成，席捲餘威震於列國。格士丹城之會約，載：歐洲諸王如有事侵掠謀併吞者，二國共擊之。用能邊警無聞，與民休息，俾海隅蒼生得享承平之福者，皆賢王之德、世子之功也。」世子遜謝而對曰：「西洋諸國，俄為大。倘蒙加惠鄰封，共成此志，則受賜多矣。願大王無忘此言。」拜辭而出。

英國新報述瑞典國之新報曰：布虎狼之國也，非盡天下之地、臣各國之王，其意不饜。八年前，奧國助布國取丹麥國之地，布已取地，即舉兵攻之。今奧國無權，聽布國之命矣。六年前，布攻奧之時，法國不助奧國，所以布得勝而強。二年前，布國攻法國，亦取其地，而英國與俄國未嘗助法國也。後俄國駛兵船於黑海，英國惡之；然俄國之有兵船於黑海，布實許之，是俄受布之惠也。布日強矣，不數年後，俄、布兩國必有戰爭之事，俄國敗而布國更強矣。當今之計，莫如各國連和以拒布，或可免滅亡之禍也。

布王擬裁戰兵，議員德爾伯克曰：「增之不暇，何減也！自古敗亡之禍，多萌於全盛之時，何則？大捷之後，其氣必驕，驕則懈，懈則無備。君垂裳以受賀，臣拜手以歌功，或矜其謀，或負其勇，請田園，市第宅，侈聲伎之樂，竭視聽之娛，方且謂兵強地廣，一世之雄也；金城湯池，萬世之業也。左顧右盼，以為無敵於天下。而孰知喪師失地者，積憤生慮，積慮生謀，擁訓練之兵，日伺其隙，待時而發，誓雪恥而甘心焉。以彼之憤，乘我之驕，其不致敗壞決裂、為天下笑者，幾何哉？我軍入法都，虜法王，法人之怨深矣，誓墨未乾而餉銀緩納，悔約之情見矣。願王以法為戒，勿為所乘，則幸矣。」

法、德之戰，德屬拜宴國王以師從，累建殊勳。現稽兵籍，計：戰歿者，武員一百六十二人，兵一千五百九十七人，重傷者，武員二百六十一人，兵二萬五百九十八人，被擒者，武員二十二人，兵一千零八十三人；逃者，武員二人，兵三千三百六十三人；失馬一千五百四十九匹。注冊以上德王，王顧謂左右曰：「甚矣，兵之不可輕用也！彼喪師失地者，骸骨積如邱山，肝腦塗於原野，殺戮之慘無論矣。即戰無不克，攻無不勝，如我軍之入法都，虜法王，厥功甚偉，而按軍籍以稽之，損折之數，人百而我亦十焉。此猶僅為戰陣言之也。當夫兩軍相搏，轉戰千里，居民出走，倉皇避兵，呼號之聲，顛連之狀，真有耳不忍聞、目不忍睹者。哀此黎元何辜，一旦罹茲鋒鏑也。自今以往，非釁啟鄰對、師先加我，而妄談兵事、爭尚武功者，罪之。」

德國減境內賦稅，其制分上、中、下戶，以次遞減。田愈少者，則稅愈輕。又築書觀千楹，中建層樓，方廣八百尺，以每歲稅餘購各國古今書籍，藏貯其中，士人往觀，概不之禁。

法人署匿名榜於朝，以譏時政，意甚激昂。內議天津一事，其略曰：民、教相毆，曲直姑置勿論，而以華人二十顆頭顱，僅償一領事之命，猶以為未足。去年民叛其上，童婦操戈，官軍攻城，互相屠戮，五萬眾蒼生之命將欲何處索償耶？中國聽其傳教，而法君猶以「保衛」為言，意之逐，布之禁，何置若罔聞也？

法人會議曰：「今之中國，非復十年前之中國矣。製造皆宗西法，而酌為變通，其林明敦槍隊，操演純熟者計六萬人，誠勁敵也。遇有兩國交涉事務，須揣度情理，毋與為難。」

法國兵額日增，需餉甚鉅，兵部之費倍於禮部，布人疑之，相臣畢士麻克乃致書於首領曰：「大國一困於兵事，再困於叛民，內侮外侵，噫！甚矣憊。為執事計，大兵之後，宜招集流亡，存卹孤寡，舒民困則莫如蠲賦稅，釋鄰疑則莫如裁戰兵，胡計不出此，惟增兵益餉之是務哉？且國勢之強弱，視乎人，而不繫乎兵力之多寡。法當十餘年前，兵額半近時，而用以伐奧國，則割壤連城；伐安南，則闢地千里。當是時也，席捲餘威震於列國，小國屬焉，大國朝焉，莫不謂法之強無敵於天下也。於是增郡兵，廣戍守。前歲以睚眦之怨，興問罪之師，以強伐弱易與耳，乃一戰而敗於蔑士，再戰而敗於師丹，三戰而都城舉，和議成矣。昔者之兵力半於今，而勝；今者兵力倍於昔，而敗。自強之道或別有在與，更有請者。償款一千兆，期以三年，限逾半矣，而僅繳十之四，餘款尚鉅，今執事不綢繆於先事，而軍旅之是求，豈將以彈丸、鋒刃踴躍相償哉？外臣敢請。」首領報之曰：「欠繳鉅款，敢不剋期以償？來書諄諄，然以增兵益餉為言，敝邑已知罪矣。引咎不遑，何容置辯？第隱忍不言，罪戾更深，將何以釋猜嫌而承明教也？夫布王恩德施於法者厚矣，大矣。我有故地，布王復之；我有叛民，布王除之；我有逋負，布王緩之。此恩此德，苟有人心，宜如何圖報？敢萌異志而蓄陰謀哉！境內額兵所以稍增廣而加訓練者，良以餘燼重收，國既內空，鄰將來伐，布之所與，鄰之所取，若不預為之備，恐重以覆亡之禍，貽大國憂。彈丸、鋒刃之償，則吾豈敢？」云云。

英國武員改水雷之制，創而新之，曰魚雷。度敵船之遠近，運以電氣，能自行水底以擊之。

試以木筏，信然，頗自矜喜。其僚友曰：「噫，作法自弊矣！我既用以攻人，人亦用以攻我，則新造數十號鐵甲兵船，恐不敷他國試魚雷之用耳！」

英、美二國議員會議花旗船款於瑞士國。美人曰：「當南北分爭時，爾國不以輪舟轉售，何至焚我商船，減我稅額？且兵連禍結，何至四年之久哉！夫船款之應償，無論矣。他如稅額之所虧、餉需之所費，苟不敢諸大國，則數百兆金錢之債，將從何處索償哉！」英人不能對，權擬約稿請命於朝。英王報可。署券而歸，君相次第慰勞曰：「先生休矣。」仍入議院視事如前。浹旬，忽召該院而責之曰：「所議者船款，並無餉需、稅額之是求也。」該員曰：「請命報可，而後約成，非敢專也。」於是從皆譁然曰：「誰主是議者？」君相默然而罷。蓋約稿達於上院，上院呈諸英相，英相未經啟視，遽進英王，王復置之內寢。翌日漫報之曰：「可。」迨覽及，已隔數旬矣。因循誤事，以致莫可挽回。識者於以卜英政之衰。

英駐上海領事默赫斯以事召回，謁君相畢，令赴講院敷陳中國近事，以廣見聞。茲摘譯其有關時事者二節。一論中外之勢曰：在昔通商，往來互市，止於外口，自一千八百五十二年，有粵東之盟，西商遂通於內地。事涉危疑，兩情相賊，紛然雜處垂三十年，利歸於西，怨起於華，永為相好之言，恐未可恃也。一論華、英之交曰：風俗迥殊，異言異服，雖西士無相猜之意，而華人有非類之嫌。我國官商偶出，或車或徒，咸背指而連呼曰「洋鬼子，洋鬼子」，言之者自鳴得意，聞之者殊覺難堪。蠢茲村愚，取人以貌，猶其末也。曾見中國大臣出使外洋者，行趁輪船，至堅迅也，不聞曰：「美哉舟乎」，但曰「事機巧而已」。館以重樓，至華美也，不聞曰「美哉室乎」，但曰「事奢靡而已」。惡其人矣，復憎其物，安望其加惠遠人、久托宇下乎？寵之曰「友拜」，稱之曰「鄰國」，虛與委蛇，特時未可耳。其意以為勢似合而實離，交似親而實疏云。

英國舊臣保兒令當，一千八百五十八年曾為駐華使臣，茲刊舊時日記，流布歐洲。其略曰：中國之治民也，為道甚大，制禮其嚴，統之以尊親，聯之以恩義，上下相維，不敢犯、亦不忍犯。非若西國導民以利，徒以機械相傾，心思愈靈，風欲愈薄，紛紛然群斥華人之愚，而不知華人正有以識其陋矣。

英新報有論時勢者曰：各國之志，皆若於用兵，惟防海備邊、通商修好之是務。雖近歲布有破敵之功，法有行成之恥，而舊好克敦，不為已甚。和議既成，兵事旋解。此誠與民休息，安養無事之時也。鯨吞其志，蠶食其謀，所不可測者，俄入耳。何則？俄之地倍諸大國，而財僅埒於次國，近膏腴之地，而不能全為己有也。且俄非不欲侈其西封，凱覦既久而不敢構難於歐洲者，祇以德、奧新盟，相為唇齒，倘擅構兵端，勝負尚不可知，而況奧為之助乎。此俄之所以甘辭厚幣，結德國歡，而願為永好也。夫既不得志於西，必將逞之於東矣。印度物產富饒，商民輻輳，俄人久欲得之而甘心，然必假道於華邊，以圖進取。現擬沿中國邊界營造火輪車路，自滿洲而蒙古，而甘肅，輸路通，則印度危。無印度，是無英國也。我國必盟約歐洲，自西而牽制之，毋使滋蔓，則幾矣。

又曰：俄人擬造火輪車路，以達滿洲、蒙古，現遣其郡王暨世爵人員，會議於境上。俄人詳察中國山川形勢，繪圖刊藏兵部。布人購之，與中國善本輿圖較，猶不若其縝密，而於邊省尤加詳焉。於陸路則形之曲直也，紆捷也，險阻、平坦也，林木之疏密、溪山之高深也。於水則勢之順逆也，向背也，闊狹、淺深也，島嶼之縈迴、灘港之出入也。某水某山，靡不撰說、繪圖，瞭如指掌。夫然有以覘俄人之志矣。

俄王諭外部，函致駐華暨駐英使臣云：俄壤東界滿洲，西連印度，互市其間者，半係俄人。近歲稍展其界，便通商耳，初無他意也。鄰不加察，疑懼日深，遂目俄為虎狼之國，誣我甚矣。希將此意咸使聞之。

英議院於放院時，議明年稅務云：歷年各物所得之稅，皆日有所增，惟印度鴉片煙土稅，向得銀八百萬磅，茲漸減至六百萬磅。蓋以中國四川、河南等處廣種罌粟，其製漸精，食之者亦漸廣，恐數年之後，將無稅可徵矣。

布王革教人掌各郡書院之例，從相臣畢士麻克之議也。其略曰：國勢之強弱，繫乎民；民心之邪正，視乎學；而學之從違向背，則以蒙養為基、先入為主。自教人掌院之例興，四方之民肄業於院者，耳染目濡，受其蠱惑，所聞如是，所見如是，所行亦如是，執迷不悟，久假不歸，知有教主而不知有君上，誠人心風俗之大患也。夫人之於身也，無病則防之，有病則藥之；教人病國，獨不思所以去之，何明於治身而昧於治國與？請即禁令專主，改各郡書院統於禮曹，云云。布王復示：禁通國各書院肄業諸生有陰習教事者，逐之。意王欲毀羅馬城教會堂若干所，蓋天主教中會徒不少，每會分建總會堂一區，凡會中之長皆居於此，以教王在羅馬城，便於朝見也。意王欲斥教人而先毀其會堂，洵可謂正本清源，法良意美矣。而教王怒甚，諭其相臣曰：「意大利國，盲國也；王，偽王也。溯會堂起建之始，已歷一千一百年，教人之往來必於是，辯論必於是，耳目之所寄，一旦廢之，是聾瞽我也。於私圖則便矣。其如天下各國何！」

西國婚姻，無禮教之防，凡男女相悅，父母允之，乃同往謁諸神甫，男曰：「願為若夫。」女曰：「願為若婦。」神甫雙執其手曰：「無悔。」曰：「謹受教。」遂偕歸而室家焉。現意王既還都羅馬，蔚然中興，敕議院更定婚制，革教人主婚之例，由兩姓父母請於該管官。教主惡奪其權，而亦莫可如何也。

英阿爾蘭島伯而法斯城？耶穌教人與天主教人忿爭，各聚眾數千人，短衣巷戰，互皆殺傷。耶穌教人分為隊，升屋者數百人，飛瓦下擊；天主教人遂縱火焚之，煙焰燭天，歷三晝夜，火光中聞風聲，鼓聲，戰鬥聲，號哭聲，椽瓦爆烈聲，車馳馬逐聲，雞鳴犬吠聲，嘈嘈然一時畢集。本境巡捕一千四百五十人，馬步軍二千七百人，竟不能彈壓，馳告都省，發兵鎮撫之。

美國首領擬減稅以勸耕，飭戶部查去年畿內賦稅正供，計英銀錢三百八十三兆，年終核對用款，尚存八十六兆。刻酌免三十六兆，其餘五十兆暫徵以償民項。茶稅每年例得銀錢二千萬元，現盡免之；並減各雜稅三千萬元。賦稅既輕，商民益富，自一千八百七十一年六月至七十二年五月，增造火輪車路七千五百英里。四一千八百七十二年七月初三日，歐洲各國派員會議律法於倫敦，各處紳耆亦與焉。計會議者：日耳曼支派如英、德、奧各國，羅馬支派如法蘭西、西班牙、葡萄牙、意大利各國，共派員三十七人，有數人為刑司，數人為議員，數人為掌院。

土耳其王委政相臣，境內大治，布、奧皆遣使與之修好。茲復上言曰：「郡縣長吏俸錢太薄，是導貪也，宜遞增之。」俄王遣其弟偕世爵大臣聘於土京，其大臣卡里拍沙致國王之意曰：「敝邑褊小，介於大國之間，昔惟法人是賴，今敗於布，勢難復振。近聞俄、布、奧為伯靈之會，修王業於歐洲，倘邀三王之靈寵，徼惠敝邑，共敦永好，凡有征伐之事，敢不悉率敝賦以從？」

俄、德、奧三主會次，各稽本國軍籍，合三國之兵數，與歐洲各國相較，則國之大小、勢之強弱見矣。俄國：陸兵計一百三十六萬二千三十四人，所屬亞西亞境可薩克兵不與此數；馬計三十四萬四千七百六十匹，炮計二千零八十四尊。奧斯馬加國：陸兵計九十六萬三千零五十一人，馬計十三萬二千三百二十二匹，炮計一千四百二十二尊。德意志國：陸兵計一百零五萬二千五百零六人，而在籍聽調者不與焉；馬計二十三萬九千三百二十四匹，炮計二千零二十二尊。法國：陸兵計五十萬五千五百三十七人，馬計十一萬三千九百三十九匹，炮計九百八十四尊。意國：陸兵計五十萬零一千九百九十七人，馬計四十三萬四百七十二匹，炮計七百二十尊。英國：陸兵計四十七萬零七百六十九人，馬計四萬二千八百五十六匹，炮計三百三十六尊。比國：陸兵計九萬九千八百七十七人，馬計一萬二千零三十四匹，炮計一百二十尊。荷國：陸兵計六萬六千七百六十四人，馬計八千五百匹，炮計一百零八尊。丹馬國：陸兵計五萬一千八百七十二人，馬計九千三百八十四匹，炮計九十尊。土國：陸兵計五十四萬五千九百三十八人，馬計六萬八千八百三十四匹，炮計七百三十二尊。西班牙：陸兵計二十一萬六千九百九十四人，馬計三萬零二百五十二匹，炮計四百五十六尊。

俄人謂中國近畿各口守禦甚嚴，大沽口增築炮臺，駕克虜伯大炮六尊，並開垣道，以通天津。十年前時，西船至此不易，今更因險設防，聲援相應，金湯之固，洵足資拱衛矣。

布報謂：中國相臣大吏近時譯閱新報，皆能深悉各國情形，知法國新敗，布國新合；奧懼內變，有分裂之虞；俄患內虛，惟農桑是務；英國之志衹在通商，且在中國最親；他國亦願結中國歡，云云。

右所錄各條，皆關涉中外大局者。方今外國以俄、布為強，大英則少懦矣。故其計畫亦以保守疆圉為亟，而俄、布則頗以不肯用兵自明；第英人謀國深遠，終為之備。雖然，當強鄰逼處之時，豈特英人當備已哉！有國家者，固宜深長思也。

應敏齋精於折獄

折獄之難也，余前記三江營眼線證廣勇一案，以為眼線不足恃。然其所以必欲誣陷廣勇者，其故終不能明。今年在蘇見應敏齋方伯，乃知方伯平反此獄，亦大費苦心。蓋廣勇解赴江寧之後，署制軍何公入吳鎮軍之言，必欲誅之；承審官孫觀察、蔣太守均悉其冤，而為線勇所持，終不能決。方伯既將上海前後縣及江寧承審各官所得冤濫之意一一剖陳，制軍始悟，令方伯再訊。訊之，而事益明白，獨無如營弁執之堅，線勇又證之力。方伯乃謂之曰：「若輩必不肯已，我將此案之實在情形一齊發露後，再訊何如？」於是懼而輸服，爰書乃定。蓋方伯赴寧時先訪得炮船與賊戰敗時，一船弁勇盡死，其眼線之勇，並非本船之人，特營官思避處分而為之，冀獲數盜以自解。吳鎮軍初不之知，何制軍又安從知之？方伯研訊真情，復得將一船兵勇害盡之實供，既兩得其情，故一斥之而立解也。

方伯在廉訪任，遇有命盜案件，恆懼其枉，靡不悉心研鞫，州縣頗苦其駁詰，然獄少冤民矣。余嘗記其二事：一為上海縣案：先是，蘇州婦因避難，攜其已嫁女至上海者，賊退後女不歸蘇，而另與一人為夫婦，即俗所謂姘頭也。婦利其資，而不之禁。如是者有年，婿在蘇不知也。久之，其人資罄，女出傭於巨室以自給，然歸來則相處如故。又久之，婦以乏資厭其人，遂聲言蘇婿來索，將挈女去。席捲所有登舟，舟尚未發，婦適以故上岸，其人尋至，爰攜女共逃。婦歸，女失，覓之不得，乃欲詐巨室，謂其匿女，索擾久之，無所獲；忿而服鴉片以往，毒發遂斃。縣讞謂婦死緣婿索女故，女因姦致母自盡，科以死罪。獄上，公細詢其情，閱全案，無婿家一詞，疑之。乃密飾吳縣令提其婿到，則始終茫然不知有是事。是婦自死於索詐矣。於是僅科女以姦罪完結。一為無錫盜案：屢承屢翻，而贓據鑿確，即發審局諸委員亦以為真盜也。公親提研訊，見事主則長而大，盜乃矮而小。究詰再四，事主但認贓為據。公因取贓衣反覆視之，遽呼事主前，指一馬褂曰：「此汝之服耶？」對曰：「然。」即令衣之，乃短小甚；呼盜使服，則卻稱其體。盜乃泣而呼曰：「今日見青天矣！此固我之衣也。」蓋無錫是年盜案層出，一無破獲，捕役懼比，因獲一人強之承，復囑事主強之認，冀逭其責耳。後經事主歷歷供出，公大笑，重責捕役，而取一長大之馬褂賜事主服之去，曰：「以後終當為爾得盜，毋代捕誣人也！」公自言：「此二案案情均在目前，承審官自不留心耳，敢矜以為神哉？」

紅樓夢之貽禍

淫書以《紅樓夢》為最，蓋描摩癡男女情性，其字面絕不露一淫字，令人目想神遊，而意為之移。所謂「大盜不操干矛」也。豐潤丁雨生中丞巡撫江蘇時，嚴行禁止，而卒不能絕，則以文人學士多好之之故。余弱冠時，讀書杭州，聞有某賈人女明豔，工詩，以酷嗜《紅樓夢》致成瘵疾。當綿綴時，父母以是書貽禍，取投之火，女在床乃大哭曰：「奈何燒殺我寶玉！」遂死。杭州人傳以為笑。此書乃康熙年間江寧織造曹楝亭之子雪芹所撰。楝亭在官有賢聲，與江寧知府陳鵬年素不相得，及陳被陷，乃密疏薦之，人尤以為賢。至嘉慶年間，其曾孫曹勳以貧故入林清天理教。林為逆，勳被誅，覆其宗。世以為撰是書之果報焉。

剖解屍骸驗病

同治壬申春，余在上海縣任，聞英國領事官某病卒。適因公事出城，過其門，見洋人聚集甚眾，以為送殮也。然外國例：死者不弔。因使之問之，則曰：「領事以嗽疾死，醫士以為必嗽斷一筋所致，故剖其胸腹視之。人之聚觀以此也。」向來外國人身死，若醫士不能悉其病源，則必剖割視之，察其病所在，乃筆之書，家人從不之阻，亦並無以為戚者。余閱《南史》：沛郡唐賜飲比村唐氏酒還，得病，吐蠱二十餘物。賜妻張從賜臨終言，刳驗五臟，悉皆糜碎。尚書顧覬之議張忍行刳腹，子副又不禁止，論母子棄市。劉勰爭之之不能得，詔：如覬之議，垂為科例。由外國觀之，張氏母子豈非冤死哉！

盜案被誣

桐鄉沈茂亭司馬寶樾，早歲乏嗣，而好施不倦。晚年得二子，人稱作善之報。嘗為余言，伊叔曉滄先生炳垣作令時，因公赴省，會發審局有盜案未承，太守命往鞫之。盜一見先生，即呼曰：「公非曾任新陽縣之『沈青天』乎？」曰：「然。」則哭曰：「吾家門首堆積稻草，不知何時人以摺匣藏吾堆中，今官以搶劫摺差，指匣為憑，入吾死罪。夫吾果為盜，搶得摺匣，當藏之家中；即不然，亦且毀以滅跡，安有置之門外草中，示人共見之理？」先生研訊再四，知為被誣，即白之太守，請為昭雪。太守以原問官張某持之堅，不肯置力，第曰：「子能平反斯獄，甚善，然嗣後不得真盜，當惟君是問。」先生遂謝去，不復再審。越一年，先生在蘇適當午飯，有僕人自外至，曰：「今日市中決囚，搶摺差之盜犯已正法矣。」先生聞言，不覺吐飯滿地。次日，乃知是日張某亦當午飯，忽無故立起大呼，撲地死。

償債豬

茂亭又言，渠鄉富人精於榷算，有鄉人某，借錢十二千，已還，而忘未取約，遂重索之。某不得已，即再還之。越十餘年，富人死，而某家生一豬，甚肥腯，將宰而貨其肉。是夕，屠人某夢富人哀訴云：「我不合重收某家錢十二千，冥謫為豬償其債，明日請君往殺之。豬白質而黑章者，即我也。乞君勿殺，而告我家往贖之，感且不朽！」次日，某果邀屠殺豬，屠至，驗其豬之毛色，果信，遂不肯殺。某觸前事忿，且喜，即牽豬呼其名而誚之，豬人立而啼，某大驚撲地，病月餘始癒。傳聞遠近，富人子遂備價贖之歸。

雍正朝不識鴉片煙

道光年間，查禁鴉片煙甚嚴，吸食者罪至繯首。蓋此物在國初以能淫蕩人心，貽患不淺。蒙世宗飭部議覆定例，通行禁止，興販者枷杖後發邊衛充軍，罪名固綦重矣。自通商開禁之後，販煙者乃稱巨商，且欲以捐款上邀議敘。余任釐局提調時，曾力拒之，而其意未已也。前數年復申此議，丁雨生中丞不許，乃止。然已流毒海內，雖十室之邑，必有煙館，遊手之人嗜之若命，有心世教者無不痛心疾首也。近閱雍正七年福建巡撫劉世明奏稱：漳州府知府李國治拏得行戶陳遠鴉片三十四斤，擬以軍罪。而陳遠於巡撫過堂時，堅稱鴉片原係藥材必需，並非做就之鴉片煙。當傳藥鋪戶認驗，供稱「藥名鴉片，熬膏藥用的；又可製鴉片丸，醫治痢疾。這是並未做成煙的鴉片」，等語。巡撫因謂：「鴉片為醫家需用之藥品，可療病，惟加入煙草始淫蕩害人，為干犯例禁之物。李國治以陳遠家藏之鴉片為鴉片煙，甚屬乖謬，應照故入人罪，列款題參。」云云。

閱之不禁失笑。夫鴉片即鴉片煙，豈又須加入煙草乃成鴉片煙之事？足見當時吸食者極少，故尚不識鴉片煙為何物耳。

東洋參

日本國所產之東洋參，江、浙諸省盛行之，醫家或以為勝於高麗者，因其肥大也。今閱其國人鹽谷世宏《日光從軫錄》所記云「會津七里村有參圃，享保中所創種，以日光高寒，土必宜參，乃求韓種以播焉。根荄果茂，仍遍種於北土。諸侯官參之利，遂溥天下」，等語，則直是高麗之種參耳，何足重哉！記之以破世惑。

于忠肅諫易儲疏

世之論古者，每以諸葛武侯不阻伐吳，于忠肅公不諫易儲為惜。余謂：世遠年湮，簡編缺佚，庸知二公當日之不諫阻者？況陳《志》明載：武侯言：「法孝直若在，必能止主上此行。」是武侯曾經言之，特不能止之耳。至《明史・于忠肅本傳》亦不詳公諫易儲事，後世遂以為疑。天台齊次風侍郎未第時，曾夢于公來謁，與之抗禮，謂曰：「昔英廟易儲，某實有疏諫；留中不發，君他日幸物色之。」後侍郎預修《明紀》，入皇史宬，遍檢三日而不得，曾作詩記其事，然人猶以夢寐之事為未足憑。比邵二雲學士檢得通政使檔冊，有于謙一本，為易儲事，而公冤乃得白。究恨未見公之諫疏也。茲閱海寧吳槎客騫《拜經樓詩話》所載，鄉前輩張侍軒先生跋仁和阮泰元氏讀于公《旌功錄志感詩》，序斯錄在壬午夏，先祖檜屏公永訣時，手授泰元云：「予供事《實錄》，獲睹諫易儲一疏，憲宗簡及，為之流涕。又有請復儲二疏，英宗未及簡發。為人臣者當以肅愍為法」，云云。按阮氏所云三疏，人鮮知者。獨惜阮泰元當時既有此本，不即以刊入公集中，至久而遺佚，為可痛恨也！然公之事於此益明，故亟志之。

卷九

卷九

余於同治壬申曾著《筆記》八卷，德清俞蔭甫太史勸令付梓。兩年來，索閱者甚夥，因之時時有人以新事來相告語，余亦藉此破岑寂，過而聽焉，或過而忘之，或過而存之，皆付之無心而已。今年長夏酷署，適姤微疴，杜門不出者累月，閒居無事，祇以筆墨自娛。追憶舊聞，並參新得，日或記數紙，或數日記一紙，投筆之餘，隨手散棄，不復再檢，蓋不過以之消磨日月，初非欲再續前書也。秋冬之間，忽見案頭有一新冊，閱之，乃兒子德濬、德嵩拾余所棄，抄錄而成者。讀之，尚覺足資掌故，因略加排檢，又益以近事及偶記者補綴之。復得四卷，不更別為名目，仍續於前記之後。自茲以往，倘天假之年，異日或再有所撰述，則如近時紀文達之《筆記》五種、前時洪容齋之《夷堅》十集也，亦無不可。光緒紀元，歲在乙亥，斗指丑，哉生魄。庸閒老人識於梧桐鄉佳晴喜雨快雪之堂，時年六十有四。

南匯三忠

道光辛丑，侯官林文忠公有新疆之役，暫寓武林外舅聞藍樵先生家。時余銳意經世之學，以所撰《籌邊策》、《屯田議》等作呈教，公頗歎賞，目為賈生之才，謂以海運衛海疆，及墾荒土以資戰士，皆他日所必行者。後公督陝甘，果興屯政。惟今日以輪船運漕，則公不及見矣。公瀕行謂余曰：「本朝有兩篇大文字，子曾見之乎？」蓋指關中李天生檢討因篤之《陳情表》，及南匯葉忠節侍郎映榴之《殉難遺疏》也。天生之《表》，余曾讀之，較令伯之文，更為肫摯。獨忠節《疏》，遍訪不能得。忠節為余六世祖姑丈，當忠節殉義時，我祖姑承遺命奉姑太夫人由竇而出，得免於難。歸家後，上事邁姑，下撫弱子，仰承天眷，遂大葉氏之門，《家乘外傳》豔稱之。余於同治丁卯攝宰南匯，忠節裔孫東軒廣文來謁，以公遺稿相贈，始得見其《疏》。忠義之氣，炳若日星，洵為昭代第一篇文字。會丁雨生中丞巡撫江蘇，興舉廢墜，余因詳請以境內晉忠臣長合鄉侯袁山松、南宋忠臣將軍鮑廉及忠節之墓列入祀典，春秋遣官致祭。中丞允行，咨部立案。從此三忠之祀，永垂千古。然忠節子孫至今蕃衍，袁、鮑二公後裔無人，則重賴此天家一瓣香矣。

變頌

說《詩》者，多言變《風》、變《雅》，宋金華王氏柏，獨以《魯頌》、《商頌》為變頌，其說蓋本之唐成伯瑜（璵）《毛詩指說》。夫《風》、《雅》既有變，則《頌》之有變，亦理也，況出於先儒之說乎。

舉人進士國子生之沿革

世重舉人、進士，謂為科甲出身；不知唐時始有舉人、進士之目，皆繫未第者之通名。天寶十二載，敕天下舉人不得言鄉貢，皆須補國子及郡學生。廣德二年，制京兆府進士，並令補國子生，其已及第者，乃稱前進士。明初，國子生有逕授藩臬大官者，今則國子生極輕，蓋以入貲者得之耳。

測遠鏡

遠鏡至今日之歐洲而精極矣，用以測月，月中顯有凹凸之形；測日，則見太陽邊體齟齬如鋸齒，日面有浮游黑點，大小多寡不一；測金星，則見有消長，亦如月之上弦、下弦。此皆古人所未見者也，然非在上海用西人之遠鏡，亦不能知也。

紇字也不識

世俗譏人曰「汝瞎字也不識」，此「紇」字之誤也。魯臧孫紇及孔子之父叔梁紇，皆音恨發反，而世人多呼為「核」。唐蕭穎士輕薄，同人誤呼武仲名，因笑曰：「汝紇字也不識。」流俗傳訛，遂以「瞎」字當之；仍呼「紇」為「核」，兩失之矣。

讀書句讀之舛誤

宋穆脩負才使氣，中年偃蹇，嘗以《柳子厚文集》鏤版印數百部，入都求售。有儒生數人共來繙閱，脩就手奪取，怒視曰：「賢若，能誦一篇不失句讀者，當以全部奉贈。」遂終歲一部不售。或謂宋世儒生不應擠陋至此，不知我輩幼時，塾師所點句讀舛誤不少，比壯年稍解文義，自行改正者固多，一時忽略，遂至終身沿訛者，當必尚有，特無人從旁指駁耳。偶閱宋姚寬《西溪叢話》載《左傳》句讀二條，詢之今世讀者，大率錯誤，因備記之，俾知不特學問無窮盡，即句讀亦未易明也。「故講事以度軌。量謂之軌取材以章物。采謂之物」。聞晉公子駢脅欲觀其裸浴。薄而觀之。

詩文借對

今時詩文喜用借對，以寓巧思，蓋古人三十四格內之假對也。如「自朱耶之狼狽，致赤子之流離」，以「赤」對「朱」，以「子」對「耶」；「狼狽」，獸名，「流離」，鳥名。此假對之工者，今尚學之。若「廚人具雞黍，稚子摘楊梅」，以「雞」對「楊」，蓋取「楊」與「羊」同音。「天子居丹扆，廷臣獻六箴」，「白髮不愁身外事，〈六么〉且聽醉中詞」，以「丹」對「六」，蓋取「六」與「綠」同音。「蒼籙」對「諸姬」，以「諸」為「朱」；「皇眷」對「紫宸」，以「皇」為「黃」之類，古人傳以為工，今則不取矣，然其格，不可不知也。

詩文二十四名

詩文有三十四格，又有二十四名，元微之《樂府古題序》所謂「賦、頌、銘、贊、文、誄、箴、詩、行、詠、吟、題、怨、歎、篇、章、操、引、謠、謳、歌、曲、辭、調」是也。

字之別解

解字當以《說文》為正，如董仲舒解「仁義」二字曰「以仁治人，以義治我」，此確論也。原甫則云「仁字從人，義字從我」，則非造文之意矣。許氏說「歸」字從堆，從止，從帚。而以從堆為聲。林氏則云：「從追，於聲為近。」似長於許。至「哭」字，許則以從　，從獄省文。

林乃云「象犬嘷」，不亦謬哉！

作字省文

今人作字省文，以「禮」為「礼」，以「處」為「處」，以「與」為「与」，凡章奏及程文則不敢用，其實皆《說文》本字也。《說文》於「礼」字云：古文；「処」字云：止也，或從「處」；「与」字云：賜予也，「與」、「与」同。然則避本字不用，何哉？

避諱改名

秦始皇諱政，改正月為端月。漢宣帝諱荀，改荀卿為孫卿。明帝諱莊，改莊光為嚴光。司馬景王諱昭，改昭君為明妃。晉簡文鄭太后諱阿春，改春秋為陽秋。唐景祖諱虎，改虎林為武林。太宗諱世民，改民部為戶部。至今仍而不改，非也。

古人用典之杜撰

古人用書，不必沾沾字面。如班固《文帝・敘讚》曰：「我德如風，民應如草」，用《論語》「君子之德風，小人之德草」意也。而潘岳《晉世祖誄》則曰：「我德如風，民應如蘭。」傅元《四廂樂歌》則曰：「上教如風，下應如卉。」彼時無人指摘，今則以為杜撰不通矣。

干支日月風雲星雷皆有雌雄

虞喜《天文論》：漢《太初曆》十一月甲子夜半冬至，云：「歲雄在閼逢，雌在攝提格；月雄在畢，雌在嘴；日雄在子。」又曰：「甲歲雄也，畢月雄也，陬月雌也。」大抵以十干為歲陽，故謂之雄，十二支為歲陰，故謂之雌。宋玉《風賦》有雄雌風之說。沈約有「雌霓連蜷」之說。《春秋元命包》曰：「陰陽合而為雷，師曠占曰：「春雷始起，其音格格，其霹靂者，所謂雄雷，旱氣也；其鳴音音，不大霹靂者，雌雷，水氣也。」《孝經雌雄圖》出京房《易傳》，亦日星占相之書也。是干支、日月、風雲、星雷，皆具有雌雄。而今之言陰陽占候者，皆無雄雌二字，詢以雄雌之理，亦復不知，蓋久失其傳矣。

官文書數目字

今官文書，凡數目字文單者，取字畫茂密者易之，一二三四五六七八九十，作壹貳　肆伍陸柒捌玖拾是也。然《詩序》「《鳴鳩》刺不壹也」，《孟子》「市價不貳」，《周禮天官》「參，謂卿三人；伍，謂大夫五人」。則參與三，伍與五通也。肆，則《周禮注》「編懸之四八曰肆」。六六無奇，《馬援傳》「今更共陸陸」七，則《墨子》「周公夕見漆十士」，以此代七。《山海經》「剛山多柒木」，變漆為柒，是七之為柒，亦有所因。惟捌、玖、拾三字，並無出處，為借用耳。

鵝與雁本一種

親迎之禮，近代久不行矣，惟嘉興尚遵古禮。其奠雁也，以鵝代之。有杭客見而誚之曰：「此奠鵝耳，豈禮也哉？」余解之曰：「今人呼鵝為家雁，其褐色者為雁鵝，而於雁之最大者則稱為天鵝，是鵝與雁本一種也。」客以余為強辨，不服。余因取《唐書》所載「太宗時，吐蕃錄東贊上書謂：聖功遠被，雖雁飛於天，無是速也。鵝猶雁也。遂鑄金為鵝以獻」，云云。示之客，乃語絀而退。

月忌

月忌為初五、十四、二十三，世俗相沿久矣。術家謂為「廉貞獨火」，故以為忌。其說不經，實乃《洛書》九宮數耳。宮數起於一，初一一宮，初二二宮，初三三宮，初四四宮，初五則入中宮，中宮為星位之極，至尊之地，在臣民當避忌，故曰月忌。初六六宮，初七七宮，初八八宮，初九九宮，而宮數盡。至初十復至一宮。循環數去，十四日又入中宮，二十三日又入中宮。是以初五、十四、二十三，為月忌也。再，正、五、九不上官之說，亦以月數當至尊之位，人臣宜避耳，非有所謂不祥也。

閱卷宜慎

昔在金華張太守處閱書院卷，題為「宗廟之禮」一節。有用「樹靈鼉之鼓」者，同事者笑謂抄懷挾，誤寫「鼉」字。余謂「鼉」本音駝，皮可冒鼓，字本不誤。今俗本李斯《上秦王書刻》作「靈鼉」者，乃真誤也。又有一卷用「酒清人渴，肉甘人饑」，閱者嫌其語似滑稽，抹之，既乃悟為《禮記》。是知閱卷不可輕於勒帛也。

青紫不指服色言

唐以金紫、銀青光祿大夫皆為階官，此沿襲漢制金印紫綬、銀印青綬之稱也。漢丞相、太尉皆金印紫綬，御史大夫銀印青綬，此三府官之極崇者。夏侯勝曰「經術苟明，取青紫如拾地芥」，蓋謂此也。自顏師古誤以青紫為卿大夫之服，今人言「取青紫如拾芥」事多因之，殊不知漢卿大夫蓋未有服青紫者也。故言青紫，當指綬，不當指服。

破窯記亦有所本

宋呂文穆公蒙正之父龜圖與其母不相能，並文穆逐出之。困甚，龍門山利涉院僧識其為貴人，延至寺中，鑿山巖為龕居之。文穆居其間九年，乃出而應試，遂中狀元。又十二年為宰相。其後子孫即石龕以作公祠，名曰「肄業」。富丞相弼為之作記。今人演劇為《破窯記》者，蓋本此也。

傳名之有幸有不幸

古人建功立名，其傳者亦有幸有不幸焉。蘇武、于什門均以抗節著，而人但稱蘇武；王巠、李冰共疏二江，厥功相並，冰廟食千秋，威靈赫濯，巠之勞則並無人知之者矣。臾兒、易牙皆齊之知味者也，牙作亂，負桓公，人本不足道，以孟子稱之，遂流傳到今；臾兒之名，僅一見於《淮南子》而已。豈非有幸有不幸哉？

資秉之異

《南史》載：劉穆之內總朝政，外供軍旅，決斷如流，事無壅滯。賓客輻集，求訴百端，遠近咨稟，盈階滿室。目覽詞訟，手答牋記，耳行聽受，口並酬對，不相參錯，悉皆瞻舉。裁有閒暇，手自寫書，尋覽篇章，校定書籍。其精力聰給，自古未有如此者。宋王楙疑之，謂人心無二用，安有五官兼應如此，而事事皆當，無幾微錯謬之理？謬謂《史》言之過。殊不知資稟之異，世所恆有，特顯晦有時，無人為表白之，遂湮沒不彰耳。

家康齋弟其晉言：伊本生祖寶摩公，嘉慶年間，自山陰教諭引疾歸里，有山陰老友笠舫王君衍梅拏舟相訪，公治具款之，延同里朱茲泉先生兆熊作陪，王固名士，朱亦才士也，譚次，公以一圖囑王題百韻詩，時琴齋兄其泰尚幼，命之來，背經書十餘本，笠翁心維手寫，耳聽背書，口談經史，遇兄所背或有訛處，立即指摘，歷歷不爽，可謂五官並用矣。席間，二公各競所能，王舉是科《鄉試同門錄》閱一過，自解元至榜末，其人之年貌、籍貫、三代履歷，背誦如流。朱以本年曆本繙一周，自元旦至除夕行下干支、星建、吉凶神煞，亦默誦無一字訛。因互相折服焉。然王雖舉進士，乃以知縣用，復因微罪罷官，落拓以死。朱則僅中副貢，官止龍泉教諭。有《茲泉文稿》行世，稿中「邦畿千里」二句題文，他省抄襲者，兩中解元，而先生不沾一第。至其子仁山先生拭之，乃中嘉慶戊辰解元，道光壬午進士云。

仁山先生為茲翁長子，亦稟異質。生彌月後，喃喃能誦堂中對聯。四歲就學，學師授以《學庸》，甫讀，即能背誦。登進士，授山東東阿縣知縣，以不長吏治，改京秩，官禮曹二十年，殫心文學，各省名下士入都者，大抵踵門執經問業，門下士幾半天下。而先生虛懷，樂善，愛才，不啻若自口出。余己亥科試，列一等一名，卷歸禮部磨勘，先生見余文而賞之。會琴齋兄以會試至都，先生以余名詢，誦其文如素習，琴齋甚驚。不知先生任東阿時，縣試文三百餘首，老年猶能記憶，其過目不忘又如此。年六旬，病噎症，夢數吏報升天曹官。醒即處分後事，剋日而沒。噫！以笠翁之五官並用，及二朱先生之過目不忘觀之，則劉穆之亦未足多矣。王君之見何其小哉！

關侯岳侯之封謚

關侯，蜀始謚壯繆，宋謚義勇，我朝高宗皇帝特謚為忠義，並勑於史書均改正焉。道光年間，又加仁勇二字。至封號，則明已加封三界伏魔大帝。岳侯，南宋始謚忠愍，繼更武穆，中改忠武，又改忠文。元加保義二字，明萬曆亦加封三界靖魔大帝，與關侯並焉。

鑒別書畫無真識

世之稱鑒別書畫，大抵皆憑一己之見，不必盡真識也。其識之精者，不過能辨妍媸耳。近年重錢唐戴文節公山水，雖一扇一楮，價抵兼金，好事者爭收藏之。世侄錢伯聲太守承其家韡石宗伯畫法，花卉妙一時，初不以山水名也。近以世重戴畫，偶一臨摹，輒覺逼肖，因時時作小幅，署戴名，人爭購之。伯聲時告余以為笑。前年消夏無事，以文節名作冊頁十二幅，裝潢，交陳仙海司馬，戲索廿四金。時某廉訪備兵上海，留意翰墨，適欲購文節畫，陳以錢作示之，廉訪極為賞鑒，即留不還。陳懼以欺獲咎，因以實告，廉訪笑曰：「此子不忍割愛，故造作此語耳！」亟取金如數予之。伯聲得重值焉。伯聲之畫為張子青尚書賞識，余偶舉是事告之，尚書言：「咸豐年間，偕祁春圃相國入直南書房，蒙文宗召觀內府珍秘。見一巨然畫手卷，歷代名人題跋，無不精絕，驚歎稀有。比出，相國告以此卷前曾兩見之，於今而三；究之孰真孰贗，卻未能辨別也。」則收藏一事，豈易言哉！

左宗棠奏停武職捐例

自事例之開，文武皆有捐納。同治五年，左爵相總督閩浙時，奏請永遠停止武職捐例。大略謂：武營捐班太多，流品混雜，勢豪策名右職，藉為護符；劣弁巧躐升階，專為牟利。一旦夤緣得缺，竟敢靡惡不為。從前報捐之多，實為軍政之蠹。至捐例，原為籌餉起見，武職官階捐納例銀，本屬無多，實亦得不償失云。旋奉俞旨，飭部永遠停止。迄今十餘年來，武官無復捐班，營伍較前肅清，實爵相一奏之力。然自軍興到今，以戰功得官者，尚不勝其擁擠，雖曾文正公奏請以大銜借補小缺，有功之人猶未能盡登仕版。門生周廣才以花翎參將考補千總，忻喜不置，數年來究未得缺，則以員數猥多，大府亦實無疏通之善策也。

鑒別書畫真偽之不易

國初，宋牧仲尚書自謂精於鑒別，凡法書名畫，只須遠望，便能辨為某人所作，自記於《筠廊偶筆》中，人頗奇之。余謂宋公閱書畫多，能辨識其氣韻耳，至其本之是否臨摹，恐亦未必即能審定也。昔東坡初未識秦少游，少游知其將過維揚，作坡筆語題壁於一山寺中，東坡果不能辨，大驚。及見孫莘老出少游詩詞數百篇，讀之，乃歎曰：「向書壁者，豈此郎耶？」夫以東坡當時且不能辨少游之書為己書，則千百年後人乃能辨東坡之真贗，以為必無一誤，豈理也哉？家匏廬宗伯書得香光神髓，自少至老，日有書課，臨摹至千萬本，人往往取公書截去「某人臨」數字，即以贗香光書，售得善價。收藏家多不能辨。聖祖最喜香光字，遇外吏進呈之本，有疑似者，輒為沈吟曰：「其陳邦彥書耶？」高宗嘗出內府香光真蹟數十軸，召公詢曰：「內中孰為汝所書者？」公審視良久，叩首謝，亦竟不能自辨也。

文宗賜林文忠輓聯

道光辛丑，侯官林文忠公奉命至鎮海軍營。比遣戍新疆，居恆常誦「苟利國家生死以，豈因禍福避趨之？」二語不置。不知是公自作，抑古人成句也。然忠義之忱可想見矣。後公以雲貴總督引疾家居，咸豐初元，奉詔起討粵西賊，海內欣望，而公卒於途中。文宗震悼，御製輓聯以賜云：「答君恩，清慎忠勤數十年，盡瘁不遑，解組歸來，猶自心存軍國；殫臣力，崎嶇險阻六千里，出師未捷，騎箕化去，空教淚灑英雄。」非常知遇，天下臣民讀之，皆代為感泣也。

春秋五傳

韓昌黎詩云：「《春秋》五傳束高閣，獨抱遺經究終始。」今本刻作「三傳」，非也。《前漢・藝文志序》云：「《春秋》分為五。注云：左氏、公羊氏、穀梁氏、鄒氏、夾氏。」不知漢後此二氏何時亡佚，倘至今尚存，則古事可與三傳互證，豈不快哉！

高僧入輪迴

《冷齋夜話》記蘇子由在齊安時，夢與僧雲庵及聰禪師出城迎五戒和尚。次日，三人言夢皆同，頗以為異。良久，東坡書至，云已次奉新，三人大喜，迎之建山寺而坡至。因各繹所夢以語坡，坡曰：「軾年八九歲時，嘗夢其身是僧，往來陝右。又先妣方孕時，夢一僧來託宿，記其頎然而眇一目。」雲庵驚曰：「戒，陝右人，而眇一目。」暮年遊高安，終於大愚。逆數蓋五十年，而東坡時年恰四十有九，其為五戒後身無疑。故坡恆自稱「戒和尚」。是輪迴之說，非釋氏之讏言矣。

桐鄉嚴芝生太史辰，生於道光壬午八月三十日，先數夕，母王夫人夢遊冥間，至一石坊下，旁有二女僕扶持之，旋來一僧，年不甚高，就與語，語覶縷不可殫述，既覺，猶能舉其大略。至生之夕，則又夢見轉輪中出青煙數十道，道各一僧，四散去，而前所夢之僧竟來相就，驚而寤，則太史生矣。諦視之，面目宛如夢中所見也。太史幼穎悟，弱冠即登賢書。至咸豐己未，捷南宮，以朝元入詞林，散館後，不復赴補，歸主桐溪講席者已十載矣。性樂為善，遇善舉必創行之，奔走勤勞，不以為苦。余嘗戲目為行腳僧。今年出《金粟後身圖》，囑余題之，乃得悉其概。太史有《自題六絕》，茲並錄之：

磨人一第廿年功，直與前生苦行同。
好事欲援儒入釋，為人說夢畫圖中。
披緇應悔負君親，未了緣當補後身。
四十平頭須努力，談何容易再來人。
浮圖自昔有詩豪，愧我耽吟格不高。
略有前生心性在，每於名利淡相遭。
足跡平生半九州，想因行腳債須酬。
不知卓錫曾何處，可許東坡到舊遊？
潘家椽夢久流傳，私喜祥征亦有緣。
想為闍黎功行淺，不教毳頂作天仙。

沈迷仕宦與妻孥，慧業三生記得無，
何日塵緣能擺脫，依然覓我舊衣珠。

太史之妹婿歸安沈仲復廉訪自言：前生為瞿氏子，出家於永年寺，清修數十年，其聽經之鶴，業已證果，而己以一念不堅，遂再入塵世。其事亦奇。惟坡公及廉訪皆知前生僧之名姓，而太史獨未印證，此亦是一缺典，然輪迴之說確有據矣。

乩語之靈驗

道光戊子鄉試，余年十七，闈前偕二三友人閒遊西湖，行至蘇公祠，見人在內扶鸞，因入觀之。其仙則呂祖也，其人多應試者，叩功名事，仙答以儷語，語在可解不可解之間，余固不之信也。第見人均肅恭致問，姑長揖問己之功名，乩忽奮迅大書曰：「爾甲子舉人也。」戊子距甲子三十六年，眾皆視余而笑，余亦笑而出曰：「不靈。」乩復書曰：「到期自知。」眾追而告余，余又一笑置之。然自是屢躓秋闈，至同治甲子，余年五十三矣。時在甯郡總辦釐捐局務，浙江甫經收復，並不開科，余偶憶乩言，輒笑其誕。至冬間，左季高爵相薦舉浙江人才，以陳魚門、丁松生及余應詔，奉旨以直隸州知州發往江蘇補用。次年乙丑，余在江蘇需次，聞浙江補行鄉試，余忽憶乩言，乃請於中丞，回籍應試。比到浙江，則格於例，不能入闈，廢然而返。復笑乩言之誕。至丙寅春，奉檄總辦天津海運，謁見劉崧巖中丞，在坐有言乩仙不可信者，余因述「甲子舉人」一說以證之。中丞沈思良久，忽曰：「如子所言，乩仙頗可信矣。子非於甲子年薦舉人才乎？明明道是『甲子舉人』，何尚不悟乎？」余聞是論，不覺恍然。噫！乩語誠巧，或真有仙降耶？

長壽術

金陵陳伯敏太守魯言：京師秋航和尚工圍棋，稱國手；飲酒、食肉，無異平人。同治甲子，年一百二十歲始圓寂。先是，太守奉授衢州知府之命，秋航心慕西湖，與之同行來浙。至次年正月，遍辭同人，云將西歸，並促諸相知為渠餞行。諸人乃於十四日設席餞之，酣呼暢飲，無異平時。兼與某公對局，局終云：「此會難再，即此局棋，猶是絕著。」猶手畫所下棋譜，徜徉而去。元宵早起，忽報秋航已逝。太守往視，則見瞑目趺坐，雙垂鼻柱至膝，其光亮如水晶云。然此是釋子，或疑其有坐功服氣之術。康齋弟壬申冬遇紹城俞寶山老醫，云：「頃有天台老友相訪，年已一百十七歲，渠之所以得此大壽者，久服白朮之功耳。叩其服法，以鮮白朮四十斤切片，冰糖四斤，入瓦罐內煮乾曬之，久蒸久曬，約得八斤。日嚼數片，以供一年之需。此人已服至六十餘年。其子八十餘歲，亦服之，甚健。考神農《本草經》有「朮作煎餌，久服輕身延年」之語，洵不誣也。

恆太守遇鬼

少敏堂兄元義，長余四歲，道光丁亥與余同案入學。少敏則縣、府及院試均第一，有「小三元」之目，文名藉甚，顧數奇不偶，鄉試輒薦而不售。歲科試曾列一等第一、第二，而不得食餼，以增廣生終身。晚年遊處州，為滿洲恆太守記室，賓主極相得。太守守處州十八年，少敏從之逾十載。咸豐四年夏，少敏患瘧甫止，閒步於庭，忽見一青衣踰垣入，至後院，疑為竊也，促步逼之。詰為誰，其人曰：「我公差也。」曰：「爾即公差，亦無踰垣入室之理！」則出票示之。銜為陰府，己名在焉。知遇鬼，乃亟懇之，鬼曰：「奉票提人，不能私為縱舍。無已，君其速出處州境，容可免。」言訖遂不見。記其票內共五十餘人，第一名即處州鎮總兵文公，第三名恆公之門丁某，第五名恆公之錢谷、友人胡仰山也。少敏怳然自失，遂立刻治任告歸。時已薄暮，太守苦留之，至次日早，外人傳報：總兵文公病歿。少敏驚，遂促駕去。行二日，至縉雲，又得某門丁猝死之信，益懼，連夜遄行。至金華，託余覓舟，告以故。余謂其病後譫語耳，少敏竟匆匆歸。越數日，得處州來信，則胡仰山果又死矣。余亦為之駭然。然少敏歸後，病良已，年終亦無恙。次年夏，恆太守至省見之，強拉以行，謂：「事已逾年，當可無患。」乃少敏到處未及旬日，一病而逝。其逝時曾見前鬼與否，無人談及矣。然越境及免，豈鬼神之靈只及一方耶？不可解也。恆太守名奎，字聚之，為人忠厚方正。守處州十八年不調。咸豐八年，以病乞休去。大府委福州鄭太守代之，視事十八日，粵賊竄陷處城，恆已歸，鄭罹重典。其遇亦奇。

神仙中人

無錫華秋槎先生，前浙閩總督孫文靖公之姑丈也。嘉慶年間，任福建浦下場鹽大使，與先大夫同官相識。嗣文靖觀察閩鹾，華以迴避，棄官歸，自是不相聞問者二十餘年。道光中葉，先大夫閒居嘉興，華忽雪夜相訪，年已九十，步履甚健，精力如少壯，兩目奕奕有光。相與話舊，甚歡。詢其如何保嗇而致此，華言：「自歸里後，即講導引之術，終日靜坐，不以外事嬰心。年來頗有所得。夢寐間，時有異人相接，寤則不能見也。數日前，夢人告曰：『子欲求仙，嘉興之陳壽人乃真神仙也。』因買棹來此尋訪，則果有其人，思投以名刺則不恭，稱弟子則駭俗，故持晚生帖謁之，乃拒而不肯見，固請固拒。遂略窺其所居之園，古木壽藤，亭臺水石，覺有五雲縹緲氣象，真是仙境。自歎緣薄，訪仙不遇，頗深悵恨！」先大夫笑曰：「陳壽人我素識之，飲酒食肉，猶夫人耳。」華曰：「不然，真人不露相。」遂別去。越日，先大夫見壽人，語以華君所說，彼此鼓掌大笑。

後咸豐紀元，粵匪亂作，壽人歿久矣。先大夫一日歎曰：「陳壽人真神仙也。」座客問故，先大夫曰：「古語有人專精事天神，積久不倦，神感其意，現形而問所欲，其人謂：『不求富貴，但願一生無是無非，衣食粗足，居佳山水間，妻賢子孝，優遊卒歲而已。』神大笑曰：『此上界神仙之福，非凡人所能企及。爾欲求富貴則可耳。』壽人席先世遺業，擁貲巨萬，樂善好施，與人無競，所居則宋岳珂之金陀別墅，為嘉禾第一名園。日飲醇酒，以法書名畫消遣，子孫皆讀書入泮，一家雍睦，生平無一拂意事。當此烽煙告警，則業已化去，謂非神仙而何？」座客皆太息以為然。嗣二十餘年，同治壬申，余自蘇州歸，過嘉興，見德清戚曼亭先生，問余此行有所遇否，余戲應曰：「此行祇見一仙人。」戚愕然詢故，余因述先大夫所言，蓋戚亦當年座上客也。戚曰：「是固然矣。今子所遇為誰？」余曰：「南皮張子青尚書。少年以狀元及第，歇歷中外，官至一品，勳業、文章、政事彪炳一時。年逾六十，夫婦齊眉，兒孫繞膝，門生故吏遍天下。最難得者，上有九旬之壽母，此時以養親居於吳之拙政園，極聲色園亭之奉以承歡，一家之中，太和翔洽，洪福、清福兼而有之，此又非陳壽人所能幾也。謂非當代神仙而何？」先生亦撫手笑曰：「然。」

做官不可有邀功心

《功令》：獲鄰境應斬梟盜犯三人者，即予升擢。閩、粵二者，海盜頗多，地方官緣是得超遷者，指不勝屈。然以殺人得官，仁者固有所不忍也。吾家宗人有官福建同安丞者，獲盜三人，遂擢江西樂平令。期年而病，見一盜在床前索命，二盜窺戶而笑，禳禱無效，未幾遂卒。蓋笑者真盜，故不敢入門，而索命者則冤鬼也。後先大夫宰福建光澤縣，亦獲鄰境夥盜數人，友人或勸鍛鍊以邀功者，先大夫舉是事以告曰：「吾非惟不忍，亦不敢也。」乃論以為從律，均免其死。嘗訓余弟兄曰：「此數人若果繫盜首，吾亦不願以此升官耳。」同治癸酉在蘇州與四明胡竹亭刺史璋談及是事，竹亭言其攝江都縣時，獲金匱盜犯三名，案定後，上官將照例予以奏獎，竹亭推其功以給同城前獲處分之縣尉及汛弁，為之開復頂戴，而已不邀賞，其用意與先大夫合。然居今之世，能如竹亭之存心者，有幾人哉！

南匯李高士

南匯衛城，本上海地，雍正間析上海、華亭二縣地，置縣，以本有南匯衛故，遂名曰南匯縣。自明以前之人物，昔為華亭、上海者，皆就其所處所生之地歸之南匯焉。李辰山高士在明為上海人，而居於南匯衛城中，故《南匯縣志》以為南匯人。高士生於明崇禎十年，桂王時曾官於桂林。及桂王事敗，走歸，託跡黃冠，以醫藥自給。後寓居平湖，年七十病卒。朱竹垞檢討為志其墓。所著有《南吳舊話錄》、《放鷳亭詩古文集》，均為竹垞收存，今曝書亭藏書散佚，則高士之著作不知流落何所，是否尚存於世？不可知矣。惟《縣志》載其《放鷳亭詩》二首，為吉光片羽耳。高士之屋，在南匯城中者，曰漾波小築，其南為放鷳亭。屋今已夷為田畝，惟亭則尚有遺址。余宰南匯時，訪之不獲。謝事越六年，秀水金君苕人亦攝宰事，其叔蓮生學博鴻佺，徵文考獻，求得其地。但見衰柳啼鴉，獲蘆飛雪，亭趾僅存於野水橫潦之中。流連慨慕，想其孤忠，而悲其遭際，亟思興復。未及措手，而苕人又調吳江去。光緒紀元，余遇蓮生於吳江，蓮生手《高士墓志》並所作《放鷳亭懷李辰山先生》長歌一首相示，囑余函致南匯士人，早為修築，以存古跡。嗣得覆書，則謂邑小民貧，一時不能集事，不禁為之慨然。特將蓮生之長歌錄之，庶他日有好事者為之興舉焉，未可知也。高士諱彥貞，字我生，後更延昰，改字辰山。

坤寧宮中驚戰鼓，銜香金鶴沒敗堵。
危亭日落叫鵂鶹，尚占官家乾淨土。
李郎矯矯人中龍，祇手直欲擘蒼穹。
請纓年少苦無路，恨煞冠佩假伶工。

福藩庸懦天奪魄，半壁東南輕一擲。
靜江重建小朝廷，桂王繼起真雄特。
荷戈萬里邁終童，獻策驚倒瞿文忠。
飛書走檄愈頭風，印懸肘後磨青銅。
是時諸臣同戮力，天塹長江重開闢。
毀家紓難脫釵環，況有英雄出巾幗。
朱絲掛頸悲烈皇，可惜不繫西平王。
蠻邦手縛真龍種，猶是人阨非天亡。
歸來高隱茅亭宿，閒放白鷴非行樂。
感憤時彈皋羽琴，憂來惟向西臺哭。
我朝碩學重鴻詞，遺老聯翩趍丹墀。
雄飛不羨沖霄鶴，雌伏甘為斷尾雞。
明知仙佛皆如夢，被體黃紽示無用。
香積廚充義士薇，何曾迷入桃源洞。
家亡國破賸閒身，埋骨東湖塔尚存。
藏書奚必傳嬌女，遺稿還同付故人。

我來弔古尋陳跡，荒亭盡圮堆瓦礫。
長堤衰柳鳥呼風，愁煞蘆花頭雪白。
君不見投荒窮老沈太僕，吟魂飛墮澎湖曲；
又不見遺民尚有葉與熊，棄家削髮空王宮，銷聲匿影將毋同？

以水洗水

世以揚子江之中泠水為天下第一，高宗皇帝嘗製一銀斗，以品天下之水，蓋以質之輕重分水之上下。遂定以玉泉為第一，而中泠次之，惠泉、虎跑又次之，此外惟雪水最輕，可與玉泉並，然自天降，非地出，故不入品。鑾輅時巡，每載玉泉水以供御，然或經時稍久，舟車顛簸，則色味或不免有變，則可以他處泉水洗之，一洗，則色如故焉。其法以大器儲水，刻以分寸，而入他水攪之，攪定，則汙濁皆儲於下，而上面之水清澈矣。蓋他水質重，則下沈，玉泉體輕，故上浮，挹而盛之，不差錙銖。古人淄、澠之辨，良有以也，然以水洗水之法，世鮮知之。

諧語

常州丁少香太守，喜詼諧，出語成趣。官金華府經歷時，會當府試武童，眾官皆集。德清楊幹村學博，宿儒也，言坊行表，人皆敬之。丁適小遺於中庭，楊謂之曰：「須避三光。」丁忽問曰：「天上視吾輩人，有如何大？」楊笑曰：「不過猶人之視螞蟻耳。」丁曰：「然則君曾見螞蟻小遺乎？」眾為鬨堂，楊乃默然。丁後舉以告余，余謂：「昔人登泰山詩有『俯視齊州九點煙』之句，夫九州祇『九點煙』，又安能見人？第君子戒慎所不睹，恐懼所不聞，當無時無刻不將以敬耳。」丁亦默然。

青蛙神

青蛙神，杭俗稱之為青蛙將軍，或云金華將軍，蛙不恆見，見則視其色以占吉凶。余於道光戊子在杭讀書三年，習聞其說，未之見也。甲辰夏，銓授金華縣訓導，到杭領憑，寓金剛寺巷金宅書館內。是日，杭人迎元帥會，街衢充塞，夜猶演劇未已。余不往觀，而與主人弈棋。將三鼓矣，忽僕人坌息至，謂余臥室內青蛙將軍在焉。於是金氏合宅老幼奔走往觀，余諦視之，祇一青蛙踞於案頭，余曰：「蛙耳。」眾曰：「不然。身有金點，足分五爪，此將軍也。」遂具香燭，供以燒酒，眾羅拜於下。蛙略不為動，久之，躍至杯畔，以兩爪據杯沿若呼吸狀；又久之，身色漸變為淡紅，腹下則燦若金色，眾皆曰：「將軍換袍矣。」乃舍杯，緣案後所懸畫幅而上，直至頂格，踞坐良久。時已將四鼓，余倦甚，擬睡，金氏乃以盤祝而下之，盛以漆盒，裹以錦袱，男婦持香提燈送至巷口金剛禪寺中。寺僧迎至佛前供定，解袱啟盒視之，則已渺矣。此事為余所目擊。蛙亦靈異矣哉。

解元抄襲陳文二則

（一）

嘉慶戊寅，福建鄉試，先外舅聞藍樵先生充同考官，題為「既庶矣」二節，主司閱文，合意者少，至十八日，猶未定元。外舅適得一卷，薦之主司，大喜，以為獨得驪珠矣。傳集諸房考示之，合座傳觀，咸嘖嘖贊賞。內中一人獨曰：「文甚好，記從何處見之。」主司駭曰：「是必抄刻，不可中矣。然此文君究從何處見來？」某凝思良久，無以應。外舅乃前謂之曰：「每科必有解元，解元原無足奇，各人房中必有一房元，我房中即不得解元亦無足損，然君無確據，而以莫須有一言誤人功名，未免不可耳。」某大慚，因向主司力白，謂其文劇佳，讀之有上句即有下句，故似曾經見過，實則並未見過也。主司又令各房官於刻文中再加搜索，竟無所得，遂定解元。比放榜後，某公於落卷內隨手翻得一卷，即已前所見者，與解元文一字不訛，持以示外舅，共相驚歎，謂此君必有陰德。繼乃知其母撫孤守節三十餘年，子又甚孝，其解元固天之所以報節孝也。

（二）

新昌俞君煥樸，貧士也，道光己亥科鄉試，俞欲往而窘於資，因憶及往年曾為某村息訟事，姑往干謁。至則村人歡迎，爭為設饌，贈以二十餘金，且作投轄之留。俞無事閒遊村市，見破屋停十餘棺，已將朽腐，詢之，皆無主者。俞惻然，盡舉所贈為掩葬焉。親視畚築，至暮而歸。歸途於小肆中見抄本文十餘篇，以數文錢購得之。橐裝既罄，踉蹌赴杭，寄食友人處。比入試闈，題為「季康子問仲由」一章，適抄本內所有，因稍加改削錄入，竟得解元。最奇者，文係如題三比，原本每比末句曰「此官才之一法也。」俞以「官才」字音類「棺材」，改作「官人」，而不知即是掩葬棺材之應。自來作善獲報，未有若斯之迅速者。先琴齋兄是科中式第三，與俞同年，俞告之甚詳。

鴨兒優貢

前浙江學使吳和甫先生存義，同治丁卯考優，閱至仁和姚槱卷，忽假寐，見群鴨飛鳴座前，似若乞恩者然。醒而異之，疑此君必有因果，遂拔取之。榜後來謁，詢其所因，云：「已三世不食鴨矣。」杭人閧傳為「鴨兒優貢」云。戒殺茹素，近於佛教，然未始非君子愛惜物命之仁心。即此一端，姚君已食其報。至癸酉，又舉孝廉。少年英俊，前程正未可量也。

巡檢作惡之報

憶三十年前，與秀水汪鐵宋明府和梅同坐甪里草堂，有人入告曰：「某戚死矣。家無一人，鄰里殮之。」鐵宋愴然良久，曰：「吾今乃信大道。」因言其父故名諸生，累試不第，遂去為小官，官江蘇巡檢。年已暮矣，亟亟為子孫計，無惡不作，無作不惡，見銀錢即作鸕鶿笑，雖逆天理、悖人倫，勿顧也。一日，有父控其子忤逆者，子大懼，倩人關說，許饋米十石免責，某允之。既又謂其人曰：「若再能加米十石，我為杖厥父二十，何如？」子大喜，如命。次日，坐堂皇鞫訊，觀者如堵牆。先呼厥父上，略訊數語，即傳呼：「拿不孝子！」厥子喜父之將被杖，已早伺於門矣，呼未已，子即趨而進，某罵曰：「若不知父之呈爾忤逆，而敢來耶？」子對曰：

「父年老，獨行恐其傾跌，追隨而扶之來耳。」某遂霽顏曰：「始我以爾為逆子，乃今而知爾為孝子也。然爾父控爾不孝也，曷故？」子因訴家貧，父索奉養奢，力不能盡供，云云。父在旁怒斥其妄，某不之聽，婉謂其子曰：「我已知爾父之悖矣，然天下無不是底父母，爾第盡爾子職，爾父自能回心。以瞽瞍之惡，舜盡孝乃能感格之，況爾父之惡尚不至如瞽瞍乎！爾既扶之來，可仍扶之去。」因顧諭厥父曰：「爾有如此孝子，乃控以忤逆，可謂老悖矣。此後當體恤爾子，毋再蹈故轍。天下未有父慈而子不孝者也。」即諭傳點退堂。父怒極無可言，將下階，子來扶，父揮之以肱，口喃喃言：「世上顧有如此糊塗官！」觀者皆笑，某忽拍案大怒曰：「我好勸爾，爾乃敢罵父母官乎？」叱隸捉回，笞二十逐出，而白粲二十石積乃倉矣。其他行事類如此。未數年，以惡疾死。死後妻、媳相繼歿，所積貲蕩盡。今其子又死，遂致滅門。可不令人警懼哉！先大夫嘗言福建同寅某公嚴於催科，每比卯，輒流血滿地，鄉民欠課者杖之盈千累百，哀號之聲有若鬼嘷，故輸課輒報最，而囊橐亦充裕焉。然身歿之後，亦遂絕嗣。貪與酷之報，昭昭不爽也。

願為良臣毋為忠臣

「願為良臣，毋為忠臣」，此古人對君之言，然實確論也。先大父嘗為余輩言：「我家自本朝開國以來，百八十年，家門鼎盛，躋八座、入臺閣者，指不勝屈，然賞戴花翎者，僅二人；祀昭忠者，止一人，足見世值昇平，軍務不作，天下乂安之故。此國之福，亦家之福也。」乃不三十年，粵逆構亂，江、浙騷動，咸豐庚申，余以軍功得保花翎，人皆稱賀，先大夫愀然曰：「爾記乃祖昔日之言乎？此非國之福，亦非家之福也。」未幾，江、浙淪陷，余家流離轉徙，疾病死亡，幾無完卵。乃得花翎之賜者，續有四人；入昭忠祠者，竟有五人。雖生榮死哀，仰邀恩寵，而家門凋謝，一時難復舊觀。今雖幸際中興，得安生處，然痛定思痛，回思我祖、我父之言，能不慨然！

文宗之愛民

咸豐四年，粵賊據揚州，諸將帥圍攻之，賊守堅，不能下，乃奏請決湖水以灌之。文宗皇帝赫然批答曰：「憖不得揚州，無並傷吾百姓也。」聖祖愛民之深，真與天地同廣大矣。不十年，而奏廓清之功，有以哉。

和珅查抄單

嘉慶三年，先大夫在京邸見相國和珅家查抄，嘗告余等，以為私家之富，較前明嚴氏《天水冰山錄》有過之無不及也。近於陸定圃《寓滬瑣記》內見其籍沒單一紙，可謂洋洋大觀矣。用特錄其金銀之數，以作貪夫之鑒焉。

銀號十處，本銀（六十萬兩）當鋪七處，本銀（八十萬兩）、赤金（四萬八千兩）、元寶銀（五萬五千六百個）、鏡稞銀（五千三百八十萬個）、蘇稞銀（三百五十萬個）、番銀（五萬八千圓）、制錢（一百五十萬串）。

團練害民

咸豐中，以粵賊肆擾，舉辦團練，各省均設團練大臣，以巨紳主之。蘇則龐公鍾潞，浙則邵公燦、王公履謙，後浙事敗，王公獲遣戍之罪。然團練大臣特有其名目，不能節制諸郡縣也。每縣各有練局，委員紳董主其事，第認真舉行者少，故賊所到之處，勢如破竹，不能支吾耳。金華府屬辦團練者，推金、蘭二縣，金紳則朱駕部允成，生員方滋、李璠。賊至，皆與之角戰，久乃敗散。蘭則諸葛一村，拔貢令、優貢壽燾為之主，各村皆附和之。其初聲勢聯絡，甚為賊憚，後則村董內良萎不齊，於是施家灘等處，藉盤查奸細為名，殺人奪貨，行旅視為畏途。諸葛二君亦不能禁止。王壯愍中丞委段臬使光清親往查辦，竟不能戢。大營兵勇非數十人連檣而行，即不得免。甚至本地差委各官過之，均遭擄掠，示以冠服，曰：「偽也。」驗以印文，亦曰：「偽也。」幾至無理可喻。余初以為傳聞之過，嗣因嚴州糧臺公事，舟經其地，即有數人登舟，口稱「盤查」，搬動箱籠什物，見余頂帽，則譁曰：「此偽官也！」一時聚集至百許人，各持刀杖，勢已洶洶。適有一武生鄭姓者來，見之叱曰：「此金華陳老師也，若等不可無禮！」乃皆散去。鄭君來前慰藉，謂：「此輩業已豺狼成性，攘奪、戕殺，將來必致大禍。某行且避去矣。」未幾，張帥自金華敗退，潰兵過此，憤其從前之阻梗，登岸焚殺，兩岸十餘里，靡有孑遺。此亦好還之報，第未知鄭君已先避去，得免於難否？然蘭溪之團練遂散矣。夫團練而至於為暴，此亦何異於作賊？是蓋由前邑令某公遇逃散兵勇過境者，不問是非，概行殺戮，人皆視殺為固然，遂致尾大不掉，後來莫可如何。同治元年，李爵相在上海軍中與余言及某公殺勇事，深以為非。蓋爵相爾時過蘭溪，寓唐副憲壬森家，習聞其事也。

卷十

張玉良

張璧田軍門玉良，四川人，由行伍從向忠武公自廣西轉戰至金陵，積官至廣西提督，賞穿黃馬褂。短小精悍，驍勇善戰，威名甚著。咸豐庚申，杭城被圍，軍門奉檄來援，至則杭城已失。軍門以三十騎乘城而上，既登，則周麾而呼曰：「大軍至矣！」賊狼狽奔逃。不費一矢，杭城遂復。於是聲望大振，浙省倚之有若長城。未幾，金陵大營告急，檄之回救，杭人留之，幾於攀轅臥轍。時余從署布政使麟壯介公到省，目睹將軍瑞公、學政張公挽留之切，竟至跪求；而軍門以令嚴不敢少止，遂率師去。乃到中途，大營已破，常州、蘇州均不能守，仍返於杭。所存親軍，僅數百人。巡撫王壯愍公招集潰散，悉軍實以予之，俾進規嘉興，以固浙江門戶。乃連戰失利，軍械遺棄殆盡，而所將之卒均是敗兵逃勇，銳氣盡墮，已不能軍，不得已復歸於杭。杭人已自輕之，兼所部不能斂戢，時有騷擾，杭人恨之，詈之，至斥之為通賊。巡撫亦不加以禮遇，任其飄搖江渚，庚癸頻呼，無人過問。較之前日跪留之款密崇重，若天壤矣。

未幾，嚴州被陷，巡撫檄令往援，軍門率所部五千餘人，至蘭溪之大洋鎮扼守，蒐卒簡陣，力圖攻取。時余奉檄佐松百川太守辦理軍米糧臺，因時與軍門相見，談次，每以兵勇不能用命為恨。余曰：「何不重賞罰以激厲之？」軍門曰：「此等屢敗之卒，一言及賊，即心膽墮地，非獎勸所能振作。」因頓足痛恨何制軍棄常州不肯守，不然，同死於彼，豈不光明磊落？云云。又言：「杭人謂我通賊，我以一走卒，蒙拔擢，官至一品，花翎、黃馬褂皆邀異數。就令降賊，安能如此？此時亦不必辨，正當一死報國，明吾心耳。」然其勇大率驕悍，擄掠不可制，營官亦無如之何，商民怨之切齒。嗣後援金華復敗走，攻嚴州克而守之，旋又為賊破，威名沮喪益甚。

久之，杭州被圍，奉檄回救，駐師江干，餉援俱絕，人無固心。軍門志氣益厲，每日出隊擊賊，出必珊瑚冠、黃馬褂，以自表異。時余避居富陽，曾掉小舟往見之，高敖曹旗蓋為戒。軍門慨然曰：「力竭勢窮，杭城必失，我軍必潰。與其草間求活，孰若先死於行陣之得所哉！」會報賊出隊，即麾眾持矛而去。余知其志在必死，太息而歸。越數日，果為賊炮攢擊，折其左股，舁至營，以軍事屬總兵況文榜而瞑。況統其軍，逾月城破軍潰。況間行至上海，投李爵相軍，爵相用之擊賊，有功，竟以功名終。聞軍門歿後三四日，中夜士卒忽聞號令「出隊殺賊」，一軍驚起，開營欲出，忽悟其死，皆大驚痛哭。其義憤之氣，雖死猶生。諡曰忠壯，宜哉！同時將帥援浙有名者，曰江長貴、李定太、周天受，皆不能成功。異時江、李著績他省，周則戰死寧國。

不知姓名之忠義士

自咸豐軍興以來，忠義之士奮身殉難，不可勝計。其被表揚、蔭子孫者固不少，然湮沒無聞並姓氏不傳者，尤不少也。王鼎丞刺史定安嘗言：從曾文正公攻安慶時，江邊有一賊壘，諸軍環攻之，一營官戰甚力，所部死傷甚眾。鼎丞念其勤，當諸軍暫退蓐食時，親詣其營視之，此營官方歸就食，金瘡遍體，部卒已亡其半，忿怒大言：不破此壘，誓不生還，云云。比暮，壘拔，又往視之，則其人已陣亡，殘卒亦幾盡矣。至今言之，猶為慨然。然此君姓名，鼎丞不能記憶也。

咸豐辛酉四月十九日，粵賊自湯溪撲金華，時太守王君桐有楚勇五百駐於城上，城大勇少，不敷守陴，乃令出守大橋。余登城觀賊，見一勇方據地蓐食，一勇荷戈至，謂之曰：「賊勢甚盛，我與若走乎？」其人大怒，目光如炬，擲其碗，起曰：「吃伊口糧，此時可言走乎？若與我往殺賊耳！」即持一槍疾馳而去。余竊歎曰：「若兵勇盡如此，賊不足平也。」乃此五百勇守橋力拒，自卯至巳，賊竟不能過，而張軍門玉良率援軍由蘭溪至矣。方欣慰間，軍門一戰而北，賊遂長驅入城，金華立時失守，此人計必死矣，然其姓名並不能知也。此為余所目擊者，乃談者謂賊以六騎至，而金華即失，此五百人三時力戰之勤，一人奮身之勇，均抹煞不傳，哀哉！

金烈女

江蘇清河縣北四十里，有鎮名徐家溜，為海沭往來通衢。附近莠民，每以年少婦女伴宿行人，名曰「趕店」，即北方茌平、腰站等處之惡習也。金烈女者，乳名扣子，農民金本玉之妹。雖農家，而姿質秀粹，幽閒貞靜，有大家女軌范。幼時即許字明尚忠嗣子鳳岐為妻，過門童養。明尚忠係咸豐年間大盜陳三虎漏網之餘黨也。同治十年，鳳岐年已十五歲，尚忠貧無賴，欲令烈女趕店，女不可。尚忠疑鳳岐主之，日夜淩虐鳳岐，不堪，遂亡命不歸。鄉里則傳為尚忠活埋致死矣。女亦心疑，因歸寧不復返。

十二年六月，尚忠夫婦至女家，勢洶洶索女，飾言鳳岐已有信且歸，歸後當即為成婚。女兄畏其橫，聽攜之去。乃抵家日，即促令趕店。始以甘言，繼以惡語，終以鞭笞。女拒之益堅，尚忠等無如之何。於是日夕磨難，冀其或有轉志，然女至是已無生意矣。荏苒至十一月，有過客見女，豔其色，啖以重金。尚忠喜，又逼女，女不肯。箠之，撻之，女則以死自誓。尚忠怒，於是與其妻謀曰：「彼之所以固拒者，以未失身也。若強汙之，彼見節已毀，事或可成。」乃女拒益力，則以油捻紙灼其手臂，繼及胸腹，灼至黃油滴瀝，女絕無乞哀順從意。夫婦咸怒，決計殺之以滅口。遂褫剝衣褲，以繩三匝縛於木凳，更益火，灼其頭、面至足，膏黃焦黑，血肉模糊，女終齧齒，不出一聲而死。尚忠益怒，復以刀斫其頭、面數處，並割其二乳以洩忿。鄉里見者，皆為髮指。事聞到官，尚忠夫婦顧狡供，謂女有外遇，尚忠妻疑尚忠亦有染，故尚忠憤而致死。而女兄懦不能白，官亦不察，遂擄詞以獄上。廉訪應公閱其牘，疑之。密訪研鞫鞫，乃得實情。敬其貞烈，哀其慘毒，遂抵尚忠夫婦於死，而詳請中丞專摺具奏，請旌表，並在徐家溜地方，建坊立祠，以快人心而伸正氣。蓋向來請旌之件，多歸題本，此案為表揚奇烈起見，故不拘常格也。嗟呼！金扣子以農家女，目未睹詩書，身未習姆教，且生長於盜賊之家，而能堅持大節，萬死不移，此真天地間氣所鍾。廉訪極力為之彰癉，豈徒為維持風化之盛已哉！

蔣孝子

富陽蔣孝子元順，余婿濟霖之曾祖也。四歲喪父，家貧，偕其兄樵採以養母。兄夭，母哭之瞽，終其身得風痺疾。孝子負以臥起，食飲匕匙，便旋牏廁，躬進奉之，勿稍懈。妻朱亦賢，食姑恆飽，己則糠核而已。朱先姑歿，元順躬兼婦職，母不覺婦之亡也。母患頭眩，祈神籤，須野豬腦、鮮荷葉。時隆冬，二物不可得，則求之餘杭，越嶺，冒風雪，顛踣幾殞，迄無有。傍皇呼天，繼之以泣。忽獵者攜一物至，視之，野豬首也。長跽告之故，獵者憐而以腦與之。歸途見溪中浮一葉，睇之，乃鮮荷，益大喜。持以進母，眩頓差。有稱其孝者，歎曰：「吾不能瘉吾母身之疾，天酷我！天酷我！奚孝云！」晚年家漸裕，有三子、七孫。以上壽終。咸豐五年，得旌表，並建孝子祠。十一年，粵賊賊陷富陽，所過焚殺，獨於孝子祠爇香而去。嗟乎孝庸行也，而乃感鬼神、格盜賊如此乎！人子之於父母，其可忽乎哉！

富貴中之苦境

「旁觀者審，當局者迷」，古語也。富貴利達之地，當局者第騖於進取，而不知已蹈危機；紛華靡麗之場，當局者第樂其宴安，而不悟早墮惡趣。在旁觀者，即非明眼人，亦能料其敗也。獨有富貴紛華中之苦境，則祇當局者自喻之，旁觀者不能知之也。昔金匱孫文靖公，以閩浙總督來嘉興閱兵，千夫擁護，萬眾觀瞻，聲勢赫奕一時。先大夫謁於舟次，公言：「三十年前，以諸生攜一僕歸家，扁舟泊此。今雖風景如昔，而意興轉覺不如昔時。」先大夫對以「封疆任重，此心不免憂勞耳」。公曰：「非也。」因指中間供奉新到之廷寄曰：「外人觀總督如何榮耀，而不知總督心中之苦惱。此一件事，令我措置，萬分為難矣。」然所為何事公卒未明言也。

同治己巳，余令青浦，有洋人為盜，在澱山湖中拒捕，殺炮船哨官都司一人，炮勇七人，百姓三人。余往勘驗，盜已遠颺。屍骸狼藉，無可如何。姑令收殮，再行緝兇。歸時，在輿中籌畫此案，中心懊悶欲死。然呵殿騶唱如故也。中途遇二老嫗避於道傍，指余嘖嘖相謂曰：「此不知前世如何修行，乃能修到如此。」余聞之，默念我方恨今生何以不修做此知縣；而彼乃羨慕謂前世修來者，何見解之相左耶？忽憶孫文靖公事，不禁為之失笑。則「旁觀者審」一言，猶為未的也。

澱山湖洋人劫案

澱山湖之案，其始有英屬國之流氓，在上海糾合英國人二，買一蘆墟船乘之，雇上海人二，為服役；雇寶山人二，為行舟。至黃渡地方，又雇一青浦人。將至澱山湖，舟行遲，復於田間雇一人助之。行至湖中，適遇一地保錢糧船，遂劫之，乃船中僅有錢二十餘千耳。地保跳而免，適見橋畔有巡緝炮船在，地保熟其人，乃呼救。哨官令起椗追賊，顧勇數不足，有鄉人三，踴躍從之，賊望見追至，揚帆逃，炮船追十餘里，至崑山縣之千墩鎮，日已落矣，不能及。爰發炮擊之，一擊不中，再發幾及之。賊遂落帆，洋人三，立於船頭，以手相招，若將還物也者。炮船遂駛近，不為備，相距咫尺，洋人突發手槍，哨官傷，墜水死。左右二勇斃於舟中。餘勇方持械欲鬥，槍再發，又殪。內一勇佯死落水，泳而逸。於是洋人持刀過船，將已傷及未傷者盡殺之，悉擄舟所有，惟銅炮於水而去。次日，逃勇歸報信。余即詣勘，炮船已為水營收回，哨官及勇屍亦懼收訖。惟同往之鄉民三屍在，親屬號哭慘戚，余亦掩涕不忍視，乃捐廉，俾其成殮。而懸賞五百金以捕賊。不越月，先捕得上海、寶山之四人，又青浦之舟子一人。其田中雇來人，則因見賊殺人，當即投水逃去，不可究詰矣。於是用上海人作眼線，擒獲洋人二，其一逃往廣東。署上海道杜公文瀾，又懸賞三百金捕之，未幾亦躧獲於廣東之香港。余赴上海會審，情真事確，中國人俱畫招，而洋人狡賴，不肯承，爰羈於英國之領事衙門，蓋外國人不受中國羈禁也。彼時祇候香港之犯解到定案矣，而香港之領事故濡滯之。總督馬端敏公咨催廣督文內，有「札飭該洋官」一字樣，香港領事乃謂：「中外不相統屬，安得用該字以輕我？」遂將兇犯縱之去，於是上海領事亦將兇犯釋放。而炮船之弁勇暨鄉民十一人之死，無從取償。哀哉！余迄今念之，猶覺憤填胸臆也！

鹽梟行劫

咸豐辛酉，粵賊擾浙之際，有蕭山某州牧，自四川引疾歸。以道路不通，取徑上海，雇岱山人劉某船數祇，浮海至寧。劉固岱之販私鹽者也。行至横水洋，託言風色不順，泊舟島嶼中數日，乘夜啟某之箱籠，取其金珠寶玉，盡易以石，某君不覺也。比至寧，舍館定，啟箱籠，則十年官橐，盡羽化矣。遣人至岱訪問，其鄰里皆知之，直言不諱。某與寧道張觀察素識也，亟往訴之。觀察嚴檄拘提，抗不能得，乃遣弁勇捕獲之。而劉顧狡甚，堅不肯認。方研鞫間，而賊已驀至，寧郡失守，劉遂脫歸。於是起華屋，置良田，弟若子侄均娶美婦，添海船為販私計。岱人嘖嘖稱羡，蓋所攘獲不下數萬金也。壬戌之秋，劉及弟若子侄各司鹽船六艘，至蘇松海口售鹽易米，滿載而歸。歸至横水洋，陡遇颶風，六舟盡沒，無一生者。家中諸婦聞之，瓜分所有，均別抱琵琶去。頃刻之間，灰飛煙滅。此康齋弟寓岱時所目擊。岱人於是咸嘖嘖以為有天道焉。第不知蕭山君於寧郡陷後何如也。

雪災

道光二十年冬十一月，江浙大雪，平地積四五尺，山坳處則丈許矣。湖港俱凍，至明年正月乃解。湖州安吉山中有寺，僧徒四人，其一人於雪甫作時下山抄化，為雪阻於山下村中；比雪消路通，則寺內之僧皆餓死矣。太湖中有一舟凍於中泓者，匝月凍解，船逐流下，舟內之人已盡斃，而甕中米尚存其半，則以火種絕，不能炊而致死也。是年，江、浙二省均報雪災。最奇者，陳春嘘明府昶宰奉天之錦縣，有娶親人途遇大雪，因相率入小路中古廟避之，雪甚，封山，迷不得出。到一月後，男女兩家遣人四處覓之，則新婦及送迎之男女七十餘人，皆餓斃廟中。春嘘往相驗，為之慘然。至咸豐十一年十二月，粵賊陷杭州，四出擄掠，天忽大雪，深至六七尺，賊不能行，難民乃得乘間逃逸。此又雪之救人而為瑞者也。

朱封翁

寶應朱武曹先生彬，余師文定公之尊人也。沈潛理學，工詩古文，於經史尤極研究。舉孝廉，官學博時，文定公已通顯矣。督學使者，非年家子，即小門生。先生於按試時，趍官侍立唯謹。學使固辭，先生終不去，學使踖踖，深以為苦。雖老，每會試必與計偕。文定公官至列卿，同人咸勸先生可勿應試，先生不肯。道光癸未，公放會試總裁，示貼迴避親父某人，都中傳以為笑，儒林中嘖嘖歎羨，而先生懊喪特甚，擬留京俟再試。於是棘槐諸大臣，咸勸公為奏請一品封典，俾致仕，先生初不知也。比命下，則大怒，以為阻其上進之路。選大杖欲撻公，公介戚友跪謝，乃已。

乙酉，公視學浙江，先生偕來。公持法嚴，士子有過及文藝小疵，咸夏楚不少貸，其作奸犯科者無論矣。故時比之雷部神，有天君之稱焉。賴先生時為訓解，公因之少霽威嚴；然承杜石樵尚書後，以猛濟寬，人多不堪。歲試未竣，飛謗已至京師。吾鄉錢心吾給諫特疏劾之，事下廷議，謂學政奉公行法，職也，惟親父不應隨棚按臨各郡，予公薄譴。先生遂浩然歸去，歸後以載籍自娛，不問外事，年逾大耋乃終。先生瀕行時，猶諄諄以寬為勖。余於次年科試入學，文中訛一字，比發落時，心惴惴恐被責，竟得邀免。則先生之餘陰也。壬辰應京兆試至都，謁文定公於邸第，訓迪藹然，如坐春風中，與督學時氣象迥殊矣。時先生年八十，新撰《禮記訓纂》成，得寓目焉。越四十年，服官於蘇，得晤先生曾孫縵伯太守，以《遊道堂文集》見示，翻讀數過，始知先生學問之醇、行誼之厚，實從敏求好古中得之，以淑其身，以啟其子孫，有以哉！有以哉！

方敏恪公軼事

先大父嘗言，高祖專南公，雍正丁未會試，與仁和沈椒園先生共坐一車。每日恆見一少年步隨車後，異而問之，自言桐城方氏子，將省親塞外，乏資，故徒步耳。二公憐其孝，援令登車，而車狹不能容，於是共議每人日輪替行三十里，俾得省六十里之勞。到京別去，不復相聞問矣。後二十餘年，專南公以雲南守赴都，椒園先生時陳臬山左，亦入覲。途中忽有直隸總督差官來迓，固邀至節署相見。則總督即方氏子，歡然握手，張筵樂飲十日，稱為車笠之交。一時傳為美談。

茲見武曹先生所記《方敏恪公軼事》，有相類者，用附錄之。曰：吾鄉喬堅木丈，嘗歸自京師，返道過保定，時直隸總督為方敏恪公，喬，方出也。公留署累日，一夕酒半，喬自陳屢赴公車，侘傺不得志。公曰：「甥得毋有饑不食耶？」喬作而對曰：「未也。」「得毋有寒無衣耶？」喬作而對曰：「未也。」公笑曰：「嘻！是奚足怖？吾方窮時，將遊京師，至寶應資罄，歲將暮，寒風慄烈，敝縕袍，僅行線存，中無裹衣，束帶長尺餘，兩端以貫續之，納履則足之前後皆見。將詣汝母丐數金北上，甫抵門，僕者衣冠甚都，列坐於門之兩楹，余逡巡欲入，僕詰曰：『客奚為者？』余曰：『將探吾戚。』僕笑曰：『是安得有若戚，得毋為行竊計耶？』余自顧窶人子，欲言之，恐礙汝母，遲回久之，終弗入。乃信步折而東，又屈曲西，行里許，至盧家巷。巷門為南北通衢，有屠門，市者如爭。屠每割，必倩對宇列肆者書數，往來甚煩，列肆者頗厭苦之。余倚柱而笑，屠顧見曰：『客何為者？作字比不得切肉也。』余拱手曰：『非敢然也。見長者行甚苦，小子略識字，幸不棄，可代勞耳。』屠喜曰：『客乃能書！』即借肆中紙筆，置几旁，屠者手切肉，權輕重，即口誦數。余奮筆疾書，食頃，已更數十紙。屠笑曰：『客之書更速於我之切也。』會日暮，屠者荷餘肉行。顧余曰：『吾知客未飯，盍從我於家。』余隨之數百步，門臨河畔，茅屋三間。一女應門，可十八九許。屠呼老嫗出，曰：『吾幸延客，速作飯。』叩其姓，胡也。亦返問余，歎曰：『是縉紳官家子也。』坐余以堂，少選，提一壺酒，命女溫之。燭至，命嫗女俱坐，曰：『客幸不見外，我老無子，迫歲甚忙，又無夥伴，客能留卒歲，當必有以將意。』余曰：『某窮途，長者見收，幸甚。』屠大喜，酒至，輒取盎中鹽菜為副，切肉置大槃，是時余已餓竟日，酣飲快意，視今日之節制饑輔，其樂十倍。

飯罷，庋門扇為床，布草薦，取布被覆焉。天將明，呼余起，日記數以為常。除夕，為置酒肴羹肉，共食如初。元日，余攬衣起，則非復故衣，一藍布袍，新布絮襖。近身裏衣、絮褲，內外補綴完整。布襪、履各一。余驚起拜謝。屠笑曰：『客此去當作官人，區區者奚足言。』開歲五日，余欲去。屠曰：『此間鐙事甚鬧，幸更延十數日。』余心德之，不能卻也。望後，乃辭以行。屠者曰：『固知客不能留也。』又置酒肴為餞。翌日，贈錢四千，被囊一，將所覆布被並錢納焉。送至河干，余拜，屠亦拜，附船至山東。囊中餘錢數百，有故交自北來，身無一錢，分半與之。遭遇聖恩，以有今日，皆胡長者賜也。及為直隸布政司時，遣一介以千金報德。且戒曰：『若肯來，即備輿馬迎至署中。』至則門巷蕭條，胡夫婦身歿已久。女適誰氏子，亦不知所終。」言至此，公泣數行下，座客皆為之改容，喬怳然如有所失焉。

少見多怪

家梅亭方伯，任四川打箭爐同知時，彼處人偶見蟹，稱為瘟神，打鼓鳴鑼，而送之郊外。方伯取而食之，人皆大驚，謂官能食瘟神，四境聳服。沈括《夢溪筆談》云：陝西人家，收得一乾蟹，怖其形狀，以為怪物。而病瘧者借去掛門上，往往遂差。黎士宏《仁恕堂筆記》謂：甘肅人不識蟹，疑為水底大蜘蛛。俄羅斯國人不知鰻鱔，詫為水蛇，中國人何以食之？蓋物之未經寓目者，初睹之，未嘗不以為奇。如山東張小海太守食鮮蚶，連殼嚼之，幾損其齒。與蔡謨誤食蟛蜞，吐下委頓，皆可一笑也。

遊泰西花園記

上海自泰西通商後，環北門外十餘里，奏明給洋人居之。洋人歲輸其租，謂之租界。租界為英、法、美三國分踞，一切公事，歸華洋同知暨三國事會同辦理，除命、盜案外，地方官不復與聞焉。夷夏猱雜，人眾猥多。富商大賈及五方遊手之人，群聚州處。娼寮妓館，趁風駢集，列屋而居，倚洋人為護符，吏不敢呵，官不得詰，日盛一日，幾於花天酒地矣。余攝縣事時，欲稍稍裁抑之，而勢有不能。嘗飭洋租地保密稽之，蓋有名數者，計千五百餘家，而花煙館及鹹水妹、淡水妹等等，尚不與焉。女閭之盛，已甲於天下。乃自同治紀元後，外國妓女亦泛海而來，搔頭弄姿，目挑心招，以分華娼頭纏之利。於是中外一家，遠近裙屐冶遊之士，均以夷場為選勝之地。彼洋人之漁中國財者，亦可謂無所不至焉耳。休甯余古香觀察本愚，來滬總辦浙江海運局，有《遊泰西花園記》一篇，敘述詳盡，筆致栩栩，於《板橋雜記》、《秦淮畫舫錄》外，又闢一格，因備錄之，以見《溱洧》之風，海外亦復沿波，深可太息也。

乙亥孟春，匝月無旬日晴，偶值天霽，又須從事江干，以故春到人間，猶未覺也。隆愷臣司馬，由皖中來申，假館於局。局在邑南城外，殊嫌湫隘。愷臣每思北遊，以海上精華咸萃於北，遠方來者，莫不耳逐神馳也。念八曉晴，以事當至虹口，予偕卿雲、皖生，並拉愷臣、藜閣，同肩輿至老閘，冀得翼甫與俱，作嚮導耳。翼甫當設饌饌客，饌後，各舍肩輿，乘馬車，縱轡以行，約十餘里，至虹口屯糧處。時監兌為陶叔南大令、陳韻和少尹。二君同寓洋樓，樓三楹，濱江而築，輪船漕艘喧闐，在浦無足留連。因再登車，隨翼甫轅駒西適。自是則一望平原，園林櫛比，長橋跨水，傑閣凌雲。遠瞰春申江，白舫烏篷，亂如飛鳥。陌上車塵馬跡，華夷雜沓，電掣星馳。愷臣目所未經，不禁拍掌叫絕。忽於碧樹彎環處，車為之停，下視同人皆踏莎而立。一時香車寶馬，錦簇花團，華妓洋娼之外，別有所謂鹹水妹、淡水妹者，藜閣皆一一指名。予與愷臣惟略認其梳妝服飾而已。

路旁有方井一，又有靜安古寺，以紆道，不果遊。翼甫速客登車，謂須及早一遊徐家衛外國花園，遲則遊人星散，便無可觀。再行數里，到一籬落，車數輛，憩老槐樹下，荊扉斜敞，碎石成蹊。翼甫入，同人皆入。翼甫曰左左之，曰右右之。曲折升階，迴廊抱室。有番婦，粲齒迎門，儼然酒家胡，招客飲者。一傭人導客別舍，冰盂晶盌，几席橫陳。予量不勝蕉，眾以酒美勸，姑冷飲半甌，已微醺。出巡簷走，聞笑聲達戶外，則兩番妹，簪豔卉，拖長裙，自旁舍出，嫋娜作態，望之如畫圖中人。惟鬢髮黃蜷，秋波碧暈，與中國粉白黛綠不同。時同人各穿細徑，拾翠尋芳。予適闖入一院，於疏篁密棘中插鞦韆一架，上貫雙 ，挽棠木小舟，中坐一少年客，洋人推蕩之以為戲。同人聞聲咸集，兩番妹亦珊珊來，相與狂笑。以妙手空空兒之倏高而倏下者，非他人，即翼甫也，洋人指一番妹，笑令飛登，與翼甫相向坐。於是推者推，蕩者蕩，雙飛雙落，髻鬟巾欹，直視中外為一家矣。喧笑未已，又有兩青衣妹，結駟來遊。四美相見，喃喃似皆勾欄姊妹花，舊相識也。豈採蘭贈藥之遺，泰西風猶近古與？夕陽既墜，輿人促歸，爰循老閘，肩輿踏燈而返。是日同遊者，為隆君愷臣山、潘君黎閣青照、王君卿雲維煜、貝君皖生澂、朱君翼甫其詔，並有姚君善民、張君亦槎暨予，共八人。

浙亂後樂府

浙江自庚申、辛酉，遭賊竄陷，經左爵相轉戰數年，至甲子歲，始行戡定。百姓辛苦流離，為賊匪所殺，為饑寒所殺，為疾疫所殺者，不知凡幾，哀我人斯，將無孑遺矣。幸爵相心乎愛民，於入浙創立軍府時，即首為賑濟，加意撫綏，出水火而登衽席，殘民始有更生之慶。蔣薌泉中丞佐之，興利除弊，各事極意講求。馬端敏公繼之，勞來安集，以養以教，民乃得鶉其居。今日我浙之得以熙熙攘攘，漸臻富庶者，三公之力也。然當賊氛甫息之時，凋敝之情形，流亡之困厄，鐵人見之亦不免下淚。古香觀察有《聞見篇》四章，古音古節，真不減杜老之《哀江諸作。因備錄之，俾吾浙人無忘在營時也。

《豬換婦》：「朝作牧豬奴，暮作牧豬奴。冀得牧豬婦，販豬過桐廬。睦州婦人賤於肉，一婦價廉一斗粟。牧豬奴，牽豬入市廛，一豬賣錢十數千。將豬賣錢錢買婦，中婦少婦載滿船，蓬頭垢面清淚漣。我聞此語生長吁，就中亦有千金軀，嗟哉婦人豬不如！」

《屋劈柴》：「屋劈柴，一斧一酸辛。昔為棟與樑，今成樵與薪。市兒詆價苦不就，行行繞遍江之濱。江風射人天作雪，饑腹雷鳴皮肉裂。江頭邏卒欺老人，奪柴炙火趨城闉。老人結舌不能語，逢人但道心中苦。明朝老人無處尋，茫茫一片江如銀。」

《娘煮草》：「龍游城頭梟鳥哭，飛入尋常小家屋。攫食不得將攫人，黃面婦人抱兒伏。兒勿驚，孃打鳥，兒饑欲食孃煮草。當食不食兒奈何？江皖居民食草多！兒不見門前昨日方離離，今朝無復東風吹。兒思食稻與食肉，兒胡不生太平時！」

《船養姑》：「月彎彎，動高柳，烏篷搖出桐江口。鄰舟有婦初駕船，亂頭粗服殊清妍，櫓聲時與歌聲連。月彎彎，照沙岸，明星耿耿夜將半。誰抱琵琶信手彈，三聲兩聲摧心肝，無窮幽怨江漫漫。或言婦本江山女，名隸煙花第一部。頭亭巨艦屬官軍，兩妹亦被官軍擄。婦人無夫惟有姑，有夫陷賊音信無。富商貴胄聘不得，婦去姑老將安圖？嗚呼，婦去姑老將安圖？婦人此義羞丈夫。」

魏賜日本女主詔書

日本從古服屬中國，自元世祖征之而敗，始漸形崛強。明初，亦經封貢，第羈縻耳。至嘉靖時，海寇藉其資以入盜，東南諸省重罹倭毒，實則仍是我民導之，倭固無能為役也。本朝監明之弊，康、雍以來，絕不與通，海疆晏然者二百載。今則以西洋通商，彼亦聞風而至，諱其先世服事之跡，蕞爾小邦儼然抗衡上國矣。然其先君神功皇后息長足媛於魏明帝時，梯航入貢，彼國史冊固大書特書焉。茲特錄魏景初二年賜倭女主詔著於篇，俾覽者知我國家懷柔遠人，同天之度爾。

制詔親魏倭王卑彌呼：帶方太守劉夏遣使送汝大夫難升米、次使都市牛利，奉汝所獻男生口四人，女生口六人，班布二匹二丈以到。汝所在逾遠，乃遣使貢獻，是汝之忠孝，我甚哀汝。今以汝為親魏倭王，假金印紫綬，裝封付帶方太守假授汝，其撫綏種人，勉為孝順。汝來使難升米、牛利涉遠，道路勤勞，今以難升米為率善中郎將，牛利為率善校尉，假銀印青綬，引見勞賜遣還。今以絳地交龍錦五匹，絳地縐粟罽十張，蒨絳五十匹，紺青五十匹，答汝所獻貢值。又特賜汝紺地句文錦三匹，細華斑罽五張，白絹五十匹，金八兩，五尺刀二口，銅鏡百枚，真珠、鉛丹各五十斤，皆裝封付難升米、牛利還到錄受，悉可以示汝國中人，使知國家哀汝，故鄭重賜汝好物也。

應敏齋上張振軒請討日本書

同治甲戌，日本以臺灣生番戕殺琉球人為詞，舉眾數千，突入臺境，紮營築壘，與生番攻戰，蓄意叵測，全臺震動。事聞，上命福建船政大臣前江西巡撫沈公統師蒞臺，相機籌辦。沈公怒其猖獗，上疏請剿，廷議久之不決。倭勢益張，將圖深入，其議院有踏平我二百郡之說，聞者髮指，訛言繁興，沿海皆警。余前在上海，頗悉倭情，知其有瑕可蹈，爰上書李爵相，請發舟師，分道徑搗其國，為圍魏救趙之計。爵相亦深韙余言，會倭與番戰不利，且疾疫大起，英國公使威妥瑪從中調處，朝廷重惜民命，允予撫恤銀兩。倭人喜得息肩，遂解而歸，然其眾之死亡者已不少矣。余頗以吾謀不用，坐失此虜為恨。嗣見應敏齋方伯上張振軒中丞書，與余意見相合，且議論較余更為暢達，用錄存於右，俾天下後世莫謂秦無人也。方伯之書略曰：

日本介在東洋，密邇中國，其人狙詐多端，素無信義。近者，一切效法西人，妄思自強，潛圖開闢，蓋其意狡焉思逞久矣。今乃背約稱兵，藉詞構釁，闖入我邊地，虔劉我番民，中國欲全舊好，據理與爭，不遽用武，並許為之建望樓塔表，護彼商船，可謂寬大極矣，禮義著矣。詎料彼之詭計，即以虛言款我，而久踞番社，誘脅番人；又運屋材，攜農具，為築室屯耕之計。群番迫於凶焰，勢必盡受羈縻，則臺灣之地與我共之，異日難保不驅群番為前導，以與我爭臺灣。夫臺灣雖小，我聖祖皇帝勤勞二十年而得之者也。臺灣有事，則閩粵江浙處處戒嚴，古人謂「一日縱敵，數世之患」，今日臺灣番事之謂也。且諸國通商以來，所以猶就範圍，不啟戎心者，以其有條約在也。今日本不守條約，若令得志，非惟為日本所竊笑，西人更將藐視中國。為今之計，宜舉日本背約之罪，布告諸國，並援公法，嚴捕倭人。在臺諸軍分據險要，務遏絕敵人接濟並其歸路，勿輕與戰。密諭番人，伺間狙擊。廈門一口，未知能扼以舟師、斷敵人往來之路否？一月以後，彼之糧餉、煤火、子藥必漸告罄。番人見官軍相助，亦必奮力抗拒，彼前阻深山，不能驟進，又畏官軍相助；其後臺洋風濤險惡，彼船雖利，豈能久泊？勢孤心怯，宜無不退師之理。所慮者，既退而修怨，必擾我沿海諸省，設防之具，自不可不預籌也。

現在本省防務業經督撫嚴密布置，無可再贊；惟以全局而論，設防之法，必使諸省各自為戰，則守禦有責成，亦必使各省互相救援，則氣勢方聯絡。何以言之？今之倭寇與前明之倭寇異，明之中葉，各島奸商乘明綱紀廢弛，勾結莠民為亂，其跡同乎流寇，故蔓延而害廣。今日本兵士二千有奇，工役二千有奇，聞尚雇有西洋及中國人在內。乃其國王所遣，成軍以出，志在開邊，故力聚而勢專。然竊料日本之兵力，可以注我一路，多亦不過兩路，萬不能分擾各省。今察地勢，直隸可與奉天、山東併力，江蘇可與浙江併力，廣東可與福建併力，彼省有警，則此省出兵以救之，甚至一省有警，則四、五省酌度分兵以救之。輪船迅疾，固朝發而夕至也；至中國輪船宜再陸續購備，合之閩滬兩廠所造，凡火輪戰艦須過三十號以外，再得銅包戰船四五號，分撥少許，以扼最要之口。此外共配精卒萬餘，會合訓練。昔年水師宿將，如前陝甘總督楊宮保，智勇兼備，戰功卓著，威名播於遐邇，應請奏懇皇上特召視師，專督輪船大軍追逐寇蹤，南則與之俱南，北則與之俱北。各省諸軍夾擊，客主順逆之分，勝負必有所在。籌防之要，當不外此。雖然，古之馭外夷者，必能守而後和可恃，亦必能戰而後守可完。與其戰於內地，不如戰於外洋；與其戰於外洋，不如戰於彼國。

竊觀今之日本有可伐者數端，請陳其說。往者日本國王不改姓者逾二千年，國中七十二島，島各有主，列為諸侯，自美加多簒國，廢其前王，又削各島主之權，島主失柄而懷疑，遺民念舊而蓄憤，常望一旦有事，乘間蜂起。彼昏不悟，尚復構怨高麗。使國中改西服，效西言，焚書變法，於是通國不便，人人思亂。今宜思管子攻瑕之說，乘中國寇平未久，宿將多存，勁旅未散，有事東洋，亦藉以練習船炮，與起人材。失此不為，後數十年彼基益固，而中國承平日久，民不知兵，猝為所乘，悔將奚及。此揆之於時而宜致討者，一也。昔年，中國由普陀趨長崎，水程四十更，風浪巨險。由廈門趨長崎，水程七十二更，商民渡海皆由之。元代征倭，會兵合浦，大抵亦由南道，今則往來者眾，新道益開。自上海至長崎，水程不過千四百餘里，輪船兩日夜可達，斷無元代颶風之虞。且中國所以屢絀於外人者，以彼合從連橫，協以謀我，不得不防決裂，含忍至今。今幸泰西諸國未與合謀，尚得用全力東注，而日本之國小援孤，亦斷非泰西諸國之比。此酌之於勢而可致討者，一也。議者每以元代征倭，喪師十萬，用為殷鑒。不知元人以徵貢不至，遽興無名之師；又用宋降將范文虎為統帥，一遇颶風，遽自棄師潛遁，蓋其理不直，其用人又不當，以至於敗，使倭人至今有輕中國之心，正宜因此折其驕鋒，破其故見，使之有所震懾。古來兩國交兵，苟能仗義執言，則勝者常十八九，反是，則敗者亦常八九。今日本敗盟棄約，侵犯我疆，彼固內反而自慚，各國亦旁觀而竊議。我之興師，以奉辭伐罪為主，而初無耀兵域外之心，以征撫降服為圖，而非存拓地開疆之見，將所謂堂堂之陣，正正之旗，於是乎在。此質之於理而當致討者，一也。今中國海疆自瓊崖迄於遼碣，迴環幾二萬里，若欲處處設防，中國勞費固已不支，而又未能保處處無虞也。誠選勁旅萬人，徑搗長崎，進逼倭都，則彼先已奪氣，將撤兵自救之不暇，斷無餘力以犯我。兵法所謂「批亢搗虛，形格勢禁」，「致其所必救」也，夫是之謂以攻為防。以攻為防，則合數省之力萃於一路，勞費省而防轉可恃；以守為防，則竭數省之力分備諸路，勞費繁而防且難恃。此其得失不待明者而決之也。且我軍戰內地，一有失利，則全省震驚；即幸而獲勝，而內地之民被其荼毒，受其誘脅者，已無窮矣。我軍戰倭地，雖偶有挫失，不過損傷軍士而已，添募以往不難也。若戰而勝，則我可因糧於敵，招彼民為向導矣。夫攻人之與受攻於人也，豈可同日語哉。此籌之國計與民瘼，而尤不得不致討者，一也。

凡此數端，機不可失，亟宜預為布置，速購船械，以備訓練。倘若廟謨早定，以李伯相節制沿海軍務，仍鎮天津，拱衛畿甸；楊宮保節制戰輪水軍，直指長崎，必可以內外協力，奮揚威武，檄令高麗起師，渡對馬島，使震盪日本之北路，以分其兵勢。高麗本我屬藩，必願乘時略地，以洩舊憾。我師宜禁止殺掠，號召其前王之舊將與故臣、遺民，有願舉義匡復者，俾求故王之後，立以為王，許盡復其國之舊制。各島主有挈地投誠者，封以王號，使各為自主之國。夫日本之人望變久矣，臨以大兵，蔑有不瓦解者。且事固有措注不勞而厥效甚溥者。漢武帝時，募良家子及有罪之戍卒，得自請奮擊匈奴。雍正中，選各省技勇數千人，號「勇健軍」，屯巴里坤故地，盜賊絕蹤。道光回疆之役，選南北路遣犯二千為死士，屢挫賊鋒。今宜遠仿漢制，近法先朝，廣募沿海梟徒、蛋戶、漁丁，及閩粵間械鬥之民，及哥老會中驁悍之士，許令投效軍前，奮擊日本。優其廩餼，凡合三千人，鼓之以不次之官，不貲之賞，統以健將，濟以輪船，用為前驅。此輩皆亡命犯法、不畏死之人，正所謂以毒攻毒，死固無損於中國，不死亦能建威於外國。

倘日本自知理屈勢窮，遣使行成，願申舊約，則必使償我兵費，稱我東藩，然後收師而退。果能如是，非特令日本畏懷，亦且使西人讋慄，中國之患，少有豸乎。然則綜而計之，今日畀以番地，曲全和約，兵端若可暫弭，而後患無窮，和亦難恃，策之下也。決計驅逐，待其入寇，隨時禦之，策之中也。先為非常之舉，以奮積弱之勢，雖得失參半，猶愈於坐而自弱，策之上也。使彼或聞天威赫怒，知中國未可與爭，願遵和約，不戰自屈，尤善之善者也。抑本司更有望者，自來天下大事，往往敗於二三，成於一旦。在昔，庚子、辛丑之間，洋人初入中國，朝廷未悉外夷情狀，和、戰迄無定局。每變一議，則罪其前議之人，於是當事者不敢任事，局益變而勢益不振。迨剿辦粵孽，堅持定見，不稍改移，卒能使賢才勃興，殲除巨寇，此蓋斷與不斷之效也。

應請奏求皇上，博採群議，衷於一是，然後乾斷獨運，默定至計，俾中外大臣奉而行之。用人則慎之又慎，方略則精益求精，盡屏局外之浮言，勿視東洋為過重，此即制勝之道也。本司通計中國應購船炮及水雷開花、後膛洋槍之屬，為費當逾千萬，一時無從籌措，祇可商借洋款，由各海關分年籌還。即使不戰而守，前項船械亦須預備。當此時事多艱，但望中外力節浮費，數年之內償此要需，則元氣不至大損，或尚可補救於萬一。檮昧之見，是否有當？既承命妄參末議，不敢不盡其區區之愚，如蒙酌核而俯採焉，幸甚！

蒯子範判牘

合肥蒯子範觀察德模，以諸生起家。居鄉時，率團勇擊偽英王陳玉成，大破之。遂以知兵名。李少荃爵相開府吳中，檄之從軍，用戰功疊保至牧守。初令長洲，當兵燹之後，興利除弊，不畏強禦。有某軍門愛將擄難民女，子範奪而還之。軍門怒，帥師來索。子範責以大義，軍門氣索而去。某廉訪，以公事意見相左，請大府命嚴飭之，子範終不為動，廉訪亦無如之何，一時稱強項令。顧於小民則戀愛如家人，民亦父母視之，不稱其官，而稱之曰「蒯三爺」；比去任，邑人懷其恩，建亭於滸墅關，名曰「蒯公亭」。歷署太倉州、蘇州、鎮江、江甯諸府，皆有惠政。李爵相臚其治行，以循良薦舉，遂擢夔州府去，吳民至今思之。余長子範四歲，性情契合。同官時，時以吏治相切磋，而余之政治不能及子範遠甚。馬端敏公總督兩江，言循吏乃以蒯、陳並稱，余滋愧矣。子範精於折獄，恆手自判牘，有電掃庭訟、響答詩筒遺意，一時傳誦，外國人新聞紙多有載入者。今特摘其判詞數則，以見驥之一毛焉爾。

（一）

此案姚新周控姚阿士僭占車基，豈知姚新周已先占姚阿士田三尺，以致挾嫌啟釁，互有毆傷。愚民無知，每以纖小事故，釀成禍端，可勝浩歎。此次傷既驗明，尚屬不重，若再傳集鄰證，聽候質訊，書辦未飽其欲，則壓之；差人未飽其欲，則又壓之。小民終歲勤苦之皮血，盡剝削於投到候審之日期。迨至日久氣平，並有兩造求息而不得者。為民父母，其何以忍此。當斷令姚新周與姚阿士將所互占之地，符各讓還。傷亦各自醫調。減一分訟累，即培一分身家。區區苦心，爾小民其共體之，而共諒之。

（二）

梅徐氏乃徐傳生之妹，嫁與梅近川為妻。近川早逝，徐氏作未亡人，已逾十載。遺孤連生，業已成立。蘇城亂後，寄居倠子張瑞和家。一屋相依，非有感蛻驚尨之慮；三年於外，保無瓜田李下之嫌。而乃徐傳生者，不為同根之庇，翻揚中萬之羞，既控張某之誘姦，並串梅裕以作證。莫須有之事，何能據以為憑？不可道之言，竟忍宣之於眾。豈有此理？是何居心？迨伊母徐余氏以傳生不法出首。縱謂婦人愛女，斷無不愛其子之心；就令該氏可呰，亦不應呰於其兄之口。一經庭訊，盡吐實情。乃知徐氏粗有衣食，惡黨利其資財，為索黃金，翻成白舌。當各予以重懲。梅裕占居梅徐氏之屋，並押令遷出。

（三）

訊得陳太控張阿桂冒伊占妻彥氏一案。據陳太供：十年城陷，張阿桂在賊中，將伊妻擄去；城復，妻歸。今張復來冒占。而張阿桂又以彥氏本亂前媒娶，被陳拐逃。質之彥氏並其母彥陳氏，皆謂陳實自幼婚娶，張乃擄逼以從者也。余細鞫張，曰：「爾妻逃時，由外乎？由家乎？」曰：「去年在丁公館幫工，即未歸矣。」余乃召陳至，曰：「爾當長隨乎？」曰：「然。」「爾在何處？」曰：「丁公館。」「爾與妻俱往乎？」曰：「未。」曰：「彥氏在彼，爾亦在彼，爾供未與妻往，則彥氏之不為爾妻可知矣。爾與彥氏因此苟合而逃，又可知矣。」陳無辭。張清辦陳而乞妻歸。余曰：「爾亦非媒娶也。若為媒娶，豈有妻逃兩載而不控官者乎？」張乃實吐其擄掠狀。遂並懲之，而以彥氏歸其母去。

（四）

陳曾錫之姊，許字於同邑之金元銓。生方綺歲，母不曾離，養在深閨，人多未識。乃因追薦其父，偶到剎宮，將歸其家，忽逢暴客。是何意態，霍霍怕人；不識姓名，卿卿呼我。客何為者？直欲舁之以歸。眾皆茫然，竟至爭之不下。當經陳某扭稟，本縣查詢，乃知為金陵民人王正坤，曾收某家之棄婢，旋為踰里之逃人。落花堆裏，偶拾殘紅；蔓草叢中，又成野緣。以致求之不得，因恨成癡；立而望之，雖非亦是。再三研詰，堅執不移。然而里居姓氏之不同，亦笑貌聲音之弗類。十年未字，幽蘭尚傍萱居；一去無蹤，僵李何能桃代！惟念癡情若夢，積想成迷。實霧眼之朦朧，非色膽之敢大。姑予杖遣，以蔽其辜。

三教增為五教

韓昌黎云：古之教者一，今之教者三。自唐迄今千有餘年，又增二教，曰回回教，天主教。天主教中復分為耶蘇教。佛教中更析為紅教、黃教。黃教創於宗喀巴，宗喀巴以明永樂年間生，初習紅教，既而自黃其衣冠，囑二弟子世世轉生，演大乘教，一曰達賴，一曰班禪，皆死而不失其道，自知所往生之地，其諸弟子尋其地，迎之歸而立之。青海二十九旗，喀爾喀八十一旗，蒙古游牧五十九旗，滇、蜀邊番數十土司，皆敬奉焉。我朝因而撫之，為長駕遠馭之略，留其徒在京師曰喇嘛者，祝釐唪經，每月及節日，在內殿唪《吉祥天母》及《無量壽佛》等經。列聖、列后忌日，唪《金剛經》、《藥師經》，日食、月食，唪《救護經》。具詳《大清會典》。蓋三教之外，又歧而增其五焉。

卷十一

復封攝政睿親王冊文

本朝攝政睿親王，輔世祖定天下，有周公之功。身歿未幾，被誣削奪。高宗登極，昭雪復封，誠千秋曠典也。茲於《皇朝文典》中，見追復封冊文，敬錄於右：

闡宗勳於故府，典重睦親；察往跡於遺聞，義彰繼絕。念精白具徵信史；兼偉代以昭垂宜。平反追覈爰書；煥明綸而光復。爾，多爾袞造邦翊運，作翰宣勞。入關克展壯猷，遂集勳以大定；當軸更襄碩畫，爰攝政以多年。群不逞怨積於生前，「莫須有」反誣諸地下。值沖歲未親幾務，眾因矯命以除封。詎深文竟指斂衣，久令銜冤於沒世。朕恭稽《實錄》，惻念純誠。拒二王勸進之勸，誓死力全顧托；成一統廓清之業，奉迎式肇基圖。勗尊親則切誡群工，持法紀則靡私同氣。貞心如揭，執事咸存。祚以世封，聿準懿藩之舊；列之瑤牒，仍延似續之常。葺園寢而祀秩春秋，侑廟廡而位循伯仲。傳以表勩，謚以褒忠。茲復封為和碩睿親王，世襲罔替，錫之冊命。於戲！削除匪出於聖裁，獄久成為不白；功伐久彰於實典，忱尤耿其如丹。遠昭盈箧之誣，篤棐期風百世；載錫維城之命，沈淪庶雪九原。式慰爾靈，垂休無斁。

賑災果報

先大夫年登八秩，嘗言服官數十年，閱歷數十年，見官而貪墨者，其終未有不潰敗者也，然總無逾於侵賑報應之速而且酷也。彼敗露而身嬰顯戮，若王伸漢輩者無論矣；即幸逃法網，大都必以急病死，以惡疾死，子孫亦俱絕滅，再不然，而為盜，為娼，作眼前報者，尤不少其人，固可屈指數也。蓋貪贓枉法，害止一人、一家，侵賑則害及萬眾。朘民以富，而謂己身及子孫可長享之，有是理乎？其有於賑務能加意者，享報亦必豐。

則舉二事可鑒焉：廣東顏中丞希深，乾隆時官平度知州，因公事赴省，適遇大水為災。低區盡沒，民皆登城以避；顧無所得食，哀聲嗷嗷太夫人聞而惻然，因命盡發倉穀，礱米賑濟，全活者數萬人。巡撫以不俟報聞擅動倉谷，特疏參奏落職。高宗覽疏，怒曰：「有此賢母、好官，為國為民，權宜通變，該撫不加保奏，翻加參劾，何以示激勸乎？」乃特旨擢希深知府，母賜三品，封為淑人。天下群頌聖天子之明焉。後希深官至巡撫，子檢由拔貢官直隸總督，孫伯燾由翰林官閩浙總督。其孫曾至今蕃衍，登科第者極多，稱巨族矣。湖南蕭狀元錦忠之封君，道光時，官直隸知縣。會秋月被水，已逾報災之期限，不能奉准。封君乃將徵存之銀，悉以賑撫。其未輸者，亦焚串免其徵。民大感戴，而封君則以虧帑監追。上司憐其愛民被罪，令通省官代為設法彌補。比虧清出獄，而錦忠狀元及第之報至矣。此二事皆果報彰彰，在人耳目前者。天道甚邇，可不感動警畏哉！

左爵相奏開船政局

同治元年冬，甯波諸軍進攻粵賊於紹興，三戰三捷，將傅其城，而洋火藥告罄。史士良觀察令余赴上海向李爵相商借數千斤；乃爵相亦以剿賊藥盡，而洋船不至，正在躊躇，無可應付。余乃遄返，謂不如自己仿照造之。於是開局製配，無機器，則以手舂當之；無洋硝，則以土硝鍊淨抵之；無藤炭，則以柳炭及杉炭代之；以意加樟腦等物，舂配極細，居然造成。第力較洋藥少遜，且發後有渣滓留存管底，須時加刮洗耳，然足以資救急之用。爵相聞之，亦飭余在甯局製造萬斤。久之，洋人之藥運到，遂止。然自是知藥可配造，因從而推廣及洋槍、洋炮等類，並仿造小火輪船二隻，試之，均能合用。第以公費甚鉅，無款可籌，且賊已將次剿滅，乃置之不講。至五年秋，左爵相由廣東平賊歸，遂決計開輪船局。疏陳於朝，朝議允之。局將開，爵相又奉陝甘總督之命，率師西征，奏保前江西巡撫沈公葆楨為船政大臣，蒞其事者九年。沈公擢兩江總督，又命前江蘇巡撫丁公日昌繼之。從此中國之輪船與外洋爭烈矣。左爵相之疏，剴切詳明，籌畫周當，今節錄載之，俾後世言船政者，有所考焉。公疏謂：

竊惟東南大利，在水而不在陸。自廣東、福建而浙江、江南、山東、直隸、盛京，以迄東北，大海環其三面，江河以外，萬水朝宗。無事之日，以之籌轉漕，則千里猶在戶庭。以之籌懋遷，則百貨萃諸廛市，匪獨魚鹽蜃蛤足以業貧民，舵艄水手足以安遊眾也。有事之時，以之籌調發，則百粵之旅，可集三韓。以之籌轉漕，則七省之儲，可通一水。匪特巡洋緝盜有必設之防，用兵出奇有必爭之道也。況我國家建都於燕，津沽實為要鎮。自海上用兵以來，泰西各國火輪兵船直達天津，藩籬竟成虛設，星馳飆舉，無足當之。自洋船准載北貨行銷各口，北地貨價騰貴。江浙大商以海船為業者，往北置貨，價本愈增，比及回南，費重行遲，不能減價以敵洋商。日久銷耗愈甚，不惟虧折貨本，寖至歇其舊業。濱海之區，四民中，商居十之六七。坐此闤闠蕭條，稅釐減色，富商變為窶人，遊手驅為人役，並恐海船擱朽。目前江浙海運，即有無船之慮，而漕政益難措手，是非設局建造輪船不為功。

從前中外臣工，屢議雇買代造，而未敢輕議設局製造者，一則船廠擇地之難也；一則輪船機器購覓之難也；一則外國師匠要約之難也；一則籌集鉅款之難也；一則中國之人不習管駕，船成仍須僱用洋人之難也；一則輪船既成，煤炭薪工需費不貲，月需支給，又時須修造之難也；一則非常之舉謗議易興，創議者一人，任事者一人，旁觀者一人，事敗垂成，公私均害之難也。有此數難，毋怪執咎無人，不敢一紓籌策，以徇公家之急，臣愚以為欲防海之害，而收其利，非整理水師不可；欲整理水師，非設局監造輪船不可。泰西巧而中國不必安於拙也；泰西有而中國不能傲以無也。雖善作者，不必其善成；而善因者，究易於善創。

如慮船廠擇地之難，則福建海口、羅星塔一帶，開漕濬渠，水清土實，為粵、浙、江蘇所無。臣在浙時，即聞洋人之論如此。昨回福州，參以眾論，亦復相同。是船廠固有其地也。如慮機器購覓之難，則先購機器一具，鉅細畢備，覓雇西洋師匠與之俱來。以機器製造機器，積微成鉅，化一為百。機器既備，成一船輪機，即成一船；成一船，即練一船之兵。比及五年，成船稍多，可以布置沿海各省，遙衛津沽。由此更添機器，觸類旁通。凡製造槍炮、炸彈，鑄錢，治水，有適生民日用者，均可次第為之。惟事屬創始，中國無能赴各國購覓之人。且機器良楛，亦難驟辨，仍須託洋人購覓，寬給其值，但求其良，則亦非不可得也。如慮外國師匠要約之難，則先立條約，定其薪水，到廠後，由局挑選內地各項之少壯明白者，隨同學習。其性慧、夙有巧思者，無論官紳、庶士，一體入局講習；拙者、惰者，隨時更補。西洋師匠盡心教藝者，總辦洋員薪水全給，如靳不傳授者，罰扣薪水，似亦易有把握。如慮籌集鉅款之難，就閩而論，海關結款既完，則此款應可劃項支應，不足，則提取釐稅益之。

又臣曾函商浙江撫臣馬新貽新授廣東撫臣蔣益澧，均以此為必不容緩，願湊集鉅款，以觀其成。計造船廠，購機器，募師匠，須費三十餘萬兩。開工集料，支給中外匠作薪水，每月約需五六萬兩。以一年計之，需費六十餘萬兩。創始兩年，成船少而費極多，迨三、四、五年，則工以熟而速，成船多而費亦漸減。通計五年所費，不過三百餘萬兩。五年之中，國家捐此數百萬之入，合雖見多，分亦見少，似尚未為難也。如慮船成以後，中國無人堪作船主、看盤、管車諸事，均須雇倩洋人。則定議之初，即先與訂明，教習造船，即兼教習駕駛。船成，即令隨同出洋，周歷各海口。無論兵弁各色人等，有講習精通，能為船主者，即給予武職千、把、都、守，由虛銜洊補實職，俾領水師，則材技之士，爭起赴之。將來講習益精，水師人材固不可勝用矣。

且臣訪聞浙江甯波一帶，現亦有粗知管駕輪船之人，如選調入局，船成即令其管駕，似得力更速也。如慮煤炭薪工按月支給，所費不貲，及修造為難之費，則以新造輪船運漕，而以雇沙船之價給之。漕務畢，則聽受商雇，薄取其值，以為修造之費。海疆有警，專聽調遣，隨賊所在，絡繹奔赴，分攻合剿，剋期可至。大凡水師宜常川住船操練，俾其服習風濤，長其精力，深其閱歷，然後可恃為常勝之軍。近觀海口各國所駐兵船，每月操演數次，儼臨大敵；遇有盜艇，即踴躍攫擊，以試其能。所以防其惡勞好逸者如此。且船械機器廢擱不用，則朽鈍堪虞，時加淬厲，則晶瑩益出。故船成之後，不妨裝載商貨，藉以捕盜而護商，兼可習勞而集費，似歲修經費無俟別籌也。至非常之舉，謗議易興，始則憂其無成，繼則議其多費，或更譏其失體，皆意中必有之事。

然臣愚竊有說焉。防海必用海船，海船不敵輪船之靈捷。西洋各國與俄羅斯、米利堅，數十年來，講求輪船之制，互相師法，製作日精。東洋日本始購輪船拆視，仿造未成。近乃遣人赴英吉利，學其文字，究其象數，為仿製輪船張本，不數年後，東洋輪船亦必有成。獨中國因頻年軍務繁興，未暇議及。雖前次有代造之舉，現復奉諭購雇輪船，然皆未為了局，彼此同以大海為利，彼有所挾，我獨無之。譬猶渡河，人操舟，而我結筏；譬猶使馬，人跨駿，而我騎驢，可乎？均是人也，聰明睿知相近者性，而所習不能無殊。中國之睿知運於虛，外國之聰明寄於實。中國以義理為本，藝事為末；外國以藝事為重，義理為輕。彼此各是其是，兩不相喻，姑置弗論可耳。謂執藝事者舍其精，講義理者必遺其粗，不可也。謂我之長不如外國，藉外國導其先，可也；謂我之長不如外國，讓外國擅其能，不可也。此事理之較著者也。如擬創造輪船，即預慮難成而自沮，然則治河者，慮合龍之無期，即罷畚築？治軍者，慮蕆役之無日，即罷徵調乎？如慮糜費之多，則自前道光十九年以來，所糜之費已難數計。昔因無輪船，致所費不可得而節矣；今仿輪船，正所以預節異時之費，而尚容靳乎？

天下事，始有所損者，終必有所益。輪船成，則漕政興，軍政舉，商民之困紓，海關之稅旺。一時之費，數世之利也。縱令所製不及各國之工，究之慰情勝無，倉卒較有所恃。且由鈍而巧，其粗而精，尚可期諸異日，孰知羨魚而無網也。計閩、浙、粵東三省通力合作，五年之久，費數百萬，尚非力所難能。疆臣誼在體國奉公，何敢惜小費而妄至計！至以中國仿製輪船，或疑失體，則尤不然，無論「禮失而求諸野」自古已然，即以槍炮言之，中國古無范金為炮，施放藥彈之製，所謂炮者，以車發石而已。至明中葉，始有「佛郎機」之名。國初，始有「紅衣大將軍」之名。當時得其國之器，即被以其國之名，謂「佛郎機」者，即法蘭西音之轉；謂「紅衣」者，即「紅夷」音之轉，蓋指紅毛也。近時洋槍、開花炮等器之製，中國仿洋式製造，亦皆能之。炮可仿製，船獨不可仿製乎？安在其為失體也？

臣自道光十九年，海上事起，凡唐宋以來史傳、別錄、說部及國朝志乘、載記官私各書，有關海國故事者，每涉獵及之，粗悉梗概。大約火輪兵船之製，不過近數十年事，於前無徵也。前在杭州時，曾覓匠仿造小輪船，形模粗具，試之西湖，駛行不速，以示洋將德克碑、稅務司日意格，據云：大致不差，惟輪機須從西洋購覓，乃臻捷便。因出法國製船圖冊相示，並請代為監造，以西法傳之中土。適髮逆陷漳州，臣人閩督剿，未暇及也。嗣德克碑歸國，繪具圖式、船廠圖冊，並將購覓輪機，招延洋匠各事宜，逐款開載，寄由日意格轉送漳州行營，德克碑旋來漳州接見，臣時方赴粵東督剿，未暇定議。德克碑辭赴暹羅，屬日意格候信。彼此往返講論，漸得要領。日意格聞臣由粵凱旋，擬來閩面訂一切。臣原擬俟其來閩商妥後，再具摺詳陳請旨。因日意格尚未前來，適奉購雇輪船寄諭，應先將擬造輪船緣由，據實馳陳，伏乞聖鑒。

續又疏陳：

據日意格等稟呈保約條議清摺、合同規約各件，業經法國總領事官白來尼印押擔保，臣逐加覆核，均尚妥洽。所有鐵廠、船槽、船廠、學堂及中外公廨、工匠住屋、築基、砌岸一切工程，經日意格等覓中外殷商包辦，由臣核定，計共需銀二十四萬餘兩。船槽尤為通局最要之件，應用法國新法，購辦鐵板，運來船廠，嵌造成槽。此外一切局中應用什物，由護撫臣周開錫委員估置，日意格、德克碑俟廠工估定，即回法國購買機器、輪機、鋼鐵等件，並購大鐵船槽一具。募雇員匠來閩，一面開設學堂，延致熟習中外語言文字洋師，教習英、法兩國語言文字、算法、書法，名曰求是堂藝局。挑選本地資性通敏穎悟、通文字義子弟，入局肄習。並採辦銅鐵木料，一俟船廠造成，即先修造船身。庶來年機器、輪器運到時，可先就現成輪機，配成大小輪船各一隻。此後機器、輪機可令中國匠作學造。約計五年限內，可得大輪船十一隻，小輪船五隻。大輪船一百五十匹馬力，可裝載百萬斤。小輪船八十匹馬力，可裝載三四十萬斤。均照外洋兵船式樣，總計所費不逾三百萬兩。惟採買物料一切，有此月需多，彼月需少者，勢難劃一。應將關稅每月協撥兵餉五萬兩，劃提四萬兩，歸軍需局庫另款存儲，以便隨時隨付。而前後牽計，仍不得逾每月四萬之數，以示限制。

抑區區之愚有不敢不盡者，茲局之設，所重在學造西洋機器，以成輪船。俾中國得轉相授受，為永遠之利也，非如雇買輪船之徒取濟一時可比。其事較雇買為難，其費較雇買為鉅，巨德薄能淺，不足為其難；又去閩在即，不能為其難。當此時絀舉盈之際，凡費宜惜，鉅費尤可惜。而顧斷斷於此者，竊謂海疆非此兵不能強，民不能富，雇募僅濟一時之需，自造實無窮之利也。於是則雖難有所不避，雖費有所不辭。然而時需五載，銀需二百數十萬兩，事屬創舉，成否未可預知。幸而學造有成，縱局外議論紛紛，微臣尚有以自解。設學造未能盡洋技之奇，即解造輪船，不能自作船主，曲盡駕駛之法。則費此五年之時日，二百數十萬之帑金，僅得大小輪船十六號，機器一分，鐵廠、船槽、船廠及各房屋。雖所造輪船較尋常購買各色輪船精堅適用，而估計所費多於買價一倍，於大局仍少裨益，責以糜帑，咎何可辭？凡此皆宜預為綢繆，而不能預為期必者。故此局之定，愛臣者多以異時之咎責為臣慮，局外阻撓為臣疑，即日意格亦言：「此時局面既更，勢難兼顧。如欲停止，願將已領之銀仍即繳回。」臣答以事在必行，萬無中止之理。但願一一謹守條約，盡心經畫，共觀厥成。如有差謬，當自請朝廷嚴加議處而已。察看情形，尚可望其有成。合將日意格、德克碑合纂保約條議清摺、合同規約照抄，諮呈軍機處總理各國事務衙門存案外，謹臚舉船政事宜十條，另繕清單，恭呈御覽。謹會同兼署閩浙總督臣英桂恭摺具奏，伏乞聖鑒，訓示施行。

李爵相奏開輪船招商局

李爵相既平粵賊後，於同治四年，先在上海開機器局，以製造洋槍、洋炮及銅帽、洋藥諸軍火。比督兩江，於金陵亦設製造局。曾文正公再督兩江，仍踵行之。嗣福建創造輪船，文正公亦令於上海兼造。數年來，已成八艘。十二年，又仿造鐵甲船一艘。洋人所能者，我盡能之矣。十三年，李爵相又奏開輪船招商局，共集資一百五十萬。先購買外國輪船，而以機器局所造之輪船益之，以運江浙二省漕糧。漕運既畢之後，准商人雇載，赴外洋及各海口銷售貨物，以分洋船之利。無事則運糧販貨，取其資為脩購船隻之用；有事則用為戰船，以之巡防，以之攻擊。蓋一舉兩得之術也。光緒元年，於招商局內又分設保險公司，以保輪船，先由商集資十五萬。本局之船可以無須向外國保險，而外國之船我轉可保之，則保險之利亦分之矣。李、左二相國所以為國計民生籌畫者，至矣，盡矣。惟鐵甲船之造費，較輪船十餘倍，隻能為攻戰之用。且船身太重，時虞擱淺，若海口以最巨之炮擊之，亦不能抵禦。此時英國已經停造。計數年之後，各國未必踵行，則我國亦似可不須效顰也。

人參誤服殺人

今之醫者多喜，用重劑取效，曰：「古方本重，吾已減輕矣。」驗之古方，誠然，心竊疑之，以為古人秉氣素厚也。嗣閱洄溪徐靈胎所著《慎疾芻言》一書，內《論制劑》一篇，始悟今醫重劑之悖乎古也。洄溪之言曰：「古時權量甚輕，古一兩，今二錢零。古一升，今二合。古一劑，今三服。古之醫者，皆自採鮮藥，如生地、半夏之類，其重比乾者數倍。故古方雖重，其實無過今之一兩左右者。惟《千金》、《外臺》間有重劑，此乃治強實大症，亦不輕用也。若宋元以來，每總製一劑，方下必注云：每服或三錢，或五錢。亦無過一兩外者。此煎劑之方也。未藥則用一錢匕。丸藥則如桐子大者十丸，加至二三十丸。試將古方細細考之，有如今日二三兩至七八兩之煎劑乎？皆由醫者不明古制，以為權量與今無異，又自疑為太重，為之說曰『今人氣薄，當略為減輕』，不知已重於古方數倍矣。至於補劑，要知藥氣入胃，不過藉此調和氣血，非藥入口即變為氣血，所以不在多也。又今之醫者，不論人之貧富，人參總為不祧之品，人情無不貪生，必竭蹶措置，孰知反以此而喪其身。其貧者，致送終無具，妻子飄零，是殺其身而並破其家也。」云云。

靈胎為乾隆時名醫，學問駕於葉、薛之上，乃其言如此，醫者當奉以為圭臬也。按人參誤服殺人，在富貴家不一而足。先曾祖通奉公，在四川重慶府同知任內，奉旨馳驛入京視疾，一時求診者充門塞戶，至三鼓甫散。忽儀親王以福晉病甚，遣官來迎。公以疲乏已極，固辭不往，使者傳王命謂：即以夜深不能至，請先付丸藥服之，俟質明再迓。公既不知為何病，又無從得藥，適案上有萊菔子末一包，遂以與之，曰：「姑服此，明日再診可也。」蓋取其服之無礙，暫為搪塞耳。次日，公尚未起聞馬蹄聲隆隆，王親乘車來，一見即謝曰：「福晉正悶躁欲死，靈丹一服，頃刻霍然，已安睡至今。今請偕往覆診。」公至邸，視之，則風寒微疾，誤服人參所致。萊菔末適解之，故見效如是之速。然不敢明言，致太醫官干譴，乃定一祛風之劑而出。數日後，王厚酬焉。通奉公恆舉此以為笑柄。

神咒治病

祝由一科，起於黃帝，禁咒治病，伊古有之。其詞甚俚，其效甚速，不可解也。今擇余所知而驗者，錄之。

治蜈蚣螫，咒云：「止見土地，神知載靈，太上老君急急如律令敕。」以右手按螫處，一氣念咒七遍，即揮手作撮去之狀，頃刻痛止。

治蛇纏，咒云：「天蛇蛇，地蛇蛇，幐青地扁烏稍蛇。三十六蛇，七十二蛇，蛇出蛇進，太上老君急急如律令敕。」凡人影為蛇所啄，腰生赤瘰，痛癢延至心，則不可救，名蛇纏，又名纏身龍。治法：以右手持稻幹一枝，其長與腰圍同，向患處一氣念咒七遍，即揮臂置稻幹門檻上，刀斷為七，焚之，其患立癒。

蠼螋溺射人影，令人生瘡，如熱痱。治法：畫地作蠼螋形，取腹中泥，以唾和塗二次，即癒。或夜以燈照生瘡處之影於壁，百沸湯澆影上，神效。

蜂螫痛甚。治法：向蜂來之方，以右手中指空中草書「帝」字，中豎直下至地，即以中指挖土塗螫處，立即止痛。

又治蜈蚣螫方：以手向花枝下泥書「田」字，勿令人見，取泥擦之。

人被犬咬，即於土地上書一「虎」字，口念咒曰：「一二三四五，金木水火土，凡人被犬咬，請土地揭起土來補。」念咒畢，即以口涎吐在土上，揭土敷在患處，以手摩之，立癒。

治難產方：硃書「語忘敬遺」四字於黃紙上，貼在產婦臥床對面，令人口念四字不歇，立產。

安南阮氏遺牘

交阯古屬中國，《堯典》宅南交，此見於經文之最古者。漢、魏、六朝及隋、唐、五代，均設官置守。至宋初，丁氏始建國，稱安南。二世十三年，亡於太宗時。黎桓二世三十二年，亡於真宗時。李公蘊八世一百二十年，亡於理宗時。陳日煚十二世一百七十年，至明建文時，為黎季犛所篡而亡。明成祖發兵滅之，交阯仍歸中國者二十年。宣宗時，復為黎利所據，傳十世至黎譓，為莫登庸所逐，時嘉靖元年也。世宗削其王封，改為安南都統使，傳二世至神宗時，又為黎維潭所並。維潭傳至裔孫維祈，於我朝乾隆時，為阮光平所滅。光平傳子光垂，至嘉慶年間，又為阮福映所奪。稱臣入貢，請改號為越南。江都蔣觀察超伯，咸豐十年，於京師琉璃廠市購舊書中，夾公移二紙，其末皆鈐安南國王之印，朱色爛然。其文曰：

安南國王阮光平，肅稟天朝御前大臣、經筵講官、太子太保、內大臣、議政大臣、協辦大學士、吏部尚書兼兵部尚書、兼都察院右都御史、總督廣東廣西軍務兼理糧餉鹽課、一等嘉勇公臺前曦矚。茲者接奉憲札，內開，欽奉上諭：令故黎君維祈率同伊屬下人戶，全行來京，歸入漢軍旗下，編一佐領。又黎維祇窮蹙內投，亦著一並送京安置，俾小番撫有安南全境，永無後患。仰維大皇帝興滅繼絕之意，不忍黎氏故主齒於齊民，且不欲其翱翔粵西，使黎氏支庶及舊日臣民藉此為名，訛言煽惑。餘光熸火，未絕星星，故特令全行進京，歸旗受職。蓋其防微杜漸，所以仁於黎氏者，乃所以厚於小番。聖恩體恤新邦，實屬無微不至，其為歡忻感激，何可限量。而親侄阮光顯，陪臣阮有　、武輝晉等回國，欽奉頒賜誥命敕印，並彩幣珍品，祇領帶回。再奉御賜親書詩章，稠疊寵榮，實逾常格。蓋自本國丁、李、陳、黎覬幸之難，而今日蒙霑之易，豈敢自謂恭順之至有加於前人？實蒙大皇帝至仁洪慈，將遐遠偏方，悉歸覆載。飧和沐澤，報答何階。雖磐土地所有以旅闕庭，曷足以對揚休命？況海嶺之尺土寸民，皆天朝之賜。不腆篚包，詎堪塵瀆！惟是恪恭奉上之誠，不能自已。奉有謝恩表文一道，謹遣陪臣黎伯璫、吳為貴等隨表進京，並賚遞貢品上進，耑望尊大人收表轉奏。

今年八月祝釐大禮，小番謹已點檢行裝，先期詣關，匍匐稽拜，區區之衷，不遑啟居。請以今年四月上浣赴關，候尊大人帶隨進京展覲。竊思小番生於布衣，賴天朝寵靈，以克有國。鄙陋荒遠，禮制多所未嫻。且小番深山締構以來，主臣相聚，有所跋涉，咸執羈靮以從。今萬里程途，個個願帶隨偕往。且此次瞻覲丹墀，獻萬萬歲壽，受臣子曠聞之異渥，睹生平未見之大觀，鼓舞趍蹌，乃眾情之同然者，難為峻卻。如呈請多帶員役，又恐於體制未合。將來行時，當得帶隨幾許員弁，多少部曲；從陸道起若干人馬，或從水道作何儲頓；又冠帶衣服用何品色，統祈早賜開示，庶得預先備辦入覲，以合禮儀。且天朝諱避條禁；下邦始奉內屬，未得一一詳知。竊願俯賜明教，庶不致冥行徑造，以取重戾。

又本國自李、陳、黎氏都於昇隆城，天朝恩命於此賁臨。邇來地氣衰歇，今本國富春以南，疆界較前代稍廣，設都建國，惟乂安為土中，已於其地之鳳凰山前置為本國中都，業經陳達左江湯道官知照。向後一切公文往復，比昇隆城日期又多一倍。仰維體照，倖免稽延之咎。家兒光垂方當學禮，玉樹生庭之譽，未敢披襟。蒙貺吉祥如意、錦緞多珍，一家父子，均沐恩波，拜領之榮，實深感佩。至如家將吳文楚先後趍赴，乃其職分內事，並蒙彩幣之賜，愛屋及烏，頂戴又何如也。再奉鈞諭，本國初立，事事草創，一切服用，有缺欠須備用之處，列摺呈達，當為採買送來。竊惟衣服所以華躬，中州服色彩章之美，深所景慕。所有龍蛟袍樣，謹奉別摺開列，希下織坊，照樣織造，工竣之後，發付奉領，為小邦朝宴之服。陳請為瀆，萬望鑒原。臨紙向轅翹瞻肫切，肅稟。乾隆五十五年正月十日。

此上兩廣制軍福文襄函也。又一紙是致粵西中丞之牘。兩文皆婉委曲折，亦可想見蠻夷大長書記翩翩矣。董司農恂為題「安南阮氏遺牘」六大字，觀察自題二絕句云：「黎氏凋零阮氏雄，禾刀木落後先同。可憐十道將軍印，都付先遊一令公。」「斗大華閭古法鄉，蝸涎犬跡總荒唐。請看二阮須臾事，又是南柯夢一場。」今安南已為法蘭西所據，其王僅擁虛位，將來不知若何更變矣。

假乩語止變

扶鸞本干例禁，然亦可佐政治所不及，所謂神道設教也。青浦新涇鎮有劉猛將廟，每當報賽出會之時，四鄉土地神皆舁其像來會，鄉民聚至數萬，喧譁雜遝，不可禁止。廟左近有一橋，將坍損，尚未修葺，余恐賽會時人眾橋壞，或有溺斃者，因檄鎮之巡檢，禁會不作。而鄉民洶洶不聽，勢且滋事，巡檢不能遏，飛稟來報。余方擬親往曉諭，旋又報事已安貼矣。詢其故，則有董事陸某扶乩，假猛將語止之而定。余笑曰：「此真是劉公一紙書賢於十萬兵也。」猛將載在祀典，而不知何神。按《怡庵載錄》云：「宋景定四年，旱蝗，上敕封劉武穆琦為揚威侯、天曹猛將之神，蝗遂殄滅。」而《畿輔通志》載：「劉猛將軍名承忠，廣東吳川縣人，元末官指揮，有『猛將』之號。江淮蝗旱，督兵逐捕，蝗盡殪死。後因元亡，自沉於河，土人祠祀之。」二說不一，豈神亦有更替耶？然忠義之士，生而護國，死而佑民，其為神則一，固不必辨其孰是孰非也。

宋儒信釋氏施食

先大父臨終遺命，子孫不許作佛事。余家世遵守之。或謂懺悔解冤，事理彰著，胡可廢也？

余曰：「子不讀佛書耶？佛於過去生中，曾為盜殺人，比成道後，報至，金槍穿體，佛飛至空中，槍亦隨之，不勝其苦，諸大弟子皆悲泣而莫能救。夫以佛之功德，不克解己之厄，諸大弟子之法力，不得解師之冤；而謂今日之僧眾捧數卷經文，能懺一生罪業，有是理乎？人第當自省此身，不作害人害物之事可耳。」其人無詞而退。然僧家施斛請客一節，卻甚有驗。嘉慶年間，先大夫在福建需次時，舍館夙稱凶宅，初不之信，入居後，家人時譁鬼祟，病者接踵。未幾，先大夫亦病且甚，先太夫人醫禱皆窮，乃延僧施食。是夕，先大夫於朦朧中，忽見男女數十人，皆青衣小冠，結隊自床後出，時以憊甚，不能詰也。未幾，又見此數十人連袂自門入，每人皆至床前叩首而去，心甚疑訝，然喑不能言。比先太夫人入，告以故，太夫人驚曰：「今夕延僧施食，豈鬼來相謝耶？」然自後病良已，宅亦從此清吉。先大夫嘗與人言之。故余家雖不禮懺，而施食一事，嘗舉行之。

茲閱南宋車若水《腳氣集》所論施食之說，頗有相合者。若水在宋為講學家，所見如此，故採錄之。大略謂：自先王之禮不行，人心放恣，被釋氏乘虛而入，冠禮、喪禮、葬禮、祭禮，皆被他將蠻夷之法來奪了。冠禮如他初削髮受戒之類。喪禮則有七七、百日之說。葬是順，火化是大逆。今貧民無地可葬，又被他說火化上天，是喪葬之禮亦被奪了。施斛一節，既薦祖先，又與祖先請客而共享之。夫神不歆非類，民不祀非族，蓋是理之必然者。乃後世小人，但知自己饑餓，何曾有思親之心？往往雖有子孫，亦是若敖，如此則施斛之說，尚不失為長厚也。畢竟是一個祭祀，以僧代巫，而求達於鬼神，請父母而又與請客，致死致生之道，容或有是理也。予先室死，曾施斛祭之。友朋來問云：「君素不信佛老，何為施斛？」予曰：「我自不信，我自施斛。」既而友人呂居中云：「鄭慥堂先生，亦不信佛老，亦不廢施斛，曾有所感也。以僧代巫，卻要擇僧。」云云。其說於理甚明。昔邵康節先生不廢紙錢，其亦此義乎？

又福州梁茞林中丞《退庵隨筆》載：康熙時，韓文懿公菼病困時，李文貞公往候之。公曰：「正有一事，欲仗大筆傳信。病中見得幽冥之故，灼然不爽。吾初疾，原非大症，止因眾祟繞榻，徹夜叫歡，連旬不能合眼，以致病勢日增。其日，諸鬼忽相約於西河沿赴席，甫晡，相率而去，吾竟得安寢達旦。使人訪問，則西河沿人果於是夜普度施食。自是後，諸鬼復還，吾亦遂不寐，以至於困。」李曰：「今諸鬼在何處？」曰：「見君在坐，退處榻後矣。此事向不以為信，今將紀錄示後，病不能執筆，故以相屬。」後文貞以此事載之語錄中。夫文貞為一代理學名臣，目擊韓文懿之事，而著之書，則施食一節，可無致疑矣。

古今海菜價之貴賤

若水又謂：「天下有貴物乃不如賤者。只如眼前海菜，以紫菜為貴。海藻次之，海藻所謂大菜也。苔為下。紫菜爽口，乃發百病。大菜病人可食。苔之好者，真勝前兩菜，且無渣滓，本草謂能消食也。貴公子祇是吃貴物。」云云。按紫菜此時並不貴重，而海藻則稍貴於紫菜，亦是常物，非貴人所屑食者。今之海菜，則海參也，魚翅也，而推燕窩為首，佳者價至三四十金一斤，較紫菜價百倍矣。何古今食品之殊若此？豈古尚儉而今愈奢耶？

黃巖杜鵑

若水謂：「杜陵《杜鵑詩》云：『生子百鳥巢，百鳥不敢嗔。殷勤哺其子，禮若奉至尊。』其說不然。杜鵑，鴞屬，梟之徒也。飛入鳥巢，鳥見之而去，於是生子於其巢。鳥歸，不知是別子也，遂為育之。既長，乃欲噉母。」其說甚奇，古人初無是說。豈黃巖之杜鵑若是？若水親見之而云然耶？記之，以俟世之博物者。

關侯祀典

關聖廟中，除子平及周倉外，無從祀者。按《吳志・呂岱傳》：安成長吳碭、中郎將袁龍首尾關雲長，復為反亂，碭據攸縣，龍在醴陵。權遣魯肅攻攸，碭得突走。岱攻醴陵，遂擒斬龍。是龍、碭皆蜀漢忠臣，關聖心膂，龍又殉節，乃廟中不祀，何耶？又世傳侯生於戊午年五月十三日，四柱皆是戊午，故祀典於是日致祭一次。然以《長曆》考之，是年五月無戊午日，是四柱戊午之說已不足憑。又遂安余國楨所著《岏庵類稿》謂：正史，侯殉義在建安二十五年，歲在庚子，年五十八歲。則侯受生之歲是癸卯，非戊午也。余又考：由戊午至庚子僅四十三年，而獻帝初平元年侯已從先主討董卓，以戊午年計之，止十二歲耳。有是理乎？

經文句讀異解

邢凱《坦齋通編》謂《易》「或益之。十朋之。龜弗克違。」謂有十朋之益，即龜亦不能違也。《經傳釋詞》謂《論語》「毋以與爾鄰里鄉黨乎」作一句，「毋」作不字解。兩說雖與注不合，而其論自通。又《湛淵靜語》：《明夷》六二「用拯。馬壯吉。」謂當明夷之時，既有所傷，必用拯救，其所拯救，必馬壯健而獲免之，速則吉也。《論語》「子在齊。聞韶三月。不知肉味」必如是讀，方得明白。《孟子》「非其有而取之者盜也。充類至。義之盡也。」語意乃見圓澈。此數說亦甚有味。

滑稽詩

教職當歲考之年，定例亦須考試一場。向來，學使者優恤教官，大都臨期散卷，遲數日交卷。教官中年老者居多，多不自作，託學中能文者代為之。故考教一場，僅為具文矣。咸豐癸丑，江西萬藕舲尚書視學浙江，忽改為扃試。於是年老荒疏諸公，皆大驚恐，先期於同寅中擇年少未荒者，某代作，某代書，互相訂定，庶時到不致曳白，然此心總搖搖如懸旌也。學使亦頗慮內中有不能完卷者，無以下臺，乃合優生與教官為一場。又下令曰：「若老師目昏手顫，不能端楷者，准將草稿交優生代謄。」於是歡聲雷動，大半託優生捉刀矣。金郡九學諭訓共十八人，試之日，人給方桌一張，列坐堂上，各優生則散坐廠內。文成交卷，教官尚得學使例宴，飽餐而散，可謂將軍不負腹矣。余同事秀水陳星皋言，文素敏捷，一揮而就。又作七律一章，奉呈諸君子，讀之無不捧腹。後學使微聞之，亦一笑而已。其詩曰：「接談散卷久通行，誰料今番忽變更。高踞考棚方桌子，俯求優行老門生。牢籠一日神都倦，安枕三年夢再驚。共說阿婆都做慣，者回新婦禮難成。」

昔人有嘲內閣中書詩曰：「莫笑區區職分卑，小京官裏最便宜。也隨翰苑稱前輩，好認中堂作老師。四庫書成邀議敘，六年俸滿放同知。有時溜到軍機處，一串朝珠項下垂。」余因星垞作考教詩，亦戲將是詩改之，以呈諸君子云：「莫笑區區職分卑，教官也最占便宜。春秋兩季分肥胙，督撫同聲叫老師。遇考可求優行代，束脩不怕上官知。有時保得京銜著，一串朝珠項下垂。」時知府事者，為崇厚庵觀察，笑謂人曰：「陳子莊以督撫為門生，我等道府，宜乎不在渠目中也。」

湖州郎蘇門觀察，庶常留館後，有七律三首，亦可噴飯。詩云：「自中前年丁丑科，庶常館裏兩年過。半歐半趙書雖好，非宋非唐賦若何？要做駱駝留種少，但求老虎壓班多。三錢卷子三錢筆，四寶青雲帳亂拖。」「幾人雅雅復魚魚，能賦能詩又善書。那怕朝珠無翡翠，只愁帽頂有硨磲。先生體統原來老，吉士頭銜到底虛。試問衙門各前輩，此中風味近何如？」「糧船一搭到長安，告示封條亦可觀。有屋三間開宅子，無車兩腳走京官。功名老大騰身易，煤米全家度日難。怪底門公頻報道，今朝又到幾知單。」

冷官風趣

伯祖朝珍公廷獻，乾隆辛卯舉人。弱冠登科，意氣豪邁，十上春官不第，選就蘭溪教諭。在都中遇翰苑諸公，必以論文數典困之，洪稚存、張船山太史均畏其鋒。常自詫曰：「吾來會試，狀元總在吾荷袋中，無奈輒遇翦綹賊也。」官蘭諭三十餘年，不問家人生產，惟以飲酒賦詩為事。年躋八秩，奉部推升國子監典籍。門下士集資為祝八十生辰，樂飲十日而歸。同官仁和沈秋河先生為撰壽序，用一百個「死」字，文極奇詭。復撰一聯贈之，曰：「不病故，不勒休，仙家亦稱上等，又升官，又添壽，教官無此下臺。」歸之次年，道光辛卯，重赴鹿鳴，侄九皋是科亦登鄉薦，為吾宗盛事。余年八歲時，隨先大夫之官福建，過蘭溪，公登舟來視，撫余首曰：「兒好好讀書，早早發達，莫效老翁之吃苜蓿盤也。」嗣余於辛卯科，乃薦而不售，官校官者十八年，僅得公歷俸之半耳。

校官為冷宦，自撰楹聯，或嘲或諷，多有可發一噱者。李時庵教授題大堂聯云：「掃雪呼僮，莫認今朝點卯；轟雷請客，都知昨日逢丁。」傅芝堂學博則云：「百無一事可言教；十有九分不像官。」此二聯早膾炙人口矣。屠筱園教授所書，則「教無所教偏稱教；官不成官卻是官」。自嘲中卻有身分。陸定圃教授則云：「近聖人居大門徑；享閒官福小神仙。」亦有味。沈秋河司訓門聯云：「讀書人惟這重衙門可以無妨出入；做官的當此種職分也要有些作為。」則稜稜風骨，讀之令人肅然起敬也。

科第世家

本朝五子登科者，余前記之矣。光緒元年乙亥恩科，福建侯官郭谷齋觀察式昌長子曾矩，與叔事昌，弟曾珣，同科中式。祖父遠堂中丞方引年歸里，一時傳為盛事。後乃知中丞昆弟五人皆登科膴仕，觀察則與嫡弟元昌等五人，先後登科。家門之盛，近代稀有。中丞敭歷中外，清望交推。觀察歷典劇郡，循聲卓著。世德作求，振興未艾也。觀察為余言：同鄉林氏科甲鼎盛，有「一科四進士；三代五尚書」之聯，自謂不及。余謂：「我家雍、乾之際，楹聯亦有『一門三宰相；四世五尚書』二語，似尚未足為奇。」如近時吳門潘文恭相國，狀元及第；其弟世璜及孫祖蔭，皆以探花及第。此外登進士入詞林者，指不勝屈。合肥李相國為題其門曰：「狀元宰輔祖孫父子伯侄兄弟翰林之家。」則極當代科名之盛，亦見壽考作人之雅化也。

不讀書人有至行

不敢妄為些子事，隻因曾讀數行書。蓋以讀書者必明理，不妄為，乃有所為耳。然世之奇節偉行，多出於不讀書之人，其故何哉？杭州江小芸觀察清驥為余言：里中有錢塘人許大鏞者，為水師營卒，餉不足以養母，遂兼業剃工。性極肫摯，而不能識一字。常往來觀察家執藝，見壁間懸奚鐵生山水小幅，愛之甚。每至，必注視久之乃去。心摹手追者累月，忽縱筆成一畫，顧不自信，又慚於示人。一日者見觀察，忸怩顏者良久，乃出所畫以相質。觀察驚為神似，亟相許可，復為指其瑕處，謝而去。去數日，復持一畫來，則較前更工矣。由是暇輒畫，畫就，必以質觀察。不一年，遂有畫名，然業剃如故也。母老矣，思為納婦，則固謝不願。蓋恐多一人，則母之甘旨或缺也。適有新寡者，母廉其值，不告於子而聘之。大鏞大驚，然不敢逆母命，遂成禮，禮成後，詢知為寡婦再醮，則又大驚，立與異室寢，而陽共侍母，母不知也。觀察聞而詢之，則蹙然曰：「吾敢壞孀婦節哉？」

未幾，母病且甚，大鏞醫禱皆窮。鄰有華佗廟，百叩乞方，終不效。會遇陀誕辰，里眾焚香者相屬，爐火赫然，大鏞忽插中指爐中，眾驚問故，曰：「吾將燃以救母。」火烈焰起，指爗爆有聲，眾相勸相憐，股慄汗流，大鏞齧齒默禱，顏色不變。頃之，中指二節皆成炭，則裹爐灰及指炭焻湯進母，母飲之立癒，眾皆歎異，以為神。不數月，母猝以無疾逝，大鏞醫救莫及，痛絕者數四。既殯其母，乃謂寡婦曰：「我之娶爾者，順母命也。所以我不與爾處者，全爾節也。今我母歿，爾節全，我行且逝矣。請悉以家之所有予爾，爾可保爾節以終身矣。」遂出門去，自髡其髮，為僧於華佗廟中，戒律甚嚴，人咸敬之。咸豐庚辛之變，城破廟毀，大鏞不知所終。觀察決其必殉難以死，特無人佐證，不能為之請旌耳。嗟乎！若大鏞之所為，有讀書士大夫所難為者，而大鏞顧率性為之，而不見其難；然大鏞固一字不能識之人也。悲夫！

卷十二

舒鐵雲和尚太守謠

自軍興以來，仕途流品冗雜。近年世道清夷，於是大吏多以澄敘官方為事。前年，福建巡撫劾長隨出身之同知何某；上年，湖南巡撫劾候補道劉某曾作門丁，皆奉特旨革職查辦。此後濫廁冠裳，未曾發覆者，當稍知警惕矣。然嘉慶年間，有和尚太守一案，最為奇異。和尚姓王，名樹勳，山西人，揚州鹽賈王引長世僕汪重光乳母之子，始在木蘭院為道士，後至京師廣惠寺為僧，號明心和尚。有口辯，多技能，兼挾異術。一時名動公卿，下而士庶商賈，上而達官勳衛，皆有皈依者。蓄積饒多，忽言塵劫且至，當留髮，蓄妻子，遂出都，依所善者某中丞作幕友。久之，復入都。會開事例，乃捐通判，分發湖北，諸弟子左右之，補善缺，擢同知，晉知府，調補襄陽府知府。其幼主王六聞信往投，命為侄，乃留署中。旋以卓異赴部，御史石承藻發其奸，下刑部，訊得實，諸弟子復左右之，得從輕比。奏上，仁宗震怒，命發黑龍江編管，先於刑部前枷號兩月，再行發遣。然其弟子總以為神奇，不可解也。舒鐵雲孝廉有《和尚太守謠》一篇，警鍊奇詭，李長吉不足多也，或他日和尚竟藉此獲傳，則和尚之幸也。詩云：

棄民為僧如禿鶖，棄僧為官如沐猴。
官成黃鶴樓中住，事敗黑龍江上去。

南來初寂寞，騎上揚州鶴。
北去尤蕭條，凍煞紇干雀。
無端忽慕竺法深，有時化為支道林。
碧紗籠邊鐘悄悄，青蓮缽底花沈沈。
石塔寺，無一縫；金輪會，有萬眾。
吳國銅瓶五色堅，趙州布衫七斤重。
借得如意影，放下笤帚柄。
或現宰官身，或佩國公印。
兩眼看天雋不疑，五體投地霍去病。
豈知襄陽節度乃有敘勳僧？
正聚處禪師之鬬場，住處終南之捷徑。
君不見南州傳法唐慧能，
又不見西蜀入貲漢長卿。
料得清貧饞太守，依然天竺古先生。
恆星不見官星見，不看僧面看佛面。
匆匆一曲《雉朝飛》，啞啞三更《烏夜啼》。

州亦不可添，詩亦不可改。
白銅鞮上春如夢，黃金臺畔人如海。
珊珊者骨，種種者髮，
不須笑整冠，且與翻著襪。
卿在雁門關來，師言石頭路滑。
鈴音云何劬禿當，禪味如是乾屎橛。
贈君以繞朝之馬撾，李斯之狗枷。
峨峨御史府，堂堂司寇衙。
五百劫恆河沙，二千石優曇花。
紆青拖紫波斯匿，偎紅倚翠摩登伽。
於是乎始墨，於是乎始髽。
汝受諸苦惱，何不出了家？
吁嗟乎！
天下雖大，難容其身，
地獄之設，正為此人。
今我故我，無臣有臣。

東之高閣，問之水濱。
初不若劉孝標典校秘閣上，
又不若楊法持戰勝邊庭壯。
爰有薛懷義，行軍總管彼一將；
復逮李罕之，中書門下此一相。
韋渠既工古樂府，賈島亦登進士榜。
國子祭酒理又玄，閤門祗候言非誑。
馮延魯去空遁逃，孫景元來曾供養。
而況徐羨之愛湯惠休，阮佃夫薦茹法亮。
青史十七部，白髮三千丈。
既已追度牒，何又進治狀。
君不見襄陽太守王和尚！

訟簡刑清法

同治六年，余初任南匯縣時，厲精圖治，遇民間訟事，一經控訴，立即提訊，隨到隨審，隨審隨結。三月之間，除尋常自理之案外，審結歷任積案三百八十餘起。案牘一清，民間頗著頌聲。丁雨生中丞奏予獎敘，余私心亦未嘗不自喜也。洎調青浦，仍不肯少怠，攔輿喊稟，無不立為了結。甚至南匯舊部民訟獄者，有不之本縣，而來青浦，求余判斷。心益喜自負。至九年，丁中丞以所刊《牧令書》頒發各縣，內有南豐劉廉舫先生衡《庸吏庸言》一冊，余受而讀之，不禁悵然自失，通身汗下。自是不敢自詡精明，輕受民詞矣。

先生之言曰：「尋常案件，定於三八當堂收呈。此外各日，切勿濫收。夫小民錢債田土口角，一切細故，一時負氣。旁有匪人聳之，遂爾貿貿來城，忿欲興訟，實則事不要緊，所欲訟者，非親即友，時過氣平，往往悔之。官若隨時收呈，則雖有親鄰，不及勸阻，而訟成矣。一經官為訊斷，曲直分明，勝者所值無多，負者頓失顏面，蓄忿漸深，其害有不可勝言者。且官即清廉，結案亦極神速，訟者自田間來，人地生疏，斷不能一無所費，此官長任事太勇之過也。若官非三八日斷不收呈，則訟者欲告之日，未必適逢放告之期。此數日中，有關愛之親戚鄰里，為之勸解，則狀詞未投，欲告者舊清未斷，為所欲告者，顏面無傷，不難杯酒釋憾矣。夫如是則訟端漸少，和氣所蒸，可以兆豐年，而釀厚俗，又不僅惜民之財已也。此愛民者所宜體諒及之者也。倘自詡聰強，收呈不以其時，能則能矣，毋亦不恤民隱乎？況更有藉此巧取者，吾烏乎知之？至如命盜、鬥傷、搶親等案，則應就地方情形，擇其尤要者，酌定十條，或八九條，刊刻宣示，准其隨時喊稟，則又不必具呈矣。」云云。

此真閱歷有得，藹然仁者之言。嗣余宰上海，即遵其言行之。上海五方雜處，華夷交涉事件尤多，聽訟不勝其煩。嘗有攔輿控會項不還者，余閱其呈，曰：「爾理可准，然細故可於明日告期上來。」明日其人不至。又嘗於鞫獄時，有呼冤入者，詢其故，則被人霸佔房屋不還之故。亦令其俟告期來，到期亦不至。蓋俱有人相為調息矣。此等事不一而足，不特民免訟累，即官亦省聽斷之煩。仁人之言，其利溥哉。特記之，以志吾過，並諗後之有志恤民者。

禽獸亦通靈性

道光壬辰，余應京兆試後，至元氏縣省外舅。縣城外民家畜一雞，云能識字。余往觀之，見以《千字文》散置於地，呼令取某字來，則應聲銜至。余戲令取「雞田赤城」四字，而匿其「城」字，則銜「雞田赤」三字列於前，而側首以覓「城」字不得，若有躁急狀。同人均大驚笑，或云此亦教而成者，如黃雀演戲，烏龜算命，蝦蟆教書，螞蟻排陣之類，皆不足奇。最奇者，錢梅溪先生所云，蘇州楊方伯家畜一犬，喜聽曲，每遇人唱曲，必搖尾至，驅之不去。曲若有誤，則呷呷作聲，若相正者。犬能顧曲，已自奇矣，又蘇城新郭里有浙江慈谿人姜姓，設小藥肆，姜素知醫，頗有聲。家畜一犬甚馴，姜每視疾，犬輒隨之。有患隔症者，姜誤為虛症，將投補劑，犬向之長嗥，乃改其方，數劑而癒。有孕婦，腹巨而飲食減少，姜目為蠱脹，犬又向之呦呦作小兒啼，乃悟，予以安胎藥，越月而孿生，母子無恙。嗣有鄉人患濕毒，一腿紅腫，不知其名，姜審視未定，犬忽突前齧之，血流滿地，作紫黑色。鄉人大號，姜怒撻其犬，既乃知毒蘊於中，非開刀不能出也。敷以藥，遂癒。於是犬醫之名大著，然未幾逸去，姜忽忽若有失焉。犬能知醫，尤奇之奇者也。

堪輿奇驗

杭州文風科第，甲於一省，自嘉、道而後，漸不如紹；至咸、同之際，復不如寧。錢塘丁松生丙，謂為府學風水所致。因於光緒乙亥科前期，請於大府，將門逕向置稍為脩改，又將五魁亭飾而新之。八月初八日，士子入場之日，適值工竣，松生於亭前燃雙響炮三十枚，以振文氣。洎榜發，杭人中式正副榜者恰三十人，松生之侄立誠得亞元。共以為奇，堪輿之驗如此，不可解也。松生勇於為善，其所為者，不顧艱阻，必底於成。杭城善後之事，多得其力。左爵相薦舉浙江人才，稱其見義必為，居心懇惻，而有條理。若授以牧令之任，必能撫循黎庶，希蹤循良。奉旨以知縣發江蘇補用，松生高臥不起，其志趣可欽也。

錢東平創釐捐法

錢東平江者，浙之歸安人也。負才使氣，跅弛不羈，有俯視一世之概，故無鄉曲譽。薄遊廣東，亦落落寡所合。會林文忠禁煙，英夷肇釁，江心憤其事，遂集眾舉義，與夷為難。所作檄文，多所指斥，大府惡之，坐以法，遣戍新疆。當未至之先，新疆諸人固已聞其名矣。既抵戍所，自將軍以下皆折節與交。江口若懸河，議論激昂慷慨，同人皆推服之，尊為上客。未幾，遇赦歸。歸後，又遊京師，出其縱橫捭闔之說，遂名動公卿間，或勸以仕，江不應，頗以魯仲連自命。時值粵賊陷金陵，世事孔亟，江曰：「此吾錐處囊中，脫穎而出之時也。」遂乘薄笨車出都，出都日，送者車數百輛，極冠蓋之盛。其時副都御史雷公以誠辦理糧臺，開府邵伯埭，江懷刺上謁。抵掌而談，雷公大悅，辟至幕府，幾於一則仲父，再則仲父之契焉。

當是時，江北屯兵數萬，儲胥甚急。公以轉餉為職，而各省協餉不至，空手不名一錢，庚癸頻呼，行有脫巾之變，焦愁仰屋，莫展半籌。江為之畫策，疏請空白部照千餘紙，以勸捐軍餉，隨時隨地即行填給，與從前繳銀累載奏獎不聞者，迥然不同。富人朝輸貨財，夕膺章服，歡聲載道，踴躍輸將，不旬日遂得餉十餘萬。又創立「抽釐法」：於行商坐賈中視其買賣之數，每百文捐取一文，而小本經紀者免。居者設局，行者設卡，月會其數，以濟軍需。所取甚廉，故商賈不病；所入甚鉅，故軍餉有資。源源而來，取不盡而用不竭，不期月又得餉數十萬。資用既裕，兵氣遂揚。江上諸大帥倚雷公若金城，而公亦視江如左右手矣。

當是時，江之名聞天下，然江恃功而驕，使氣益甚。玩同幕於股掌，視諸官如奴隸，咄嗟呼叱，無所顧忌。於是上下交惡，譖毀日至，雷公亦稍稍疏之，膠漆而冰炭矣。江愈怒，即於雷公亦面加譏斥，雷積忿日久，第欽其才，姑含容之。一日飲次，議論相左，雷加誚讓，江使酒大罵，雷怒甚，在旁者又慫恿之，立即斬首。乃以江跋扈狂肆，將謀不軌奏焉。冤矣。使當日江稍委蛇，必可不死。使雷公左右有略與周旋者，亦不至於死。小有才，而未聞君子之大道，不能為高蹈之魯仲連，轉同於殺軀之盆成括，哀哉！余初不識江，故友戴禮亭熟其人，為余述其大概如此。後雷公以他罪褫職，聞亦頗心悔其事，流寓清江浦佛寺，誦經自懺，然而江則已死矣。

錢江既創立釐捐法，各直省皆仿照行之。曾文正公尤以為善，謂軍餉無出，與其病農，不如病商。蓋擇禍莫若輕之意，非真以釐捐為必可行也。軍興二十年以來，不加賦，不勒派，而卒成戡定之功者，釐捐之力居多。余自咸豐初年，奉檄餉局，首則捐輸，繼而助餉，又繼而米捐，舌敝耳聾，異常困苦，恨聲不絕，所得無幾。自釐捐法行，商賈不無怨謗，然一省之中，每年或得數十萬，或得百餘萬，或得二百餘萬，而不甚費力。余謂辦捐之道，切不可過分，此是國家不得已之政，須體朝廷不忍人之心，持己以嚴，免招物議；待人以恕，用卹商情。自然，商賈願藏於其市，行旅欲出於其塗，而捐數可以旺收，聲名不致敗壞矣。其有以刻為能者，尺布斗粟，並計起捐；碎物零星，忘報即罰，此是闗市之暴客也。其有營私為己者，得費免捐，公然賣放，收錢不報，暗地侵吞，此是國家之盜臣也。兼之設卡既多，立法益密，大小委員，一局三四輩，巡丁司事，一卡數十人，人數猥雜，局用益大，所入不敷，則不得不加意搜求。再，人之賢者少，而不肖者多，查察不及，弊端百出，既為暴客，又為盜臣，而商賈徒耗其財，餉需仍無有濟，言之可為痛恨，雖大吏時加檢攝，有犯必懲，而吞舟之漏者，又不知凡幾。此固非江創法之初心，然江則為其濫觴矣。故此時但願軍務早蕆，釐捐得停，復睹嘉道承平之治，斯為美耳。然江以一匹夫創成天下釐捐之舉，論平賊之資，固屬功之首；追思病商之源，亦是罪之魁也。

按釐捐之法，實肇於宋陳亨伯之經制錢，增酒價，添商稅，及公家出納每千收二十三文。紹興時，歲入共一百二十萬緡，史稱其多。江之釐捐，實祖其意，雖云每千取十，其究也，亦將至二十三文。第以江、漸二省計之，每歲已三四百萬緡，於軍餉實為大宗。朝廷雖屢有輕減之旨，總以軍務未平，未能已也。

王畹上李秀成陳攻上海策

宋不用張元，而元昊用之，大為中國患。人多咎宋之遺才，而不然也，此其中固有天存乎其間焉。同治元年春二月，上海中外諸軍攻克粵賊七堡逆壘，獲蘇州諸生王畹上偽忠王書，具陳攻取上海之策。薛覲堂中丞閱之，大驚，疏聞於朝，江南北大為警備，幸賊不從其計，卒以無事。

至四月後，李爵相督師來滬，以上海為關中，戰勝攻取，遂奏廓清之功。然當畹獻策之時，使賊稍聽其謀，上海一有失事，則後來爵相無駐節之所，餉源斷絕，不知又多費若干經營矣。賊平後，畹遁入咪唎堅墨海書院以死，不嬰顯戮，三吳人有遺恨焉。然畹先時亦嘗謁吳曉帆觀察，陳書，當事者不置意，遂往從賊，此亦張元之流亞也。國祚中興，彼昏不用，豈非天哉！

畹書余於薛中丞幕府中見之，洋洋數千言，今則不能記憶矣。大略勸賊與洋人和，而藉其勢以圖中原。謂洋人遣使至金陵，以各國貿易所在，請無攻滬，而賊酋不許，洋人遂助中國城守，為失策。此時宜急許其不攻，而要令不得以軍裝、火藥資中國，再遣舟師渡江，分擾通、泰、裏下河完善之區，並於海道劫掠華商，使不敢載運貨物。貿易不通，釐捐斷絕，官軍乏餉，洋人坐困上海，聚數百萬避難之人，無所得食，必且生變。而洋人生理既絕，亦必俯首來求脩好，然後脅之使獻上海，策之上也。若一時不能與洋人和，而先欲得上海，亦不必調集大兵也。蓋洋人嗜利，近以蘇、浙二省避難人麕至滬地，遂於夷場廣造房屋，重收租息，初不問人之來歷也。宜遣精兵數千人，偽作難民，賃洋屋以居，地繫夷場，中國官無從稽察，中夜一呼，應者四起，縱火焚燒，遇人斫殺，洋人計惟登舟逃逸，而上海唾手得矣。上海既得，然後招回洋人，而厚待之，不攖其怒，而仍可為用，策之次也。云云。其慮甚周，其計甚毒，故在上海者閱之，無不髮指，無不失色。乃以梟雄之李秀成，亦如陳叔寶之昏庸，棄書床下，此真國家之福也。嗚呼！豈非天哉。

造化弄人

先大夫言，福建莆田縣轄兩巡檢：一迎仙寨，一涵江司。迎仙寨姓李，涵江司姓繆，二人皆紹興人，交相得也。初不之異，繼乃知繆則李，而李寔繆，蓋二人同為部吏，繆以年滿選迎仙巡檢，以部中尚有經手事，難其行，李乃頂名而往，繆仍以李名在部。越數年，李之名年滿謁選，適得涵江，同在一縣，相見啞然。信造化之弄人也。

應對舛錯之笑柄

聖門四科，言語居一，蓋出話稍不檢點，即錯誤矣。汪稼門先生志伊總督浙閩時，性嚴厲，僚屬進見者，無不惴惴。先大夫督造軍工廠戰船，工竣，例歸總督驗收。鹽道麟公祥素謹慎，恐先大夫辭有舛錯，囑道庫大使達泰曰：「子妙於語言，可幫同陳君應對，免致觸忤也。」洎總督驗船，見工堅料實，頗為嘉予。達隨之行，先意承志，喋喋攙言。總督色甚和，鹽道心亦甚喜。比驗及貯淡水之井，總督笑曰：「井甚深，恐小孩子跌下，須淹死矣。」達遽對曰：「不然，即大人跌下，亦要淹死。」同行之官，無不匿笑。總督色莊而去。事畢，麟公呼達至官廨，痛責之曰：「好好一篇文字，被汝鬧壞！」達俯首引咎而已。次日衙參，麟公見總督，先謝不敏。總督曰：「我並不計較及此也。」麟公退，又呼達告誡之。遂同謁巡撫王畹香中丞紹蘭，巡撫忽問及漳州鹽商王夢蘭虧課事，麟公心恨此商，即對曰：「王紹蘭乃一奸惡之小人也。不革王紹蘭，鹽務無從整頓。不辦王紹蘭，群商無所畏懼。」娓娓數百言。皆斥王紹蘭名而罵之。藩臬兩司，初以目示之，不悟；繼微曳其衣，仍不悟。巡撫乃微笑曰：「是王夢蘭也。』麟公始恍然，大慚愧，起立謝罪。既出，官廳中有傳其事者，達乃合掌誦佛號，曰：「報應如是之速哉！」合座大笑。麟公後官至倉場總督。

女子從戎

粵賊洪秀全之自廣西竄長沙也，其妹洪宣嬌稱元帥，常騎馬，率粵之大腳婦出隊，服五綵衣，備極怪狀，官軍望之奪氣；然第炫人耳目，其實不能衝鋒決鬥也。其時，唐縣李方伯孟群，有妹名素貞者，知書，工騎射，熟孫吳兵法，於天文占驗之學，靡不窮究，父兄皆奇之。咸豐四、五年，方伯以知府奉楚撫胡文忠公檄，督師討賊，招女至軍中。女戎裝往，代為畫策決勝，累建奇功，殺賊逾萬。方伯常剿賊失利，被圍十餘重，他將軍皆不能救。女怒馬獨出，於槍林炮雨中突圍而入，手斬數十人，護方伯歸。甲裳均赤，賊眾萬目注視，驚為天神。後胡中丞攻漢陽，城堅不能下，女與方伯謀夜襲之。孤軍深入，中伏，救兵不至，遂血戰而死。年二十餘耳。

報至，舉軍皆哭。後二載，方伯亦於安徽戰歿。女子從戎，百戰捐軀，軍興二十年來，所僅見者也。余有詩弔之曰：「百騎甘寧襲賊營，紅妝血戰獨捐生。漢陽若舉褒忠祀，先拜英雄李素貞。」

李方伯姬人殉節

仁和李方伯本仁，開藩皖江時，以千金至吳門聘一姬，美而慧，方伯寵之專房。又於蘇州招一老伶工，教度曲。花晨月夕，檀板金樽，極聲色之娛，僚屬多竊議之。安慶不守，移省廬州。軍事又急，方伯誓以身殉。姬請隨死，不許；請益堅，則謂之曰：「汝欲死，歸至家死，可也。」遂遣人護之出。又陳金几上，集家眾諭曰：「我受國恩，自當城亡與亡。爾輩願同我死者，留。否則，各持金去。」於是眾皆懷金哭拜而散。老伶奮然曰：「眾皆去，誰侍主者？」擲金地上，遂獨留。方伯歎曰：「歲寒知松柏，不圖於伶人遇之！」越二日，城陷，方伯戰死，老伶掩其屍已，亦吞金死。時姬行尚未百里，回望城中，煙焰燭天，慟哭欲絕。遂曉夜遄行，不匝月抵家。發喪成服，眾方幸更生，姬獨詣夫人前，叩首請死。夫人勸之曰：「若已脫難，我亦善視若，若何必死？」姬對曰：「主人命我到家乃死，我不可負主人。」遂不食數日而卒。於是向之竊議方伯者，至是乃共哀方伯焉。嗟呼！慷慨赴死，從容就義，不圖於弱女子中見之。惜不知姬之姓氏也。即如老伶者，亦人所難能也。

仕途中豪俠風

曾叔祖雲巖公諱孝升，性慷慨，喜交遊。弱冠時，手散萬金結客。官甘肅平番令，揮霍益甚，置繹延賓，有鄭當時風。會有某都統以譴戍伊犁，道出公境，公憐其遇，厚待之，復贐其行，都統感甚。然公於此等事甚多，不之記也。作宦十年，虧帑鉅萬，落職待勘。適都統復起用，洊擢陝甘總督，未抵任，即遣人往詣公。公已忘前事，驚不知所出；司道各官聞之亦驚，既悉其情，乃爭出資，為彌其缺。總督既至，待公如上賓，疊加奏保，隆隆驟遷。不十年，官至雲南布政使，公自喜愈甚。人有急難，求之無不應者。

錢塘陳香谷中丞桂生，時官某邑令，欠課五千，計無所出，欲覓死。公聞之，召令入見，呵之曰：「五千金，細事耳！若乃欲以性命易之乎？」袖出一紙給之，則五千金藩庫實收也。陳感激涕零，以其曾祖句山太僕與文勤公同朝通譜誼，遂以叔事公。公雖喜結納，而獨不肯阿權貴。時和相國珅勢張甚，公不與通，和頗銜之。會福文襄郡王出師征苗，以函取庫金二十萬，公與之，而文襄薨，未及補牘。大吏劾公浮銷，著賠。和遂追公赴部對簿，不得辯。在獄兩年，嘗受恩者饋贈盈萬。公度所虧太鉅，不能償，則悉以所贈者周同繫之人。其慷慨蓋天性也。未幾，沒於獄。時和已敗，乃得援赦免追。後香谷中丞撫蘇，招公子赴署中，待之同於兄弟。人亦重中丞之能報德焉。此事余弱冠時見中丞，親為余言，猶以不能如某總督之脫公於厄為歉也。

仕途中炎涼態

勒襄勤相國保，督四川時，待僚屬以禮，即不愜意者，亦未嘗不飲人以和也。嘗告家梅亭方伯曰：「我始由筆帖式，官成都府通判，不得上官歡，時遭呵譴。同官承風旨置之不齒，每衙參時，無與立譚者，抑鬱殊甚。又以貧故，不能投劾去，含忍而已。會聞新任總督某來，十年前故交也，心竊喜，而不敢告人。總督將至，身先郊迎，辭不見，慍矣。抵城外，上謁，又不見，更慍甚。乃隨至行轅，大小各官紛紛晉謁，皆荷延接，而我獨不得見。手版未下，又不敢逕去，天氣甚暑，衣冠鵠侍，汗流浹背，中心忿恨欲死。正躊躇間，忽聞傳呼：『請勒三爺。』不稱其官，而稱行輩，具見舊時交誼。此一呼也，恍如羈囚忽聞恩赦，爰整衣冠，捧履歷疾趨而入。則見總督科頭衩衣，立於簷下，指而笑罵曰：『汝太無恥，乃作此等形狀見余乎？』我稟請庭參，則掖之起，曰：『不要汝磕狗頭。』回顧侍者，令代解衣冠，曰：『為勒三爺剝去狗皮，至後院乘涼、飲酒去。』我於斯時，越聞罵越歡喜。比至院中，把酒話舊，則此身飄飄然若登仙境，較今日封侯拜相，無此樂也。時司道眾官猶未散，聞之俱驚。我飲至三鼓，歸，首府縣官尚伺我於署中，執手問總督意旨。從此遇衙參時，逢迎歡笑，『有進而與右師言者，有就右師位而與右師言者』矣。而勒三爺之為勒三爺，如故也。官場炎涼之態，言之可歎。故於今日待屬官有加禮，以此，而不肯輕意折辱屬官，亦以此也。」方伯嘗舉以告人，自謂一生歷官，不敢慢易忽略人者，勒侯之教也。

愚民不解文告

今世遇有條教禁約之事，上官必曰出示曉諭，曰多出示曉諭。於是匿示不張者，有罰；出示不遍者，有罰，上官以為立法周密矣。而屬吏之復於上官者，亦不過曰已出示曉諭矣，已多出示曉諭矣，更有格外認真者，曰已勒石曉諭矣。一曉諭，而上官之心已盡，屬吏之責亦卸，庸詎知蚩蚩之氓，固有一字不識者乎？民不識字，則不特出示無益，即勒石之示亦復何益哉！

同治丁卯九月，有英國商人載煤夾板船，於大洋膠沙而沉，煤遂散浮海面，南滙海濱之民，咸撈獲儲於家。固不見洋船也，但識為洋煤而已。未幾，有洋人挾通事來縣見余，謂南民搶掠其煤，焚燒其船，索賠銀五萬兩。余以其語涉狂誕，拒之去，而密遣人赴海濱察得其情。因思我民斷無賠銀之理，而洋人必不肯已。若不查還其煤，必致肇釁，事聞總理衙門，所傷實多，則不賠而賠矣，且庸知不飭令賠者？不如先事圖之。遂選干差，往沿海各村挨查，而繕手諭數百張，挨村遍貼，剴切曉諭，令將撈存之煤繳向公所，免致拖累云云。語極諄切，又親自赴鄉督查，乃沿海之地延袤計有百餘里，一時不能周歷，而英國領事官已照會上海道，札委華洋同知陳君寶渠，暨伊國施翻譯官，偕洋商來，並令火輪船駛至海面邏巡，開炮示威，勢洶洶然，民情震恐。而洋商則仍力持賠銀五萬之說以相恫喝，余大聲疾呼，以理折之，洋商氣稍沮，然總執賠銀之說，惟不言五萬耳。

余曰：「若爾以失煤之故，乞我代為查還，我體兩國交好之情，自然竭力查辦。若言賠銀，是訛詐矣，訛詐則安有交情？我官可去，爾銀不可得。」於是陳君亦以正誼責之，其翻譯官從而調停之，則須查煤矣。余於次日，復偕施翻譯暨洋商，到海濱審視，一片汪洋，無從究詰，相顧無策。余乘其意氣消沮之時，因與約，查得煤若干，即以若干還之，令其先歸聽信。而自向最大之村落名泥城者，集眾諭話。附近各村之民聚觀者，不下數萬人。余先以夷情諭之，又以拚一官保衛百姓之語告之，更以手諭之意，反覆開導數百言，鄉人多有感動泣下者，云實不知有此道理，於是均願以所撈之煤送還。余喜，問曰：「爾等豈不見我手示乎？」則萬口同聲對曰：「雖經見示，實無一人識得字也。」余不覺駭然疑，因歷詢保董諸人，所言如一。余又不禁慨然歎，始悟古人懸書、讀法之意。懸書以治識字之人，讀法以治不識字之人耳。是役也，共收繳煤十八萬斤，皆以舟由內河運還之，匝月竣事，共費錢千緡，悉余捐給，不以累民，民得晏然無事。至次年，余遂於境內鄉鎮，設立義學二十所，俾之讀書識字。海濱之人靡然從風，即泥城左近亦自捐置義學二所，不廩於官。從此南邑四郊之內，弦誦之聲相聞矣。

決文特識

制藝文字，有特識者決之如響，余生平見二人焉；一為任邱邊仲思太守寶誠，一為餘姚朱久香閣學蘭。同治乙丑，太守在寧波考試書院，取前列三人，決為本科必售。洎榜發，中者二人，而所取第一者竟無名，太守訝之。未幾，北闈榜來，則其人已中南元，乃復大喜。閣學督湖北學政時，鄉試前，決科於省中書院，所取十名前，皆得中式，而解元即閣學之第一人也，尤為科名中盛事。

朱久香之行誼

久香先生固精於文，其行誼尤為醇篤。與倭文端相國仁同年，平時以道義相切磋，造次必軌於正。咸豐庚、辛間，賊陷浙江，先生矢志討賊，忠憤所激，言發涕垂，人或迂其行事，妄加謗哂，先生不顧也。余與先生素昧平生，於上海旅次一見，即傾襟以待，逢人說項不去口，謬許余為知兵。李爵相欲委余浦東軍事，先生貽書爭之，謂余必須赴浙，以顧桑梓。爵相乃令偕史士良觀察到寧波。寧波苦餉絀，先生即在上海為籌餉事。每數日必致余一書，論軍務機宜，料敵出奇，動中肯要。余即以書呈觀察閱之，戰勝攻取，多用其策。會被召用，乃去。然紹興之復，終屬先生籌餉、籌兵之力也。泗門謝員外敬集黃頭義勇擊賊，先生資以餉，又恐敬恃勇不戒，令高足弟子呂五峰茂才受豫參其軍事，盡心擘畫，疊著戰功。會賊大至，敬仍以輕敵敗沒，受豫亦抗節死。其宗人國恩接統其軍，卒底於績。先生以二人死事狀疏聞於朝，得專祠祀焉。嗚呼！若先生者，文章、經濟、道學三者兼而有之矣。

朱莯堂叔侄之忠謹

平湖朱茮堂先生為弼，先伯雲伯公庚申同年也。與先大夫最契，服官恪守繩墨，清絕一塵，官順天府府尹。時先大夫以轉餉入都，有上閩督書，託其郵遞，先生驚曰：「私牘可擾驛站耶？」乃出己資，由信局寄去，而持收照謝先大夫。其謹畏如此。後官至漕運總督，剔除積弊，八省吏民咸頌之。歿，祀鄉賢焉。先生猶子山泉觀察善張，卓犖有奇氣。道光二十年，暎人犯乍浦，與余同事善後。洎余司訓金華，山泉以南河通判出山，洊擢江南淮海道。髮捻煽逆，保障淮揚，疊著戰功。文官而得巴圖魯勇號，尤為異數。歿後追贈右副都御史，崇祀名宦。山泉季弟楚卿別駕善寶，咸豐庚申署江寧同知，僑駐常州。時粵逆破溧水、句容，當道棄城走，楚卿歎曰：

「毗陵為蘇浙門戶，我雖無守土之責，當與城存亡。」遂登陴拒戰，而心知事不可為，賦詩曰：「狂風已斷悲笳曲，落日空揮寶劍光。惟有丹心終不改，猶能殺賊死戎行。」城破，巷戰死，入祀昭忠祠。余未及見茮堂先生，而山泉、楚卿則素習也。竹林三人，於鄉賢、名宦、昭忠祠中各專一席，榮矣哉。

富陽王高士

富陽王君子和鑾，今之高士也。世席簪纓，性恬淡，不樂仕進。少年時隨祖若父宦遊四方，行路萬里，橫覽山川之勝，遂善作畫。墨法既妙，設色更神，鉛朱丹碧，千崖萬壑，沉雄奇秀，兼而有之。尤工花鳥，見者驚歎，名重一時。因以畫自給，筆墨外不妄受一錢，人皆敬之。咸豐辛酉，賊陷富陽，子和避難鄉間，日三四徙。一日者，天陰雨雪，忽聞賊至，急起奔走，倉皇中乃撞入賊隊，遂被縛去。賊酋見其文弱，目又短視，驅行泥淖中，屢起屢仆，憐而釋之，謂曰：「速行！遇他隊，不汝活也。」子和既得脫，不暇擇路，竄身荊棘，屨穿襪破。天既昏黑，仍不敢息，望前疾趨。於雪光中忽睹一屋，遂奮身入。入其門，闃其無人；窺其室，則似有聲響，乃訴以被難之苦，乞為容留。良久，有婦人應曰：「我等麕聚室中，子其入焉。」入則暗黑不能辨人，遽踣於地，既凍且餒，身僵足痛。喘息逾時，乃問婦之姓氏，則對曰：「我某之妻也。」某與子和本係遠戚，聞之稍慰，再與語，則不答。憊極亦不能復詰，垂頭稍睡。一時許，忽聞婦呼曰：「天將明，賊且至，子可行矣。」子和遂捫戶而出，走未數里，天果明。遇鄉人，得脫於難。又悔不挈婦同行，恐其亦罹於難也。久之事定，歸遇某戚，告以故，且謝其妻。其人駭曰：「吾妻死已三年矣！」乃知遇鬼，子和以為奇。今年因談往事，舉以告余，余曰：「喪亂之際，天道尤近，善人終得保全。子忠信篤敬，自當有鬼神呵護，難而遇救，亦常理耳，何奇之有？」

曾侯甘心受欺

同治乙丑之秋，郭遠堂中丞開藩蘇州，余與同官諸人晉謁，翌中，中丞觴之。酒酣，中丞忽問元和令蕭山陶君肖農曰：「某人近日在家否？」陶對曰：「已遊庠，且食餼矣。」中丞乃笑謂余等曰：「此係渠鄉人，當金陵初復時，冒稱校官，往謁曾侯，高談雄辯，議論風生，有不可一世之概，侯固已心奇之矣。中間論及用人須杜絕欺弊事，遂正色大言曰：『受欺不受欺，亦顧在己之如何耳。某盱衡當世，略有所見。若中堂之至誠盛德，人自不忍欺；左公之嚴氣正性，人亦不敢欺；至如某某諸公，則人雖不欺而尚疑其欺，或已受欺而不悟其欺者，比比也。』侯不禁大喜，撫髀稱是。因謂之曰：『子可至軍營中，一觀我所用之人。』某諾而出。

次日，遍謁諸文武，歸而復命曰：『軍中多豪傑俊雄之士，然某於其間得二君子人焉。』侯驚問何人，則舉涂方伯宗瀛及中丞名以對。侯又大喜稱善，乃待為上客。顧一時未有以處之，姑令督造炮船。未幾，忽挾千金遁去。所司以聞，且請急發卒追捕，侯默然良久曰：『止，勿追也。』所司惘然退，侯乃自循其鬚曰：『人不忍欺，人不忍欺。』左右聞者皆匿笑，不敢仰視。」中丞言至此，又顧陶君曰：「此人既遊庠食餼，當令人勉之務正；如曾侯者，難再遇也。」次日，同官聚談，舉為笑柄。或曰：「幸金數不多，故侯大度置之耳。」或曰：「侯恐播受欺名，故忍而不追也。」余曰：「不然。昔宋韓魏公總五路師，經略西夏，有人以偽書干之，得厚贈去。已而事露，諸將請捕之，韓公曰：『此人敢於百萬軍中，持偽書以欺我，則其人之膽識必有過人者；若跡之急，必投入夏國，是又生一張元也。』遂止。後世論者，共服韓公之深識遠慮。當金陵甫復時，髮逆未平，捻勢正熾，曾侯之見，即韓公之見也。大臣謀國深遠，豈惜此區區之金及受欺之名哉？」眾皆以余言為然。

王烈婦

余官金華縣訓導時，府學訓導杏泉王君英瀾，與余同官，交相得也。杏泉長子繼本，字根仙，以髫齡食餼，書法秀美，尤工古文詞，寅好中無不嘖嘖羨杏泉有子矣。嗣余官江蘇，與杏泉不通問者數年。余冢婦山陰錢慎庵太守女也，嘗言其戚王孫氏殉節事，心疑為杏泉家事，未暇細詢也。今年，杏泉郵寄其媳《王烈婦傳》，讀之，乃驚根仙以夭死，其婦又以殉節死，為慘然者久之。按傳：烈婦為會稽孫君悅祖女，性孝友。年十六歸根仙，事舅姑如事親，相夫以順，御下以寬，里黨無閒言。甫三年，而根仙以病死，烈婦慟絕復蘇，毀面截髮，誓不獨生。悅祖痛愛婿死，哭之哀，遽遘疾卒。烈婦衰絰，號泣奔赴，視殮畢，歸，謂家人曰：「吾今可以死矣。」初欲覓刀繯以殉，其祖司訓公借虧體義諭之，冀紓其死。烈婦曰：「死所天，非全歸乎？」乃絕粒，翁姑百計解之，不可得。絕食七日，瀕死矣，司訓公又強飲以西瓜汁一杯，復延七日乃終。嗚呼！其初殉也慷慨，其卒殉也從容，此真所謂百折不回者也。嗚呼！有婦如此，根仙可謂不死矣。烈婦名留天壤，與日月爭光，烈婦亦何嘗死哉。

金余二善人

余行年六十有四，生平所覯豪傑俊雄之士甚多，而善人則止得二人焉：一為金華金樂魚濠，一為無錫余蓮村治。樂魚少讀書，不應試，家綦貧，而為善不倦。邑中掩埋育嬰，及一切諸善舉，孜孜矻矻，幾欲以身殉之。人或笑其愚，不顧也。工書畫，不肯多受人潤筆，其廉介蓋出於天性。咸豐元年，邑人公舉應孝廉方正科，力辭不獲，然總不肯易六品服，仍以布衣終身。蓮村以諸生得保訓導藍翎，然亦不求仕進。遇善事，必竭力成之，勸人為善，舌敝唇焦，不以為苦。

遍遊江浙地方，以因果戒人。如溺女、搶醮、淫殺諸事，諄諄誘掖勸化。人苟允之，即叩首以謝，不以為辱。又自撰院本，糾會數千金，以忠孝節義事演劇，名曰善戲。使觀者興起感動，然世俗習於浮麗，聽古樂則惟恐臥，故志不得行，而蓮村不悔也。第因之感化者，亦復不少。蓮村曾於途中病甚，僕人陸慶乃截指和藥救之，則其感人之深，可見也。

余攝南滙事，蓮村來謁，出《小學》諸書，囑令分佈；又以《保嬰》、《恤嫠章程》見勸。余因於縣境設立義學多所，又創立保嬰、恤嫠等會，均見成效，皆蓮村啟余也。樂魚與蓮村，皆規行矩步，不苟言笑，其樂善亦同出一轍。惜二君相距遠，不獲相見，使苟相遇，必有相視而莫逆者也。樂魚歿已久，聞蓮村今年始歿。嚴芝生太守告余，謂人傳蓮村已證真人之位者。余曰：「使天堂無則已，有則蓮村、樂魚二人者，必生天無疑矣。」

福星輪船失事

光緒元年三月，蘇省招商局福星輪船，裝運江蘇漕米七千石赴津。內有江蘇海運委員、補用知府蒯君等二十一人，浙江海運委員石君一人，暨董事、僕從等數十人。行至山東煙臺地方，天起大霧，覿面不能見物，猝遇英國澳順輪船，兩船相衝，福星船竟被撞沉。於是委員、董事、僕從人等並溺斃六十五人。其遇救得生者，僅江蘇候補知縣江君等三人而已。事聞，李爵相據情入奏，朝廷震悼。死事各員均加銜，照陣亡例議卹廕子。並命於天津、上海二處，建立專祠，董事、僕從等，咸得附祀。江蘇大吏復籌庫款，提出銀兩，各予死者家養贍，以十年為期。英國官員亦罰澳順輪船賠銀作卹。死事諸人既厚邀國恩，復得中外優卹，計存歿均無遺憾矣。

惟內中有候補縣丞長楙一事，最為奇絕，因特志之。長君係滿洲人，以佐貳需次蘇臺者久矣，光景困甚，上官憐之，給予津運一差，俾得薪水，以顧其家。長君奉委，忻然別妻子而去。去未旬日，其妻晨妝竟，出戶操井臼，忽倒地大呼，作長君語曰：「輪船失事，我已死矣，可速延我好友某某來。」其友至，則緬述船破事始末，時蘇城尚未得信也，眾皆大驚。長又曰：「我死後，已得差使。心念家貧子幼，故曉夜奔馳而歸。」因囑某友曰：「我子年甫十歲，無人養贍，乞君念交情挈之去，譬如家中多用一小僕耳。」言訖淚下，某亦哭而允之。長復曰：「我妻如此命苦，在人世亦無好處，當與之同赴冥間。」於是眾爭勸曰：「爾子尚幼，若非有母撫育，如何得以長大？請勿作此想。」長思之良久，乃應曰：「諾。」遂作謝，辭別而去。其妻乃霍然醒，問以附魂諸事，皆不能知，第謂出戶之際，覺冷風一陣，吹向身上，遂不省人事矣。越二日，乃聞噩耗。時余薄遊蘇臺，寅好中喧傳其事。署方伯應敏齋先生，守程、朱之學，不信鬼神，余舉所聞以詢，方伯亦早有所聞，共相歎異。方伯曰：「子方作《筆記》，可敘入之，與《神滅》、《無鬼》二論相辨也。」

楊遇春逸事

富陽周芸皋觀察凱，由進士歷官至福建興泉永道，所至卓有政聲。道光十二年，臺灣民張丙作亂，大府調觀察攝理臺灣道事，戡定之際，搜捕餘孽，鞫訊犯供，無枉無縱；辦理善後事宜，籌畫周密。去任至今，將四十年，臺地疊遭東西夷外警，而境內風塵不驚，盜賊不起，則措置之善也。溯自康熙二十二年，臺灣始入版圖，至道光十二年，僅一百五十載耳。而亂者凡十五起，或請大兵勦之，或以本省兵平之。其亂之生也，或數年，或十數年輒一見。其自相殘賊，則間歲有也。觀察精心運用，力籌所以善厥後者，條教章程，規劃悉當，海疆得以久安無事，其功甚偉。去歲，日本窺臺，東南旰食，惜觀察久歸道山矣。觀察文集中，有記前陝甘總督楊侯逸事一則，仰見疆臣養威重尊國體之至意，讀之不勝佩服。侯豈預知今日東夷之抗我顏行耶？因亟錄之，使後世知我朝廷之威德焉。

回疆張格爾之亂，戕大臣，據喀什噶爾城，圍和闐、葉爾羌、英吉沙爾三城。上命大學士長公為揚威將軍，往徵之，以陝甘總督楊侯參贊軍事。抵七里河，與賊夾河而軍。侯以所部先濟，賊見中流人馬高大殊於常，驚為神。侯擊之，伏屍萬餘，張格爾遁。復喀什噶爾城，三城圍解。既而久不得賊，或謂賊畏侯不敢出，侯在軍，不可得也。上召侯回陝甘總督任，總督駐蘭州，控嘉峪關，回疆出入要地也。尋遣伯克伊薩克誘張格爾出，獻俘京師，回疆平。上嘉伊薩克功，加郡王銜。伊薩克素強盛，雄長諸伯克，與二子分領三大城，桀黠通華言。

道光十一年，奉詔入朝，自恃功高，益驕侈非分，輿馬繁多，所經回疆，諸伯克盛其供張。比入關，猶盛。甘肅府縣請於布政使白侯，將迎諸郊，侯曰：「無須，第視我行事。」明日，將至，侯以令箭招至數里外，伊薩克乃單騎從數人來，侯令自戈什哈以上，有頂戴者，冠帶華服，不佩刀，轅門平列至堂下皆滿。伊薩克至轅門，下馬步行，見兩旁官屏息立，無聲。傴僂不敢仰視。至堂側少許，命入見，堂以內虛無人焉。一巡捕官導之行，歷廳事數重，侯見之便室。居中高坐，常衣冠，二童子侍旁，於地施紅裀一。伊薩克及門，未逾限，雙足跪，摘冠叩頭。侯令一童子扶以入，命坐。伊薩克叩頭者再，乃坐。道溫語竟，侯自拂其髯曰：「吾老矣，較在回疆時奚若？」曰：「更精神。」侯曰：「汝亦老，鬢髮加白。吾輩受大皇帝厚恩，當思及時報稱，為子孫計，無妄想。」伊薩克叩頭曰：「謹受教。」侯又曰：「大皇帝念汝，少住即行，無多從，宜往謁各官，皆有食物忞汝啖也。」令一童子扶之出，伊薩克汗流竟體，裏衣皆濕，上馬行數里，神始定。侯諭布政使下及府縣官，以外藩禮禮之。

明日，伊薩克減騎從行。或請故，侯曰：「蘭州為入關第一省會，俾知天朝儀注，他省加禮，乃知恩矣。」同安令項廷綬，時官甘肅，親見之，為凱言。又曰：「凱旋兵初過州縣，橫甚，毆知縣。報聞皆咎令，侯意不謂然，比至，親臨堂皇，就轅門捆責帶兵官各四十，受責者五十餘人，斬毆官者一人以徇。兵後無敢譁。」侯任固原提督三十年，陝甘婦豎識與不識，皆畏愛侯。及官總督，見所屬益謙，曰：「吾粗人，公事懼有失，幸助我。」然所策斷，悉中度，非人所及。

凱嘗見侯於乾清門外，偉軀幹，美丰儀，赬面修目，詞氣藹然，髯長三尺許，覆胸，白如銀，文武威風，天人也。侯名遇春，四川崇慶人。經大小二百八十餘戰，無不以身當先，未嘗受創。年八十有一，以疾致仕，未報。次子國楨時巡撫河南，求解職侍養蘭州，詔許之。在官受養，中外以為榮。旋侯復請命安車入都，召見數四，賜克什、蔆、幣無算。侯初以平滑縣功封一等男，至是晉一等侯。敕各省地方官護送以歸。食俸於家。夫人年亦八十，子弟官文武二品者，一門八人。舊所部戈什哈官提鎮者，同時十餘人。貴州果勇侯芳，侯同姓，繼侯為固原提督，先侯而侯，亦侯所拔也。

血歷史109　PC0722

新銳文創
INDEPENDENT & UNIQUE

清朝歷史掌故：
庸閒齋筆記

原　　著	陳其元
主　　編	蔡登山
責任編輯	陳慈蓉
圖文排版	周妤靜
封面設計	楊廣榕

出版策劃	新銳文創
發 行 人	宋政坤
法律顧問	毛國樑　律師
製作發行	秀威資訊科技股份有限公司 114 台北市內湖區瑞光路76巷65號1樓 電話：+886-2-2796-3638　傳真：+886-2-2796-1377 服務信箱：service@showwe.com.tw http://www.showwe.com.tw
郵政劃撥	19563868　戶名：秀威資訊科技股份有限公司
展售門市	國家書店【松江門市】 104 台北市中山區松江路209號1樓 電話：+886-2-2518-0207　傳真：+886-2-2518-0778
網路訂購	秀威網路書店：http://store.showwe.tw 國家網路書店：http://www.govbooks.com.tw

出版日期	2018年3月　BOD一版
定　　價	460元

國家圖書館出版品預行編目

清朝歷史掌故：庸閒齋筆記 / 陳其元原著；蔡登山主編.
-- 一版. -- 臺北市：新銳文創, 2018.03
面； 公分. -- (血歷史；109)
BOD版
ISBN 978-986-95907-8-5(平裝)

857.27 107000228

讀者回函卡

感謝您購買本書，為提升服務品質，請填妥以下資料，將讀者回函卡直接寄回或傳真本公司，收到您的寶貴意見後，我們會收藏記錄及檢討，謝謝！
如您需要了解本公司最新出版書目、購書優惠或企劃活動，歡迎您上網查詢或下載相關資料：http:// www.showwe.com.tw

您購買的書名：______________________________

出生日期：________年________月________日

學歷：□高中（含）以下　□大專　□研究所（含）以上

職業：□製造業　□金融業　□資訊業　□軍警　□傳播業　□自由業
　　　□服務業　□公務員　□教職　□學生　□家管　□其它_____

購書地點：□網路書店　□實體書店　□書展　□郵購　□贈閱　□其他

您從何得知本書的消息？
□網路書店　□實體書店　□網路搜尋　□電子報　□書訊　□雜誌
□傳播媒體　□親友推薦　□網站推薦　□部落格　□其他__________

您對本書的評價：（請填代號　1.非常滿意　2.滿意　3.尚可　4.再改進）
封面設計____　版面編排____　內容____　文／譯筆____　價格____

讀完書後您覺得：
□很有收穫　□有收穫　□收穫不多　□沒收穫

對我們的建議：______________________________

____

____

____

請貼
郵票

11466
台北市內湖區瑞光路 76 巷 65 號 1 樓
秀威資訊科技股份有限公司 收
BOD 數位出版事業部

....

（請沿線對折寄回，謝謝！）

姓　　名：＿＿＿＿＿＿＿＿　年齡：＿＿＿＿　性別：□女　□男

郵遞區號：□□□□□

地　　址：＿＿＿＿＿＿＿＿＿＿＿＿＿＿＿＿＿＿＿＿

聯絡電話：(日)＿＿＿＿＿＿＿＿＿＿　(夜)＿＿＿＿＿＿＿＿＿＿

E-mail：＿＿＿＿＿＿＿＿＿＿＿＿＿＿＿＿＿＿＿＿